Klarant Verlag

Hans-Rainer Riekers schreibt Ostfrieslandkrimis, die vor allem eines sind: authentisch, denn als pensionierter Polizeibeamter kennt er die Details einer Ermittlung ganz genau.
Der in Bremen geborene Autor liebt seine Heimat Norddeutschland, und besonders der raue Charme der Ostfriesischen Inseln hat es ihm angetan. Die einzigartigen maritimen Stimmungen, die den Freizeitskipper an der Nordsee und in den malerischen Orten Ostfrieslands befallen, gibt er in seinen Büchern an die Leser weiter, die so unmittelbar auf den Spuren der Handlung wandern können.
Neben seinen Ostfrieslandkrimis ist Hans-Rainer Riekers auch bekannt für erfolgreiche Kinderkrimis von der Küste, die schon viele Leser in ihren Bann gezogen haben.

Hans-Rainer Riekers

Leybuchtmord

Ostfrieslandkrimi

Klarant Verlag

Klarant Verlag, www.klarant.de – www.ostfrieslandkrimi.de
ISBN: 978-3-96586-441-2
1. Auflage 2021
Umschlagabbildung: Klarant Verlag

Printed in the EU.

Heißer Sommer

Die Meteorologen waren sich ausnahmsweise einig. Der heißeste Sommer seit über zwanzig Jahren zwang die Menschen in Ostfriesland langsam in die Knie. Sogar die hartnäckigsten Sonnenanbeter flüchteten sich zur Mittagszeit in den Schatten und trauten sich erst am späten Nachmittag wieder heraus, wenn die Temperaturen endlich unter die 30-Grad-Marke gesunken waren. Selbst an den Stränden der Inseln, wo es meistens etwas kühler blieb als auf dem Festland, verkrochen sich die Urlauber in den Strandkörben und verbrannten sich auf den wenigen Schritten zum Wasser beinahe die Füße im glühenden Sand.

Ab und an zogen am Abend heftige Gewitter auf und ließen die Hoffnung auf einen Wetterwechsel aufkeimen, doch kaum hatten sie sich ausgetobt, kehrte die Hitze zurück. Sie ließ gemeinsam mit der Sonne des nächsten Morgens die Regenpfützen der Nacht verdampfen und sorgte für unerträgliche Schwüle. Spätestens am Vormittag legte sich dann wieder die lähmende Glut wie eine Glocke über das Land.

Besonders schwer hatten es in diesem Sommer all die Menschen, die trotz dieser Umstände ihrer Arbeit nachgehen mussten. Einer von ihnen war Bauer Tönsen, dessen Milchkühe auf einer Weide zwischen Neuemoor und Hesel standen. Tönsen war ein weitsichtiger Mann und hatte vor zwei Jahren einen Unterstand gebaut, der den Tieren in den von Jahr zu Jahr extremer werdenden Sommermonaten Schatten spendete. Andere Bauern hatten ihr Vieh schon längst in den Stall holen müssen, doch er war fest entschlossen, seine Tiere so lange draußen zu lassen, wie die allmählich vertrocknenden Weiden noch genug Nahrung hergaben. Vor dem Unterstand hatte er eine Zinkbadewanne aufgestellt, um seine Tiere mit Wasser zu versorgen, doch der Vorrat reichte im Moment immer nur für einen Tag. Also musste er sich notgedrungen jeden Morgen mit seinem Trecker und dem Tankanhänger auf den Weg machen, um noch vor dem Melken die Wanne aufzufüllen. Das tat er meist schon um fünf Uhr in der Frühe, um der Hitze zu entgehen. So tuckerte er auch an diesem Morgen mit seinem Trecker über die Landstraße, hinaus zu der Kuhweide. Außer ihm war zu solch früher Zeit noch niemand unterwegs, darum konnte er es sich erlauben, nur mit einer Hand zu steuern. In der anderen hielt er eine üppig belegte Butterstulle, die ihm seine Frau geschmiert hatte. Bauer Tönsen war mit sich und der Welt im Einklang, als er plötzlich schroff bremsen musste, so dass ihm die Stulle aus der Hand fiel.

Tönsen liebte die Mädels, wie er seine Milchkühe nannte, und jedes seiner Tiere hätte er unter hundert anderen erkannt. Deshalb wusste er auf den ersten Blick, dass es seine eigene Herde war, die ihm angeführt von seiner Lieblingskuh Renate auf der Landstraße entgegentrottete. Entschlossen sprang er vom Trecker, und es kostete ihn eine Stunde schweißtreibenden Hin- und Herlaufens, bis er es endlich geschafft hatte, die Mädels zum Umkehren zu bewegen und auf die Weide zurückzutreiben. Dort sah er dann die Bescherung: Ein Auto war wohl in der Nacht gegen einen Pfahl seines Weidezauns gefahren und hatte dadurch den Zaun auf einer Länge von mehreren Metern eingerissen. Von dem Auto war weit und breit nichts zu sehen, was Tönsen nicht überraschte.

»Da ist mal wieder irgendeine Saufnase beim Fahren eingepennt und hat sich dann vom Acker gemacht. Jetzt bleibt alles wieder an mir hängen.« Laut vor sich hin fluchend machte er sich an die Arbeit und begann, den Zaun notdürftig wiederherzurichten. Erst danach fuhr er mit dem Trecker zur Viehtränke und ließ das Wasser aus seinem Tank hineinlaufen. Das dauerte seine Zeit, deshalb wollte er sein so jäh unterbrochenes Frühstück fortsetzen und versuchte, von seiner Stulle, die auf dem Boden lag und unter das Gaspedal gerutscht war, zu retten, was zu retten war. Er störte sich nicht daran, dass zwischen Butter und Schinken Sandkörner knirschten, sondern aß mit Appetit, lehnte sich zurück und schaute in die Morgensonne. Erst jetzt fiel sein Blick auf Reifenabdrücke, die sich von dem zerrissenen Zaun quer über die Weide in Richtung seines Unterstands zogen. Die Spur endete an einem Vogelbeerbusch, der sich vor einer einsam dastehenden Eiche angesiedelt hatte. Unwillig legte er seine Stulle aus der Hand und folgte der Spur. Seine Mädels, die ihm zuvor beim Frühstück zugeschaut hatten, trotteten unternehmungslustig hinter ihm her und waren nicht weniger erstaunt als ihr Chef, als sie hinter dem Vogelbeerbusch ein Auto entdeckten, dessen Fahrt erst am Stamm der Eiche sein Ende gefunden hatte.

Im ersten Moment dachte Tönsen, das Fahrzeug sei leer, doch dann sah er eine regungslose Person auf dem Fahrersitz, die seitlich nach vorne zusammengesunken war. Zögernd öffnete er die Fahrertür, denn er befürchtete das Schlimmste. Der Kopf des Mannes war blutüberströmt, doch als Tönsen den Finger an seine Halsschlagader legte, erkannte er, dass der Mann lebte. Der Herzschlag war flach, aber regelmäßig.

*

Es war eine gute Entscheidung von Bauer Tönsen gewesen, noch vor der Polizei den Rettungsdienst zu alarmieren, denn als der Streifenwagen aus Leer an der Unfallstelle erschien, hatten die zuvor eingetroffenen Rettungssanitäter den verunglückten Fahrer bereits notversorgt und einen Rettungshubschrauber angefordert. Auch das war wieder eine gute Entscheidung, denn der Fahrer des Autos war immer noch nicht ansprechbar und niemand wusste, wie lange er schon in dem Auto gelegen hatte. Der Notarzt hatte außer der tiefen Platzwunde am Kopf keine weiteren Verletzungen gefunden, das machte Hoffnung.

Nachdem der Hubschrauber abgehoben und Kurs auf das Nordwest-Krankenhaus in Sanderbusch genommen hatte, blieb Frauke Hattinga und Sören Gueres endlich Zeit, sich das Unfallfahrzeug genauer zu betrachten. Der Einsatz hatte sie wieder einmal kurz vor Dienstende erwischt, doch allmählich hatten sie sich daran gewöhnt. Die eigentlich zuständige Polizeidienststelle in Hesel war nur am Tage besetzt und öffnete erst später, so war es ein immer wiederkehrendes Spiel. Die Streifenwagen aus Leer mussten diese Einsätze übernehmen, ob sie wollten oder nicht, denn die aufgehende Morgensonne brachte nun einmal all das ans Licht, was sich in den Nachtstunden auf den Landstraßen zugetragen hatte. Und das war meist nicht besonders erfreulich.

Darum waren die beiden jungen Polizisten auch froh, dass der Verunglückte schon versorgt war und sie sich nicht mit ihren begrenzten Möglichkeiten um ihn hatten kümmern müssen. Als Sören Gueres in das Unfallauto schaute, fiel ihm sofort auf, dass der Sicherheitsgurt auf der Fahrerseite ordentlich aufgerollt war. Dieser Umstand war bereits den beiden Rettungssanitätern aufgefallen, als sie den Fahrer aus dem Auto geholt hatten.

»Entweder war der Fahrer schwerhörig oder sturzbetrunken. Der ständige Anschnall-Warnton muss ihn doch verrückt gemacht haben!« Sören startete den Motor, und wie zur Bestätigung seiner Worte erklang nach kurzer Zeit ein nerviges, immer lauter werdendes »Pling, Pling«, um auf die Anschnallpflicht hinzuweisen.

Frauke nickte und zeigte auf den Seitenholm: »Die Warnung hätte der Fahrer lieber mal befolgen sollen. Der Airbag hat zwar ausgelöst, doch er ist an ihm vorbei mit dem Kopf gegen den Seitenholm des Fahrzeugs geschlagen.« Dann fügte sie noch lapidar hinzu: »Mit Gurt wäre das nicht passiert.«

Ein verkrusteter Blutfleck zeugte von dem heftigen Aufprall. Diese Spuren passten zu der Einschätzung des Notarztes, der auf ein schweres Schädel-Hirn-Trauma getippt hatte.

Die beiden Polizisten konnten den Unfallhergang schnell rekonstruieren. Der Fahrer war in Richtung Hesel unterwegs gewesen und aus welchen Gründen auch immer von der schnurgeraden Straße abgekommen. Dann war er wie auf Schienen quer über Tönsens Weide gegen die Eiche gefahren. Obwohl im Auto nichts zu riechen war, drängte sich die Vermutung auf, dass Alkohol im Spiel gewesen sein könnte. Frauke drückte das in der ihr eigenen Art aus: »Also, wenn du mich fragst, dann muss der Typ hackevoll gewesen sein.« Dabei schüttelte sie den Kopf, und ihr blonder Pferdeschwanz wippte energisch hin und her.

Sören hätte es gewiss feiner formuliert, aber Frauke war nun mal als Tochter eines Landwirts eine klare Sprache gewohnt, darum schwieg er, wie so oft. Er teilte Fraukes Einschätzung auch nicht, denn als er im Fußraum des Fahrzeugs unter dem Bremspedal ein Handy fand, kam er zu einem anderen Schluss: »Ursache des Unfalls scheint nicht der Alkohol, sondern das hier gewesen zu sein«, sagte er und hielt das Telefon in die Höhe.

Frauke war noch nicht überzeugt und meinte: »Vielleicht ist es erst beim Aufprall gegen den Baum heruntergefallen.«

»Glaube ich nicht, es scheint mir eher so, als wenn es ihm vorher heruntergefallen ist. Vermutlich hat der Mann sich während der Fahrt abgeschnallt, nach vorne gebeugt, um es aufzuheben, und dabei die Kontrolle über das Auto verloren. Das wäre geradezu ein Klassiker.«

Die Beschädigungen des Autos waren weitaus geringer, als man auf Grund der Verletzungen des Fahrers vermuten konnte und ließen den Schluss zu, dass der Unfall bei Benutzung des Sicherheitsgurts tatsächlich harmlos verlaufen wäre. Die Anforderung des Abschleppwagens war eine Formsache, und nach gut einer Stunde kehrte endlich wieder Ruhe auf Bauer Tönsens Weide ein.

Auf der Fahrt zur Dienststelle formulierte Frauke im Geiste bereits den Text, den sie in den Unfallbericht schreiben wollte, während sich Sören auf die unangenehme Aufgabe vorbereitete, die Familie des Verletzten zu benachrichtigen. Als sie an der Wache in Leer ankamen, setzte sich Frauke sogleich an den Computer und tippte den Unfallbericht. Auch Sören machte sich routiniert an die Arbeit und überprüfte Autokennzeichen und Personalien des Fahrers. Er schrieb das Ergebnis auf einen Zettel und schob ihn Frauke hinüber. »Simon Wegmann, Unternehmensberater«, stand darauf, »verheiratet mit Heike Wegmann, keine Kinder«. Dann folgten noch die Geburtsdaten sowie die Braunschweiger Wohnungsanschrift. Frauke nickte dankbar und konzentrierte sich weiter auf ihren Bericht, während Sören schon im Krankenhaus Sanderbusch anrief, um mit dem behandelnden Arzt zu sprechen.

Er hatte Glück, bereits nach dem ersten Rufton nahm der diensthabende Arzt der Notaufnahme ab. Seine Stimme klang erschöpft, woraus Sören Gueres schloss, dass der Doktor wohl schon einige Stunden länger im Dienst war als er selbst. Trotzdem beantwortete der Arzt geduldig die Fragen des Polizisten, vermied medizinische Fachausdrücke und kam schnell zur Sache:

»So wie es aussieht, hat der Kopf des Autofahrers einen ziemlich intensiven Kontakt mit einem harten Gegenstand gehabt. Deckt sich das mit Ihren Spuren vor Ort?«

Als Sören ihm von der Blutkruste am Türholm der Fahrerseite erzählte, genügte dem Doktor das als Erklärung. »Das passt, die Kopfwunde befindet sich nämlich vorne links. Ich habe gerade die Befunde bekommen. Röntgenbilder und CT weisen auf eine starke Gehirnprellung hin. Zu Einblutungen scheint es zum Glück aber nicht gekommen zu sein.«

»Konnten Sie schon mit Ihrem Patienten sprechen, Herr Doktor?«

Der Arzt rang sich ein müdes Lachen ab: »Herr Gueres, ich sprach von einem »intensiven Kontakt«. Der Mann ist bewusstlos, dieser Zustand kann einige Stunden, unter Umständen sogar einige Tage fortbestehen.«

»Also besteht Lebensgefahr, verstehe ich das richtig?«

Der Arzt zögerte ein wenig und schien die Risiken abzuwägen, gab dann aber eine beruhigende Auskunft. »Nein, das kann man nicht sagen. Natürlich sind Komplikationen wie epileptische Anfälle oder Lähmungen nach Hirnprellungen niemals auszuschließen, aber davon gehe ich nicht aus. Bei normalem Verlauf ist die Sache nach viel Ruhe in zwei Wochen überstanden.«

»Andere Verletzungen gab es nicht?«

»Nein, nur Kleinigkeiten, die vermutlich entstanden, als die Rettungssanitäter den Verletzten aus dem Auto holten. An den Händen einige Kratzer und am Oberkörper ein paar Blutergüsse, alles keine tiefen Wunden und völlig bedeutungslos.«

Sören Gueres schrieb alles sorgfältig mit, dann griff er zum Telefonhörer und rief bei der Polizei in Braunschweig an, mit der Bitte, die Frau des Unfallopfers aufzusuchen. Sie sollte schnellstens über den Unfall ihres Mannes informiert werden, doch das gestaltete sich schwierig. Der Kollege des zuständigen Polizeireviers musste ihn vertrösten, denn wegen eines aktuellen Großeinsatzes würden sie frühestens in drei Stunden zu Heike Wegmann fahren können. So entschied sich Sören Gueres notgedrungen anders. Es war keineswegs üblich, Unfallmeldungen an Angehörige telefonisch zu überbringen, doch Sören empfand es als unangemessen, der Ehefrau diese Nachricht so lange vorzuenthalten. Zudem dachte er an die Worte des Arztes, dass keine Lebensgefahr für Simon Wegmann bestünde. Die Frau musste sich also keine allzu großen Sorgen machen, deshalb konnte man es verantworten, sie ausnahmsweise einmal per Telefon zu informieren.

Der Anruf

Heike Wegmann saß auf dem Balkon ihres Appartements und genoss die Morgensonne. Sie hatte sich gerade einen Milchkaffee bereitet und überflog auf dem Laptop die Online-News des Morgens. Die ferientypische Nachrichtenflaute wurde von den Journalisten durch reißerische Schlagzeilen und Interviews mit Meteorologen gefüllt, die für Norddeutschland noch höher steigende Temperaturen voraussagten. Andere hingegen sahen den Wetterumschwung kommen, der durch heftige Gewitter und Wolkenbrüche eingeleitet werde. Sicher war sich indes niemand, und die Leser konnten sich aussuchen, was ihnen am besten gefiel.

Heike Wegmann schaute auf die Uhr und klappte den Laptop zu. In einer halben Stunde musste sie im Büro sein, deshalb trank sie schnell aus und stellte die Tasse in die Spülmaschine. Sie stand bereits in der Tür, als das Telefon läutete. Unschlüssig blieb sie stehen und war geneigt, den Anruf zu ignorieren, doch dann kehrte sie wieder um und nahm ab.

»Guten Tag, hier spricht Sören Gueres von der Polizei in Leer. Spreche ich mit Frau Wegmann?« Nachdem sie das bestätigt hatte, sprach der Anrufer weiter: »Es tut mir leid, dass ich Ihnen mitteilen muss, dass Ihr Mann einen Verkehrsunfall hatte und nun im Nordwest-Krankenhaus in Sanderbusch stationär behandelt wird.«

Heike Wegmann schüttelte verärgert den Kopf. Von den sogenannten »Schockanrufen« und »Enkeltricks« gegenüber alten Menschen hatte sie schon viel gehört, doch dieser Anrufer hatte sich ganz offensichtlich in der Zielgruppe geirrt.

»Nun hören Sie mal gut zu, junger Mann! Ich bin weder alt noch senil, und falls Sie glauben, dass ich auf diese blöde Masche hereinfalle, dann haben Sie sich geirrt.« Sie wollte den Hörer gerade wutentbrannt auflegen, als sie den Anrufer fast flehentlich rufen hörte:

»Bitte nicht auflegen! Sie irren sich, Frau Wegmann. Ich gebe Ihnen gerne die Telefonnummer der Polizei in Leer, dann können Sie mich zurückrufen.«

Heike Wegmann wurde unsicher und schaute auf das Display ihres Telefons. Die Nummer des Anrufers war nicht unterdrückt, und eine Telefonnummer mit deutscher Vorwahl wurde angezeigt. Darum entschloss sie sich, dem Anrufer eine Chance zu geben, und hörte zu, was der angebliche Polizist zu sagen hatte.

»Ihr Mann ist heute in den Nacht- oder frühen Morgenstunden auf einer Landstraße bei Leer mit seinem Auto verunglückt. Er ist zwar verletzt, aber nicht lebensgefährlich. Sie müssen sich also keine allzu großen Sorgen machen.« Sören Gueres war sehr bemüht, die Frau nicht in Panik zu versetzen, deshalb ging er auf die Art der Verletzung nicht näher ein.

Heike Wegmann blieb jedoch weiterhin skeptisch, und erst als der Polizist das Fahrzeugkennzeichen, den Autotyp und die Farbe genau beschreiben konnte, wich ihr Misstrauen.

»Wo genau soll der Unfall passiert sein, von welchem »Leer« sprechen Sie denn?«

Diese Frage verwunderte Sören Gueres. »Natürlich Leer in Ostfriesland, einen anderen Ort dieses Namens gibt es in Deutschland nicht.«

Die Stimme von Frau Wegmann klang nun wieder distanziert:

»Ich weiß nicht, was das soll! Entweder treiben Sie ein dummes Spiel mit mir, oder es liegt ein Irrtum vor. Mein Mann befindet sich im Moment auf Geschäftsreise im Bereich Frankfurt. Er ist als Unternehmensberater tätig und besucht dort Kunden. Mit Ostfriesland hat er keinerlei Berührungspunkte.«

Nun war es Sören Gueres, den die Verunsicherung überkam. Konnte es sich tatsächlich um einen Irrtum handeln? Vorsichtshalber beschrieb er den Mann, den er nur kurz auf der Trage der Sanitäter gesehen hatte, und Frau Wegmann erkannte in der Beschreibung ihren Mann, alles schien zu passen. Trotzdem wollte Sören Gueres sichergehen und bat Heike Wegmann, sich einen Augenblick zu gedulden und eine Nachricht von ihm abzuwarten.

Um jegliche Unstimmigkeiten auszuschließen, rief er den Doktor im Krankenhaus noch einmal an und ließ sich ein Handyfoto des Mannes herüberschicken. Dabei war er sich nicht sicher, ob man es der Frau überhaupt zumuten konnte, ein solches Foto zu betrachten, doch als er das Bild sah, war er selbst überrascht. Das Gesicht des Mannes war gereinigt und um den Kopf trug er einen Verband. Die Augen waren geschlossen, als wenn er schliefe. Das Foto hatte nichts Erschreckendes an sich, also brauchte er keine Skrupel zu haben, es an die Frau weiterzuleiten.

Er rief Heike Wegmann auf ihrem Handy zurück und bereitete sie auf das Foto vor. Um sie nicht unnötig zu beunruhigen, sprach er lediglich von einer heftigen Gehirnerschütterung, die ihr Mann erlitten habe und dass er nun schlafen würde. So ganz entsprach das nicht der Wahrheit, doch die Einzelheiten sollten ihr lieber die Ärzte mitteilen, dazu fühlte er sich nicht berufen. Dann schickte er das Foto ab und wartete auf die Reaktion und den Rückruf der Frau. Er musste sich nicht lange gedulden.

»Ich verstehe das alles nicht, das ist tatsächlich mein Mann auf dem Foto, kein Zweifel. Aber wie konnte er einen Unfall in Ostfriesland haben? Er hat noch gestern Abend aus seinem Hotel in Frankfurt mit mir telefoniert.«

Sören Gueres konnte Heike Wegmanns Fragen nicht beantworten, doch das schien sie auch nicht erwartet zu haben. Sie ließ sich noch die genaue Anschrift der Klinik geben, dann beendete sie das Gespräch. »Ich rufe jetzt gleich bei meinem Chef an und nehme mir frei, danach mache ich mich sofort auf den Weg zu meinem Mann.« Ohne eine Entgegnung des Polizisten abzuwarten, legte sie auf.

Frauke Hattinga hatte die Arbeit an ihrem Unfallbericht unterbrochen und dem Gespräch ihres Kollegen aufmerksam gelauscht. Dann sagte sie süffisant: »Da scheint sich wohl eine kleine Ehekrise anzubahnen. Hoffentlich kann der Herr Wegmann, wenn er aufgewacht ist, seiner Frau eine gute Erklärung dafür liefern, warum er sich an unseren Gestaden herumgetrieben hat.« Dann tippte sie grinsend weiter.

*

Heike Wegmann war eine vorsichtige Autofahrerin und reihte sich lieber in den starken Reiseverkehr zwischen Wohnwagengespannen und LKW ein, als auf der Überholspur irgendwelche Risiken einzugehen. So dauerte die Fahrt zum Nordwest-Krankenhaus geschlagene vier Stunden. Als sie nach längerer Parkplatzsuche endlich die Klinik betrat, war es schon früher Nachmittag. Mit eiligen Schritten folgte sie der Beschilderung, die sie zur Intensivstation führte.

Es schien fast so, als wenn der diensthabende Arzt auf sie gewartet habe. Bevor er sie an das Bett ihres Mannes führte, gab er eine Prognose ab, die in Heike Wegmann die Erwartung schürte, dass sie ihren Mann schon bald wieder mit nach Hause nehmen könne.

„Wir behalten Ihren Mann zwei oder drei Tage auf der Intensivstation. Danach bleibt er noch eine Woche auf der Normalstation unser Gast, und dann ist die Sache überstanden. Nichts deutet im Moment auf besondere Probleme hin. Bestimmt wacht er in einigen Stunden mit einem heftigen Brummschädel auf.« Mit einem aufmunternden: »Wir bekommen Ihren Mann schon wieder hin, machen Sie sich mal keine Sorgen!«, stand er auf und führte sie in das Krankenzimmer.

Einige Stunden lang saß Heike Wegmann am Bett ihres Mannes, hielt vorsichtig seine verbundene Hand und lauschte seinem regelmäßigen Atem. Das Display des Überwachungsgeräts zeigte einen regelmäßigen Puls und normale Blutdruckwerte an, so dass sie am späten Nachmittag trotz allem mit einem guten Gefühl aufstand und ging. Sie entschloss sich, in der Nähe des Krankenhauses ein Zimmer zu nehmen und so lange an der Seite ihres Mannes zu bleiben, bis alles überstanden war. Kurz bevor sie den Fahrstuhl erreichte, hörte sie eilige Schritte und eine Stimme hinter sich, die rief:

»Hallo, sind Sie Frau Wegmann?«

Eine Krankenschwester kam herbeigelaufen, nachdem Heike Wegmann genickt hatte, und erklärte: »Ich habe hier eine Tüte mit der Bekleidung Ihres Mannes. In der Hosentasche befand sich auch noch sein Handy.«

Sie überreichte ihr das Handy und ergänzte: »Die Sachen sind allerdings sehr stark durch Blut verschmutzt.«

Heike Wegmann nahm Tüte und Handy an sich, ging zu ihrem Auto und warf die Tüte in den Kofferraum. Dann setzte sie sich ans Steuer und fuhr nach Sande, um sich auf die Suche nach einem Zimmer zu machen. Sie hatte Glück, denn auf einem Bauernhof am Ortsrand wurde sie fündig. Das angebotene Fremdenzimmer war klein, nicht besonders schön, aber sauber und billig. Es befand sich in einem Anbau des reetgedeckten Haupthauses und mochte früher einmal ein Stall gewesen sein. Da ihre Unterkunft nur zum Schlafen dienen sollte, war sie damit zufrieden. Außerdem hatte das Zimmer den Vorteil eines separaten Eingangs, so musste sie niemanden stören, wenn sie kam oder ging.

Verschwitzt ließ sie sich auf das Bett fallen und versuchte, in Ruhe nachzudenken. Doch so sehr sie sich auch bemühte, alles was ihr durch den Kopf ging, passte nicht zusammen und ließ sich nicht sortieren. Was war passiert? Warum hatte Simon hoch oben im Norden einen Verkehrsunfall, warum hier, fast 500 Kilometer weit weg von dem Ort, an dem sie ihn vermutet hatte? Es blieb ihr keine Wahl, sie musste abwarten, bis ihr Mann wieder ansprechbar war. Bestimmt konnte er ihr alles erklären.

Als sie ihr Handy zur Hand nahm, bemerkte sie eine Nachricht von Sören Gueres. »Liebe Frau Wegmann, an unserer Dienstelle in Leer sind noch die persönlichen Papiere, das Handy und zwei Laptops Ihres Mannes hinterlegt. Wir haben die Sachen im Auto gefunden.«

Heike Wegmann schüttelte irritiert den Kopf. Warum noch ein Handy? Sie hatte sein Handy doch von der Schwester bekommen. Und warum zwei Laptops? Sie wusste bisher nur von einem. Obwohl sie einen strapaziösen Tag hinter sich hatte, fasste sie den Entschluss, sich nach einer erfrischenden Dusche auf den Weg nach Leer zu machen. Eine innere Unruhe hatte sie befallen, der sie sich nicht mehr entziehen konnte.

Die Ruhe während der Fahrt nach Leer tat Heike Wegmann gut und wurde nur durch das Rauschen der Klimaanlage gestört, die unermüdlich gegen die Wärme ankämpfte, die trotz der späten Stunde noch über dem Land lag. Als sie in Leer aus dem kühlen Auto stieg, hatte sie das Gefühl, gegen eine heiße Wand zu laufen. Die wenigen Meter, die sie vom Parkplatz bis zum Polizeirevier zu gehen hatte, trieben ihr wieder den Schweiß ins Gesicht, und als sie nach einer Viertelstunde zum Auto zurückkehrte, glühte ihr Gesicht und in ihrem Kopf ging es drunter und drüber. Schuld daran war jedoch nicht nur die Wärme, sondern auch der Pappkarton, den ihr die Polizisten übergeben hatten. Sie stellte den Kasten neben sich auf den Beifahrersitz und begann zu weinen. Alles, einfach alles schien ihr wirr zu sein.

Heike Wegmann starrte auf die beiden Laptops, von denen sie nur den einen bisher bei ihrem Mann gesehen hatte. Auch das Handy, welches die Polizisten im Auto gefunden hatten, kannte sie nicht. Dann lag noch ein Bund mit zwei Sicherheitsschlüsseln vor ihr, die ganz gewiss nicht zu ihrem Appartement in Braunschweig passten. Der Hinweis, dass sich im Kofferraum des Autos ihres Mannes, das bei dem Abschleppunternehmen abgestellt war, neben anderen Dingen auch ein Klappfahrrad befände, verstärkte ihre Verwirrung weiter. Ihr Mann war unsportlich und mied schon immer jede Form körperlicher Anstrengung. Das Letzte, was er sich kaufen würde, war ein Fahrrad, so jedenfalls hatte sie bisher gedacht.

Es dauerte eine ganze Zeit, bis sie sich wieder gefangen hatte. Den spontanen Gedanken, jetzt noch zum Abschleppunternehmen zu fahren, verwarf sie schnell wieder und machte sich stattdessen auf den Weg in Richtung Sande. Nach Essen war ihr nicht mehr zumute, so kaufte sie unterwegs lediglich einige Flaschen Mineralwasser und verkroch sich in ihrem stickigen Zimmer. Sie musste nachdenken.

Alte Liebe

Stine Lessing freute sich wie ein kleines Kind am Geburtstag, als die Tür aufging und Stefan Grote eintrat. Ihr Chef war braungebrannt und sah total erholt aus. Er schleuderte seine Sporttasche lässig in die Ecke, ging auf sie zu und nahm sie zur Begrüßung in den Arm. Das war keinesfalls die übliche Form des Umgangs miteinander, denn Grote war meist auf eine gewisse Distanz bedacht, doch heute sprang er mal über seinen eigenen Schatten. Fünf Wochen lang hatten sie sich nicht gesehen, zuerst hatte Stine zwei Wochen Urlaub gehabt, dann war Grote für drei Wochen weg gewesen, und Stine hatte die Stellung gehalten. Die Übergabe der Dienstgeschäfte hatten sie telefonisch erledigen können, denn es waren recht ereignislose Wochen gewesen.

Als Grote Stine wieder losließ, trat er einen Schritt zurück, betrachtete sie abschätzend und meinte dann: »Ich hatte erwartet, dass du mit verweinten Augen, blass und ausgemergelt meine Rückkehr erwartest, aber du scheinst ja ganz gut ohne mich zurechtgekommen zu sein.«

Stine ging sogleich auf das Spiel ein: »Oh, mein Chef, das täuscht! Drei Wochen lang hat mich die Einsamkeit gequält. Allein deine Postkarte war ein Licht in der Dunkelheit meiner Arbeit.«

Sie zeigte auf die Urlaubsgrußkarte in Form eines Fotos, die Grote ihr von Borkum aus geschrieben hatte. Auf der Aufnahme war er mit seiner Frau und den beiden Jungs zu sehen, die sich im Licht der untergehenden Sonne über riesige Eisbecher hermachten. Stine schenkte ihnen beiden die Kaffeetassen voll, und dann gönnten sie sich eine kurze Zeit, ihre Urlaubserlebnisse auszutauschen. Erst danach begann Grote, sich wieder in die Dienstroutine einzuarbeiten.

Es war schon Mittagszeit, und trotz des weit geöffneten Fensters stieg die Temperatur von Minute zu Minute. Stine trug schon seit Tagen im Dienst lediglich halblange Shorts und farblich abgestimmte Shirts, was Grote nun zu der süffisanten Frage veranlasste, wo sie denn im Ernstfall ihre Waffe zu tragen gedenke.

Stine hatte darauf mit Unschuldsblick geantwortet: »Ach Chef, das Verbrechen macht gerade Sommerferien, soll ich da wirklich bei der Hitze wie ein Flintenweib herumlaufen?«

Sie ignorierte das missbilligende Stirnrunzeln ihres Chefs und zauberte mit einem fröhlichen: »Voilà, meine Einsatztasche! Allzeit bereit!«, eine schwarz-rot-blaue Leinentasche mit dem Aufdruck »I love Ostfriesland« hervor. Tatsächlich befanden sich darin ihre

Dienstpistole, ihr Handy und Schreibutensilien. Sogar ihr Laptop fand darin Platz. Grote war zufrieden, so leicht ließ Stine sich nicht beikommen.

Er stand auf, ging zum Kühlschrank und war gerade dabei, für sich und Stine eine kalte Flasche Mineralwasser herauszuholen, als es zaghaft an die Tür klopfte. Obwohl Stine vernehmlich »Herein!« rief, tat sich nichts. Kopfschüttelnd erhob sie sich, öffnete die Tür und stand einer Frau gegenüber, die gerade im Begriff war, wieder zu gehen.

Sie schien unschlüssig und hatte sich bereits halb abgewandt, als Stine sie ansprach. »Sie wollten zu uns?«

Es war der Frau anzumerken, dass es ihr unangenehm war, dass man ihr halbherziges Klopfen gehört hatte, und Stine sah ihr an, dass sie am liebsten fortgelaufen wäre, doch dann drehte sie sich vollends um und kam einen Schritt auf sie zu. Mit leiser Stimme, die man kaum verstehen konnte, murmelte sie: »Ich wollte eigentlich zu Herrn Grote, aber es ist nicht wichtig, besser, ich komme später noch einmal zurück.«

Stine genügten wenige Sekunden, um die Frau einzuschätzen. Sie war schlank und wirkte sehr sportlich. Ihre schwarzen, leicht gelockten Haare trug sie offen, die Kleidung war geschmackvoll.

„Eine sehr schöne, sehr traurige Frau.« Genau dieser Gedanke ging Stine durch den Kopf, er wurde durch den bekümmerten Blick und die müden, verweinten Gesichtszüge der Unbekannten ausgelöst, die nicht im Einklang mit ihrer Schönheit standen. Die Frau hatte sich nicht einmal die Mühe gemacht, die roten Augenringe zu überschminken, allein das war für Stine ein sicheres Zeichen, dass sie sich in Not befand und um Hilfe bitten wollte.

»Ach, warum später wiederkommen und den Weg zweimal machen? Mein Chef hat im Moment Zeit, also kommen Sie ruhig herein.«

Stine befürchtete, dass die Frau es sich im letzten Moment noch anders überlegen könnte, doch dann schien sie all ihren Mut zusammenzunehmen, sie nickte und trat ein. Nach nur wenigen Schritten aber blieb sie stehen, als traue sie sich nicht, weiterzugehen. Sie räusperte sich kurz, dann sagte sie mit etwas lauterer Stimme: »Hallo, Stefan!«

Grote hatte von dem, was sich vor der Tür seines Büros abgespielt hatte, nichts mitbekommen. Als er die Stimme der Frau hörte, zuckte er zusammen und fuhr herum, als habe er die Stimme eines Geistes gehört. »Heike??«

Stine beobachtete ihren Chef genau und musste feststellen, dass sie ihn noch niemals so verdattert gesehen hatte. Gut, damals auf Juist, bei ihrem ersten Fall, da war ihr aufgefallen, wie sehr Lisa Leitner ihn aus dem Gleichgewicht gebracht hatte, doch das war nur ein heftiger Flirt gewesen. Aber hier steckte viel mehr dahinter. Zwischen Stefan Grote und dieser Frau musste es mehr als einen Flirt gegeben haben. Stine spürte, wie emotional die Situation zwischen den beiden war, und dass dieses Zusammentreffen sowohl Stefan Grote als auch der Frau unangenehm war. Deshalb entschloss sie sich, die beiden allein zu lassen.

Mit den Worten: »Ich habe noch einen Termin bei der Kriminaltechnik«, machte sie sich aus dem Staube und verbrachte eine ganze Weile im Erdgeschoss bei den Kollegen der Schutzpolizei. Die litten ebenfalls unter der sommerlichen Einsatzflaute und waren über die Ablenkung durch ihre quirlige Kollegin von der Kripo dankbar.

Nach einer Stunde sah Stine eher zufällig, wie Grote gemeinsam mit der Frau zum Parkplatz ging. Vor einem Auto blieben die beiden stehen, und Stine bemerkte, dass sie Anstalten machten, sich zum Abschied zu umarmen, doch im letzten Augenblick zögerten sie und beließen es bei einem Handschlag. Anschließend fuhr die Frau, ohne sich noch einmal umzublicken, davon.

Stine verfügte über die besondere Gabe, auch winzige Nuancen, die anderen meist entgingen, wahrzunehmen und richtig einzuordnen. Hätten die beiden sich umarmt, wäre das für sie eine unverfängliche Geste der Freundschaft gewesen, doch gerade das Zögern und der Übergang zu einem unverbindlichen Händedruck sagten ihr, dass zwischen den beiden mehr als nur eine alte Freundschaft bestanden haben musste. Sie ließ sich noch eine Viertelstunde Zeit, dann ging sie zurück in ihr Büro und gab sich so, als habe sie nichts bemerkt. Sie fragte nicht einmal nach dem Grund des Besuches, stattdessen setzte sie sich wortlos an ihren Computer und tat so, als habe sie dringende Schreibarbeiten zu erledigen.

Schleuse Leysiel

Der Tagesausflug von Greetsiel nach Juist war bis auf den letzten Platz ausgebucht. Jeder, der das Glück hatte, noch eine Karte für diese Schiffsfahrt bekommen zu haben, freute sich darüber, wenigstens für einige Stunden dem hitzeflirrenden Festland entfliehen zu können und den kühlenden Fahrtwind der Schiffsfahrt zu genießen. Nachdem die Gangway von den Matrosen der »MS Störtebeker« freigegeben worden war, drängten zuerst die Kinder auf das Schiff, um die besten Plätze für sich und ihre Familien zu erkämpfen. Eine Viertelstunde später waren auch die letzten Passagiere an Bord, und das weiße Schiff setzte sich schwerfällig in Bewegung. Die Schiffsschrauben wühlten das dunkle Wasser des Hafens auf, dann schob sich die »MS Störtebeker« langsam voran und bog nach backbord in das Leyhörner Sieltief ab. Nach einiger Zeit kam endlich die Schleuse in Sicht, die Greetsiel vom offenen Meer trennte. Die Aufregung der Kinder steigerte sich, denn die meisten hatten noch nie eine Schleusung erlebt, und hingen neugierig an der Reling. Als das Schiff die Einfahrt zur Schleuse erreichte, wurde es langsamer, dann kam es zum Stillstand. Routiniert warfen die Matrosen Leinen an Land, schon war die »MS Störtebeker« festgemacht und das hintere Schleusentor schloss sich. Nach einigen Minuten hatte sich das Wasser um einen Meter gehoben, das vordere Schleusentor öffnete sich. Grummelnd nahm die »MS Störtebeker« Fahrt auf und ließ das Wasser hinter sich aufschäumen. Gemächlich schob sie sich auf dem rechts und links von Steinpackungen geschützten Leyhörner Außentief der Nordsee entgegen.

»Am Ufer liegt jemand!« Ein blondes Mädchen mit einem bunten Strohhut auf dem Kopf zeigte aufgeregt zur Seite und ihr kleiner Bruder rief im selben Moment: »Oh ja, ich glaube, das ist ein Taucher!«

Zunächst wurde dieser Ausruf von den Erwachsenen mit einem nachsichtigen Lächeln quittiert, denn in Anbetracht der geringen Wassertiefe war ganz sicher nicht mit einem Taucher zu rechnen. Doch als immer mehr Kinder behaupteten, ein Taucher sei zu sehen, beugten sich auch die Eltern neugierig über die Reling. Als sie den Irrtum der Kinder bemerkten, zogen sie ihre Sprösslinge entsetzt zurück. Ein junger Vater reagierte als Erster und sprintete auf die Kommandobrücke. Der Kapitän wollte ihm zuerst nicht glauben und schickte einen der Matrosen zur Überprüfung an die Reling, der die Beobachtung der Kinder bestätigte. Allerdings war dort draußen kein Taucher an der Arbeit, die Wellen und der Sog des Schiffes hatten eine

Leiche in das Wasser gespült, die wohl zuvor an der Steinböschung gelegen hatte.

Das Auslaufen in Richtung Nordsee war in diesem schmalen Fahrwasser nicht mehr abzubrechen, darum musste sich der Kapitän darauf beschränken, über Funk die Polizei zu verständigen. Als der Tote endlich aus dem Sichtbereich der Kinder verschwand, atmeten die Eltern auf. Sie ließen ihre Kinder weiterhin in dem Glauben, einen Taucher gesehen zu haben und spielten ihnen eine heitere Unbeschwertheit vor, die ihnen gerade abhandengekommen war.

Eine knappe Stunde später ließen einige Angehörige der freiwilligen Feuerwehr Krummhörn-Nord ein Boot zu Wasser und begann mit der Suche. Die »MS Störtebeker« hatte es ihnen leicht gemacht, denn der durch die Schiffsschraube ausgelöste Wasserdruck hatte die Leiche auf einem Schlickbuckel nicht weit vom Ufer stranden lassen. Die beiden Feuerwehrleute waren auf das Schlimmste gefasst, Wasserleichen waren meist eine äußerst unappetitliche Angelegenheit und konnten einem schon mal den Magen umkrempeln. Hier jedoch lag die Sache anders: Es handelte sich bei der Leiche um einen Mann mittleren Alters, der mit Sicherheit noch keine Stunde im Wasser gelegen hatte. Das deckte sich mit der Meinung des Matrosen, dass der Tote erst von den Wellen der »Störtebeker« ins Wasser gespült worden war. So scheuten die beiden Männer sich nicht, den Leichnam mit einem lauten »Hau ruck!« an Bord zu hieven und wenig später den am Ufer wartenden Polizisten vor die Füße zu legen.

Die beiden Beamten von der Polizeistation in Pewsum warteten, bis der Tote auf den Rücken gedreht wurde und sie das Gesicht betrachten konnten. Polizeimeister Arne Jessen, der jüngere der beiden, ging erschrocken einen Schritt zurück.

»Den kenn ich! Das ist Jan Bartels aus Hauen.«

Der Ältere schaute ihn mitfühlend an. »Oh, das tut mir leid! Ein Freund von dir?«

Arne schüttelte den Kopf. »Freund nun nicht gerade, aber Jan ist Mitglied beim Boßelverein »Frisia Hauen«, wir sind schon häufig gegeneinander angetreten und haben danach so manches Bier zusammen getrunken.« Ehrlich betroffen fügte er noch hinzu: »War ein echt feiner Kerl.«

Inzwischen war der Doktor aus Greetsiel herübergeradelt und führte eine erste Leichenschau durch. Dr. Groban war in der ganzen Krummhörn berüchtigt. Einige seiner Patienten behaupteten nach der Behandlung bei ihm, der Mann sei gewiss Tierarzt und kein

Humanmediziner, andere waren fest davon überzeugt, sein wahrer Name sei nicht Groban sondern Grobian. Er habe das »i« in seinem Namen nur weggelassen, um seine Patienten nicht zu verschrecken.

Nach fünf Minuten hatte der Doktor seine Arbeit getan und kam zu den beiden Polizisten herüber. Er klopfte den Sand von seiner schmuddeligen Cordhose, griff in seinen abgewetzten Arztkoffer und holte einen Totenschein heraus. „Die genauen Personalien müsst ihr noch nachtragen, aber für mich ist die Sache klar: Der Bursche hatte einen Herzinfarkt und ist die Steinböschung heruntergefallen. Dabei hat er sich die oberflächlichen Platzwunden am Kopf zugezogen. Also: Beerdigungsunternehmen anrufen, ab in die Kiste mit ihm und einen schönen Gruß an seine Witwe. Rechnung kommt später.«

Während er das sagte, sahen die Polizisten erstaunt, dass er ungerührt »Natürlicher Tod« ankreuzte. Warum ein Mann im besten Alter plötzlich einen Herzinfarkt erlitten haben sollte, und wie der Doktor das so zweifelsfrei festgestellt haben wollte, erschloss sich ihnen nicht. Anderseits ersparte das Urteil des Arztes den beiden Polizisten eine Menge Arbeit und entband sie von der Pflicht, auf das Erscheinen der Kriminalpolizei warten zu müssen.

Trotzdem hatte Arne Jessen Bedenken: »Sollten wir nicht doch lieber bei der Kripo nachfragen, ob das alles so seine Ordnung hat? Der Doktor hat sich den Toten nicht einmal gründlich angesehen.«

Sein Kollege schaute ihn genervt an. Es war heiß und die Schweißtropfen liefen ihm unter der Schirmmütze längs über das Gesicht. »Arne, du gehst mir auf den Senkel. Jetzt hör auf zu quatschen! Der Doktor hat studiert, wir nicht. Wenn er sagt *Herzinfarkt*, dann ist es auch einer. Sei froh, dass wir wieder in den Schatten kommen. Außerdem bin ich im Gegensatz zu dir Polizeihauptmeister und dein Chef. Also: Der Fall ist für uns erledigt!"

Er nahm den Totenschein in Empfang und ließ den Dingen trotz leichter Bedenken ihren Lauf. Dr. Groban schloss seinen Arztkoffer, verabschiedete sich mit einem genuschelten »Moin!« und stieg wieder auf sein Fahrrad.

Der junge Polizist ärgerte sich über die schnodderige Art des Arztes und konnte sich einen bissigen Kommentar nicht verkneifen: »Er ist und bleibt ein verfluchter Pferdedoktor, die Leute haben völlig recht!« Es war ihm auch nicht peinlich, als der Doktor, ohne sich umzudrehen, rief: »Das hab ich gehört!«

Als die beiden Pewsumer Polizisten eine Stunde später auf das schmucke Häuschen von Jan und Merle Bartels zugingen, wurden Arne Jessens Schritte langsamer und er fragte: »Kannst du das bitte machen? Todesnachrichten zu überbringen ist nicht meine Stärke. Außerdem hab ich Jans Frau ab und an auf den Feiern nach den Boßelturnieren getroffen. Das ist ein echter Feger, ich hab sogar mal mit ihr getanzt. Ich bringe es einfach nicht übers Herz, ihr jetzt sowas zu sagen.«

Der Ältere seufzte gequält: »Gerne mache ich das auch nicht, aber einer muss es ja tun. Haben die Bartels Kinder?«

Sein Kollege schüttelte den Kopf.

»Gott sei Dank, das macht es eine Winzigkeit einfacher.«

Er drückte den Klingelknopf und wartete, doch nichts geschah. Noch zweimal klingelte er, dann zuckte er mit den Schultern und wollte schon aufgeben, als hinter der Milchglasscheibe der Haustür der schemenhafte Umriss einer Frau erschien. Kurz darauf wurde die Tür einen kleinen Spalt weit geöffnet, und eine Stimme erklang: »Ja, was gibt es?«

Das Gesicht der Frau war im Dämmerlicht des Hausflurs kaum zu erkennen. Arne Jessen erschrak, denn dieses Gesicht hatte mit der Frau, die er kannte, wenig gemein. In seiner Erinnerung war Merle eine gut aussehende, lebenslustige Frau Mitte dreißig. Doch davon war jetzt nichts mehr zu sehen.

Arnes Kollege ratterte routiniert seinen Standardspruch herunter, den er für diese unangenehmen Situationen stets abrufbereit auf Lager hatte:

Tut mir leid – was Schlimmes passiert – traurige Mitteilung – bedaure sagen zu müssen – können wir noch was für Sie tun?

Er war froh, als er es hinter sich gebracht hatte und war nun darauf gefasst, eine heftige, emotionale Reaktion zu erleben. Doch es folgte nur ein sekundenlanges Schweigen.

Dann kam die Antwort: „Danke, ich kümmere mich.« Im selben Moment wurde die Tür wieder geschlossen.

Der Polizist schaute verdattert drein. „Was war das denn?« Er schüttelte fassungslos den Kopf. So etwas war ihm in dreißig Dienstjahren nicht untergekommen. »War das denn überhaupt seine Frau, mit der wir gesprochen haben?«

Arne nickte und war mindestens so irritiert wie sein Kollege. »Ja, das war sie. Aber hast du ihr Gesicht gesehen? Merle sah aus, als habe sie jemand grün und blau geprügelt.«

Der Ältere hatte denselben Verdacht und wollte es nicht dabei bewenden lassen. Er klingelte erneut.

»Frau Bartels, sind Sie sicher, dass Sie nicht doch Hilfe benötigen?«, rief er durch die geschlossene Tür.

Die Antwort von Merle Bartels kam umgehend und zeigte ihnen, dass sie im Flur stehen geblieben war und den Polizisten gelauscht hatte. »Danke, ich komme allein zurecht«.

Die beiden verharrten noch einige Sekunden, doch als nichts mehr zu hören war, zuckten sie mit den Schultern und gingen.

Stine tat immer noch so, als würde sie am Computer arbeiten, musste aber nicht lange warten. Aus den Augenwinkeln hatte sie ihren Chef beobachtet, er wirkte aufgewühlt und schien nicht zu wissen, wie er mit der Situation, in die er durch das unerwartete Auftauchen dieser Frau geraten war, umgehen sollte. Heikes Besuch hatte in Grote einen Abschnitt seines Lebens wieder lebendig werden lassen, den er meinte ohne bleibende Narben vergessen zu haben, doch so einfach war das nicht. Das Empfinden von Enttäuschung, Kränkung, und das Gefühl des Verlassenseins, all das war plötzlich wieder so präsent, als sei es erst vor Tagen passiert.

Er stand auf, ging ans Fenster und starrte in den stahlblauen Himmel, dann begann er zu reden und ließ dabei sofort die Katze aus dem Sack: »Heike Wegmann und ich waren einmal ein Paar. Ist schon lange her, damals hieß sie noch Heike Langer.«

Stine schob die Computertastatur von sich und drehte den Schreibtischstuhl in Richtung ihres Chefs, um ihm Aufmerksamkeit und Verständnis zu signalisieren, denn genau das brauchte Grote jetzt. Sie hätte vielleicht schauspielern und so tun können, als sei sie überrascht, doch das wäre für sie einem Verrat gleichgekommen.

»Ja, das hab ich mir schon gedacht. Deshalb bin ich unter einem Vorwand gegangen, um euch allein zu lassen.«

Grote drehte sich um und sah ihr in die Augen. »Ich weiß.«

Er rang sich ein dankbares Lächeln ab, wurde aber sofort wieder ernst. Natürlich war er Stine keine weiteren Erklärungen schuldig, trotzdem entschied er sich, seine Gefühlslage offen vor ihr auszubreiten, denn das Verhältnis zu seiner jungen Kollegin war von besonderer Art.

»Heike war nicht irgendeine frühere Bekanntschaft, sie war für mich etwas Ernstes, vielleicht die große Liebe meines Lebens, doch dann hat sie mich von heute auf morgen verlassen und Hals über Kopf einen gewissen Simon Wegmann geheiratet.«

Grote wirkte aufgewühlt und es kostete ihn viel Anstrengung, zumindest nach außen hin gefasst und kontrolliert zu wirken. »Das hat mich damals ziemlich aus der Bahn geworfen, aber irgendwann habe ich das Kapitel abgeschlossen. Nun ist sie gekommen, um ausgerechnet mich um Hilfe zu bitten. Sie wusste nicht, an wen sie sich wenden sollte. Das ist ihr bestimmt nicht leichtgefallen nach dem, was damals zwischen uns war. Im Moment steht sie völlig neben sich. Ihr Mann ist bei einem Unfall verletzt worden und liegt bewusstlos in der

Nordwest-Klinik. Nun ist sie auf einige Dinge gestoßen, die plötzlich ein Bild von ihrem Mann zeichnen, das sie erschreckt. Es steht zu allem, was sie bisher über ihn zu wissen glaubte, in Widerspruch.«

Er ging zu seinem Schreibtisch hinüber und zeigte auf zwei Laptops, zwei Handys und eine kleine Ledertasche mit zwei Haustürschlüsseln.

»Was würdest du denken, wenn du bei deinem Mann, der sich an einem Ort aufgehalten hat, an dem er eigentlich nicht sein sollte, einen zweiten Laptop und ein zweites Handy findest, welches du niemals zuvor bei ihm gesehen hast? Dazu noch fremde Schlüssel, die nicht zu eurer gemeinsamen Wohnung gehören?«

Stine kam schnell zu einer Einschätzung: »Das wäre ein Schock für mich, und ich würde zu der Erkenntnis kommen, dass mein Mann ein Doppelleben führt, dass also noch eine andere Frau im Spiel ist.« Sie machte eine kurze Pause und sah Grote an, dass er derselben Meinung war. »Das ist schlimm, sicherlich, aber warum kommt die Frau damit zu dir? So etwas passiert nun mal und ist ein Fall für den Scheidungsanwalt, meinetwegen auch für einen Privatdetektiv. Aber damit geht man doch nicht zur Kripo, schon gar nicht zu seinem ...«, sie zögerte, es auszusprechen, »... zu seinem Ex.«

Als das Wort »Ex« fiel, zuckte Grote fast unmerklich zusammen, und Stine bedauerte, dieses Wort gewählt zu haben.

»Komm mal rüber, ich will dir zeigen, warum sie zu mir gekommen ist.«

Grote klappte einen der beiden Laptops auf und tippte als Passwort »1234« ein, um die Zugangssperre zu lösen.

»1234! Ich weiß schon, was du sagen willst, Stine. Dümmere Geheimzahlen kann man gar nicht benutzen. Heike hat es durch Zufall herausbekommen. Ich vermute, ihr Mann dachte nicht im Traum daran, dass ihr dieser Computer jemals in die Hände fallen könnte.«.

Der Computer fuhr hoch und warf eine Anzahl von Apps, Ordnern und Dateien auf den Desktop. Grote öffnete eine App nach der anderen, es handelte sich ausnahmslos um Dating- und Chatportale, dazu kamen noch Seiten von Partnerschaftsvermittlungen. Stine sah sich in ihrer ersten spontanen Einschätzung bestätigt, musste sich aber eingestehen, dass Simon Wegmanns Internetaktivitäten weit über das normale Maß hinausgingen.

»Zugegeben, all das deutet darauf hin, dass der Mann nicht nur eine Affäre hat. Der Typ ist sehr aktiv.«

»Dann schau dir das hier mal an!«

Grote öffnete einen Ordner mit dem unverfänglichen Namen »Sonstiges«. Nach einem Klick erschienen zwölf weitere Unterordner. Jeder von ihnen war mit einem Frauennamen versehen, doch öffnen ließ sich keiner von ihnen. Sie waren kennwortgeschützt und Heike Wegmann war es nicht gelungen, das jeweilige Passwort zu knacken.

Stine war es unangenehm, in den persönlichen Daten eines fremden Menschen herumzuwühlen, selbst wenn sie offenkundig unseriös waren.

»Ich verstehe durchaus, dass die Frau ziemlich erschüttert über das geheime Privatleben ihres Mannes ist, doch das kann alles trotzdem harmlos sein. Vielleicht macht es ihm Spaß, sich mit anderen Frauen im Internet auszutauschen. Sowas gibt's nun mal. Aber ich verstehe immer noch nicht, warum sie dich da mit reinziehen will.»

Stefan Grote merkte, dass Stine keine Anstalten machte, sich für die Sache zu interessieren. Denn es handelte sich ja keineswegs um einen »Fall«, sondern um unerlaubte Recherche in einem Privatbereich.

»Es ist ja nicht nur das, was du gerade gesehen hast. Heike hat auf dem Geschäftscomputer ihres Mannes festgestellt, dass er seit Jahren keinerlei Aufträge mehr akquiriert hat. Trotzdem befindet sich viel Geld auf seinem Konto. Und in seinem Frankfurter Stammhotel, in dem er früher bei Geschäftsreisen abstieg, ist er seit fünf Jahren nicht mehr gesehen worden, obwohl er angeblich immer von dort aus mit ihr telefoniert hat.«

Unsicher schaute er zu Stine hinüber, die aufstand, zum Kühlschrank ging und eine kalte Flasche Mineralwasser aufschraubte. Langsam holte sie zwei frische Gläser aus dem Schrank und schenkte ein. Das tat sie alles mit bedächtigen Bewegungen, um Zeit zum Nachdenken zu gewinnen. Dann reichte sie Grote eines der beiden Gläser, nahm selbst einen großen Schluck und sagte halbherzig: »Okay, ich tu's ja. Ich werfe mal einen Blick auf die Ordner und versuche, sie zu öffnen. Verbuchen wir das einfach mal unter dem Arbeitsbegriff »technische Hilfsleistungen für Heike Wegmann«. Aber versprich mir bitte eins, Stefan: Wenn sich bestätigt, dass es hier nur um Seitensprünge welcher Art auch immer handelt, dann steigen wir wieder aus, ja? Für das Waschen schmutziger Wäsche sollten wir uns zu schade sein.«

Grote nickte eilig, es war ihm unangenehm, Stine in eine so halbseidene Angelegenheit hineinzuziehen, doch sie kannte sich mit Computern gut aus, er überhaupt nicht. Den offiziellen Weg über die Kriminaltechnik konnte er jedoch nicht gehen, denn dort lief ohne einen offiziellen Beschluss in einem Ermittlungsverfahren gar nichts.

Aber er hatte sich nun einmal breitschlagen lassen, Heike zu helfen, das allerdings mit einem unguten Gefühl.

Dieses schlechte Gewissen trug Grote am Abend mit nach Hause. Nachdem die beiden Jungen im Bett lagen und er gemeinsam mit seiner Frau auf der Terrasse bei einem kühlen Glas Wein in die einsetzende Dunkelheit schaute, entschloss er sich, Anna gegenüber mit offenen Karten zu spielen. Seit seiner damaligen Affäre mit einer Kollegin, die fast seine Ehe zerstört hatte, hatte er sich geschworen, ihr gegenüber stets ehrlich zu sein.

Als eine Gesprächspause eingetreten war, begann er unverfänglich: »Erinnerst du dich noch daran, Anna, dass ich dir früher mal von Heike Langer erzählt habe? Inzwischen heißt sie allerdings Heike Wegmann.«

Seine Frau musste nur kurz überlegen. »Ja, du hast einmal von ihr erzählt. Ihr wart befreundet, oder? Aber warum fragst du, ist etwas mit ihr?«

Grote bekam nun doch etwas Angst vor seiner eigenen Courage und spielte die Bedeutung seiner früheren Beziehung herunter.

»Ja, wir waren eine Zeitlang zusammen, und es war auch mehr als eine Freundschaft, aber dann haben sich unsere Wege getrennt. Sie hat einen anderen kennengelernt, ich kurz darauf dich.«

Er vermied es, noch weiter ins Detail zu gehen, schließlich hatte er Anna einen wesentlichen Teil seines Lebens verschwiegen und war froh, dass seine Frau nicht weiter nachhakte.

Grote erzählte nun von dem, was sich am Tage zugetragen hatte und ihn belastete. Anna Grote hörte aufmerksam zu und ahnte sicherlich, dass diese Frau im Leben ihres Mannes einmal eine viel größere Rolle gespielt hatte, als er es eingestehen wollte, doch das war nun schon so viele Jahre her. Vorbei war vorbei, warum sollte sie sich über diese alten Geschichten noch den Kopf zerbrechen?

»Ich denke, es ist richtig, dass du ihr hilfst. Das bist du der Frau schuldig, schließlich standet ihr euch früher einmal nahe. «

Anna stand auf, ging zu ihrem Mann hinüber und nahm ihn in den Arm. Sie hatte ein feines Gespür für die Zwischentöne, und das sagte ihr, dass die damalige Beziehung nicht von ihrem Mann beendet worden war. Wenn Grote genau hingehört hätte, wäre ihm das sogar aufgefallen, obwohl Anna ihr Wissen geschickt in eine Liebeserklärung verpackte: »Ich muss der Frau eigentlich dankbar sein, denn wenn sie nicht gegangen wäre, hätte ich dich vielleicht nie bekommen. Außerdem tut sie mir ein wenig leid.«

Grote gab Anna einen Kuss und drückte sie fest an sich. Fast fühlte er sich in diesem Moment ein wenig schäbig, denn er wusste sehr wohl, was er an seiner Frau hatte. Dass er sie damals aus einem Anflug von Trotz geheiratet hatte, um Heike zu beweisen, dass er ihr nicht nachtrauerte, hatte er tief in sich verschlossen. Auf jeden Fall war er nun froh und erleichtert, mit seiner Frau über Heike Wegmann gesprochen zu haben. Anna schien seine Gefühlslage zu verstehen und jetzt, wo er um ihr Verständnis wusste, ging es ihm ein ganzes Stück besser.

Erst spät am Abend, als Anna schon schlafend neben ihm lag, ertappte er sich bei dem Gedanken: »Was wäre gewesen, wenn ...«. Unwillig schüttelte er den Kopf, versuchte diese Grübelei zu verdrängen, und kam doch nicht zur Ruhe.

Böses Erwachen

Nach einer schlaflosen, von schwüler Wärme und sirrenden Mücken dominierten Nacht ging Heike Wegmann am nächsten Tag müde über die endlos langen Flure des Nordwest-Krankenhauses. Sie betrat das Zimmer ihres Mannes auf der Intensivstation und stieß unerwartet auf ein leeres Bett. Erschrocken suchte sie nach einer Krankenschwester und erhielt die Nachricht, dass Simon Wegmann in den frühen Morgenstunden aus seiner Bewusstlosigkeit erwacht sei. Man habe ihn ansprechen können und auf alle Fragen eine schlüssige Antwort erhalten. Darum sei man sicher, dass für ihn keine Gefahr mehr bestehe. Auch gäbe es keinerlei Hinweise auf irgendwelche Ausfälle oder Spätfolgen.

»Es sind schon einige neurologische Tests gemacht worden. Die Ergebnisse wird Ihnen der Doktor persönlich mitteilen. Dazu bin ich nicht befugt.« Die Schwester zwinkerte ihr verschwörerisch zu: »Er liegt jetzt auf der Normalstation, da können Sie sich ja denken, dass die Tests sehr günstig verlaufen sind. Allerdings schläft er im Moment tief und fest, denn die Untersuchungen haben ihn sehr angestrengt. «

Heike Wegmann machte sich auf den Weg zur genannten Station, wusste aber nicht, ob sie sich über diese Nachricht freuen sollte. Zu viel hatte sich in den letzten 24 Stunden verändert, und als sie in das Zimmer ihres Mannes trat und ihn vor sich liegen sah, kam er ihr plötzlich wie ein Fremder vor.

Sie räumte einige Bekleidungsstücke, ein Paar leichte Turnschuhe und die üblichen Hygieneartikel, die sie noch am Morgen in Sande gekauft hatte, in den Schrank. Dann legte sie ihm sein Portemonnaie mit Papieren, Kreditkarte und einen Zettel mit der Anschrift ihres momentanen Domizils in den Nachtschrank. Als sie fertig war, zog sie einen Stuhl heran und setzte sich neben das Bett. Der Kopfverband ihres Mannes war inzwischen durch ein großes, weißes Pflaster ersetzt worden. Sie beobachtete, wie seine Brust sich hob und senkte und der Atem tief und ruhig strömte. Dann betrachtete sie seine Hand, die ausgestreckt neben ihm lag, als warte er darauf, dass seine Frau sie ergreife, doch Heike Wegmann widerstand der Versuchung, sie zu berühren. Zu viel Misstrauen und Erklärungsbedürftiges stand auf einmal zwischen ihnen, damit konnte sie nicht umgehen. Zu gerne hätte sie mit ihm gesprochen, um Antworten zu bekommen, doch da klopfte es an der Tür, und ein Krankenpfleger trat herein.

»Ich muss Ihnen leider Ihren Mann für einige Zeit entführen. Es sollen noch abschließende Röntgenaufnahmen angefertigt werden.«

Er rangierte mit dem Bett in dem engen Zimmer herum und stieß dabei an die Wand. Simon Wegmann wurde leicht hin- und hergeschüttelt, erwachte dadurch und öffnete die Augen. Als er seine Frau sah, lächelte er und richtete sich auf, damit sie ihn umarmen konnte, doch sie blieb stehen und verschränkte ablehnend ihre Arme vor der Brust.

Dann wurde der Krankenpfleger ungewollt Zeuge eines Wutausbruchs, gegen den Heike Wegmann sich nicht wehren konnte. Ihre Stimme klang bitter und kalt, als sie sagte: »Ich komme morgen wieder, bis dahin kannst du nachdenken und mir dann versuchen zu erklären, was du hier oben am Ende der Welt gemacht hast. Erzähle mir aber nicht, dass du einen der Kunden besucht hast, mit denen du seit Jahren keinerlei Kontakt mehr hast, wie ich inzwischen weiß. Du kannst mir dann auch erklären, wie du mich gestern noch aus deinem Stammhotel in Frankfurt anrufen konntest, in dem man dich allerdings seit ewiger Zeit nicht mehr gesehen hat, wie man mir sagte. Vielleicht hast du dich aber auch mit einer deiner »Kundinnen« getroffen, deren Namen ich auf deinem geheimen Laptop gefunden habe, den die Polizei gemeinsam mit einem Handy in deinem Auto fand!«

Sie sah ihren Mann mit kalten Augen an. Alle Gefühle, die sie noch gestern für ihn gehabt hatte, waren erloschen. »Spätestens morgen weiß ich, was sich hinter den Ordnern mit den Frauennamen verbirgt, und was für ein Spiel du mit mir treibst.«

Dem Krankenpfleger war die Situation unangenehm, in die er ohne sein Zutun geraten war, deshalb schob er seinen Patienten schnell aus dem Zimmer. Während Simon Wegmann über den Flur zum Röntgenzentrum rollte, wurde ihm klar, dass das Lügengebilde, welches er über Jahre aufgebaut hatte, im Begriff war zusammenzubrechen.

Heike blieb derweil allein im leeren Zimmer zurück. Sie war froh, dass er ihre Tränen nicht mehr sehen konnte, und wusste selbst nicht, ob sie aus Enttäuschung oder aus Wut weinte. Trotzdem fühlte sie sich nun besser, es hatte gut getan, alles, was ihr im Kopf umherging, ausgesprochen zu haben. Sie trocknete sich die Tränen, dann ging sie.

*

Stine war noch früher als ohnehin üblich im Büro erschienen. »Wer früher anfängt, darf auch früher gehen«. Diesen Grundsatz hatte sie sich zu eigen gemacht, zumal es die einzige Chance war, der Hitze zu entgehen. Am Nachmittag schien die Sonne direkt auf das Bürofenster, dann war es nicht mehr auszuhalten, und man konnte ihr nur durch frühzeitige Flucht entgehen. Sie stieß das Fenster mit einem energischen Ruck auf und ließ die noch frische Morgenluft herein. Die üblichen Routinehandgriffe waren schnell gemacht, und während der Morgenkaffee noch blubbernd durch die Kaffeemaschine lief, überflog sie die aktuellen Lagemeldungen. Beruhigt stellte sie fest, dass auch die Straftäter unter dem extremen Wetter litten und ihre Arbeit eingestellt hatten. So konnte sie sich in aller Ruhe um die Dateien auf Simon Wegmanns Laptop kümmern.

Der Mann schien zu Computern keine besondere Affinität entwickelt zu haben, sonst hätte er niemals ein so schwaches Kennwort für den Zugang gewählt. »1234, wie leichtsinnig kann man eigentlich sein«, sagte sie leise vor sich hin und schüttelte dabei missbilligend ihren Kopf, dass die roten Haare hin- und herflogen.

Stine beschäftigte sich zuerst mit einem der gesperrten Ordner, der den Namen »Vera« trug. Zuerst probierte sie es mit einfachen Zahlen-, danach mit einfachen Buchstabenkombinationen, aber er verweigerte ihr den Zugriff. Sie schenkte sich eine Tasse Kaffee ein, nahm einen kleinen Schluck und starrte auf den Bildschirm. Auf die Faulheit des Benutzers hoffend gab sie als Passwort einfach den Namen »Vera« ein, doch ganz so simpel war es dann doch nicht. Dann sah sie nach, wann der Ordner erstellt worden war. »11.6.2017« stand unter »Eigenschaften« zu lesen, deshalb gab sie, einer spontanen Idee folgend, »Vera2017« ein.

»Tataaa!«, rief Stine so laut und übermütig, dass sie damit Grote erschreckte, der in diesem Moment das Büro betrat. Er war wie so oft völlig verschwitzt, weil er wieder einmal mit seinem Rennrad zum Dienst gekommen war. Trotzdem hatte er noch einen Stopp bei einem Bäcker eingelegt und hielt eine Tüte mit frischen Croissants, ein Paket Butter und ein Glas von Annas selbstgemachter Erdbeermarmelade in der Hand. Er wusste, dass er seiner Kollegin etwas schuldig war. Stine sah auf den ersten Blick, dass es Grote wieder besser ging. Er schien wieder in der Spur zu sein.

»Feierst du heute den Karneval nach oder hast du deinen Lottoschein mit den sechs Richtigen wiedergefunden?«

Er betrachtete amüsiert seine junge Kollegin, die immer noch die geballte Faust in die Höhe streckte.

»Viel besser, Chef, nicht sechs Richtige, sondern zwölf! Simon Wegmann ist eine echt faule Socke, er hat immer das gleiche Passwortmuster benutzt.«

Zur Bekräftigung gab sie die Frauennamen der anderen Ordner ein und erweiterte sie jeweils um die Jahreszahl, in der der Ordner angelegt worden war. »Anja2018« öffnete sich, dann folgten »Leefke2019« und »Grit2020«. So ging es weiter, Schlag auf Schlag, und schon nach wenigen Minuten waren alle zwölf Ordner, die einen Frauennamen trugen, geöffnet.

»Lass mich eben duschen, dann frühstücken wir in Ruhe und schauen gemeinsam nach, was der Bursche zu verbergen hat«, meinte Grote.

Bevor er ging, erinnerte ihn Stine noch einmal an die Vereinbarung vom Vortag: »Wenn es sich nur um schlüpfrige Frauengeschichten handelt, sind wir aber raus aus der Sache, du hast es mir versprochen, Stefan!«

Grote warf sich sein Handtuch über die Schulter und nickte. »Wie versprochen, um im Eheschmutz zu wühlen, sind wir uns zu schade.«

Stine war beruhigt und vertiefte sich in den Ordner »Vera2017«. Sie war fest davon überzeugt, ihn schon nach wenigen Minuten wieder schließen zu können und, der Abmachung mit Grote folgend, ihre Arbeit einzustellen, doch sie erlebte eine Überraschung. Schnell stellte sie fest, dass Simon Wegmann in dem Ordner »Vera2017« akribisch Protokoll über eine mit Berechnung aufgebaute Beziehung geführt hatte. Sie stieß auf Mails, die nach einer ersten zarten Kontaktaufnahme schnell konkret und intimer wurden, dann aber darauf zielten, der Frau Geld abzunehmen. Sogar über seine »Einnahmen« führte er genauestens Protokoll. Stine staunte über die Höhe der Summen, die Simon Wegmann von dieser Vera im Laufe der Zeit erhalten hatte. »Unfassbar, wie gutgläubig manche Frauen sein können!«

Sie schüttelte den Kopf und brach die Sichtung des Ordners ab. Nun wandte sie sich den anderen Ordnern zu. Schnell stand das Ergebnis fest, denn die Muster glichen sich: Simon Wegmann war ein mieser Betrüger, der reihenweise Frauen um ihr Geld brachte. Doch damit nicht genug, er wechselte ständig seine Personalien und war unter diversen Namen im Internet aktiv.

Als Grote in das Zimmer trat und den Duft von Aftershave vor sich herschob, konnte Stine ihm schon ein handfestes Ergebnis vorweisen. Ihre anfänglichen Skrupel, sich mit dem Privatleben eines Mannes zu beschäftigen, der bisher ein unauffälliges Leben geführt hatte, waren inzwischen zwar einer gewissen kriminalistischen Neugier gewichen, jedoch gehörten Betrugsfälle nicht zu ihrem Aufgabenspektrum.

Lediglich der Gedanke an die vielen Frauen, denen Simon Wegmann Unglück gebracht hatte, ließ sie weiterarbeiten. So stöberte sie einhändig weiter, während sie mit der anderen Hand das Croissant hielt und ein ums andere Mal mit Appetit abbiss.

Grote machte sich über sein Frühstück her und genoss den frischen Kaffee. »Wie schaut es aus, hast du schon etwas Interessantes in den Ordnern finden können?«, wollte er wissen.

Stine schaltete den Laptop aus und schob ihn von sich fort. »Ich habe genug gesehen, um sagen zu können, dass Heike Wegmann mit einem Mann verheiratet ist, der es faustdick hinter den Ohren hat. Er unterhält diverse Beziehungen zu anderen Frauen und lässt sich von ihnen aushalten. Das sind nicht nur Seitensprünge, das hat System: Er stellt sich den Frauen gegenüber als wohlhabender, erfolgreicher Geschäftsmann dar, der sich oft im Ausland aufhält. Damit kann er seine häufigen Abwesenheitszeiten gut erklären. Also ich würde ihn in die Kategorie »Heiratsschwindler« einordnen.«

Dann schwieg sie nachdenklich und rang nach den richtigen Worten. »Wir sind jetzt an einem kritischen Punkt angelangt, Stefan. Wenn ich jetzt noch weiter recherchiere, überschreite ich eine Schwelle. Noch ist es nur ein Verdacht, aber eigentlich weiß ich schon jetzt so viel über seine Machenschaften, dass wir streng genommen gegen Simon Wegmann ganz offiziell Ermittlungen einleiten lassen sollten. Das würde bedeuten, dass wir den Fall an die Kollegen vom Betrugsdezernat abgeben müssten. So ist nun einmal die Rechtslage. Ob du Heike damit allerdings einen Gefallen tust, bezweifle ich. Aber die Entscheidung musst letztlich du ganz allein treffen.«

Grote legte sein angebissenes Croissant zur Seite. Es schmeckte ihm plötzlich nicht mehr, denn nun wurde ihm bewusst, dass er sich und Stine durch sein nicht ganz legales Herumschnüffeln in Wegmanns Laptop in einen Konflikt gebracht hatte. Guten Gewissens durften sie die gewonnenen Erkenntnisse nicht verwerten, da sie nicht legal beschafft worden waren. Auch wenn Heike ihnen den Laptop übergeben hatte, er gehörte immer noch ihrem Mann, und sie hatten kein Recht, darin herumzuschnüffeln. Jeder Staatsanwalt würde ihnen kräftig die Leviten lesen.

Andererseits hatte Simon Wegmann ganz offensichtlich Straftaten begangen, die geahndet werden mussten. Stine sah ihrem Chef an, dass er um einen Entschluss rang. Kurz danach hatte er sich entschieden: »Wir gehen jetzt einen geraden Weg, um Klarheit in die Angelegenheit zu bekommen. Wenn wir mit unserem Tagesgeschäft fertig sind, fahren wir zu Heike Wegmann und berichten ihr, was wir entdeckt haben. Dann bitte ich sie, uns den Laptop und das geheime Handy ganz formal zur Verfügung zu stellen, damit wir offizielle Ermittlungen einleiten können. Sollen sich doch die Kollegen vom Betrugsdezernat damit herumschlagen, wir sind damit jedenfalls raus aus der Nummer. Wenn sie das nicht möchte, vergessen wir alles, und das Ganze ist für uns erledigt.«

Stine war mit dieser Entscheidung außerordentlich zufrieden. Schließlich war sie gegen ihren Willen in diese Sache hineingezogen worden und froh, sie nun wieder beenden zu können.

Hinter dem Vorhang

Am späten Nachmittag machten Stefan Grote und Stine sich wie geplant auf den Weg nach Sande. Grote hatte gar nicht erst versucht, Heike Wegmann telefonisch zu erreichen, denn das, was er ihr zu sagen hatte, war zu schwerwiegend, um es mit einem Handygespräch abzutun.

Auf der Fahrt begann es leicht zu nieseln, ohne dass dieses der Hitze Abbruch tat. Der Scheibenwischer verwandelte die Staubschicht auf der Windschutzscheibe in einen zähen Schleier, der anfangs sogar der Scheibenwaschanlage trotzte, bevor die Sicht wieder klarer wurde. Über dem Jadebusen türmten sich schwarze Wolken auf und machten Anstalten, sich über Wilhelmshaven mit Blitz und Donner zu entladen, doch Grote schien all das gar nicht zu bemerken. Er starrte gedankenversunken vor sich hin, und Stine sah ihm an, dass er nach Worten suchte, um Heike Wegmann beizubringen, in welchem Verdacht ihr Mann stand. Die wortlose Fahrt endete auf der Zufahrt zu einem ehemaligen Bauernhof und Stine schaute zweifelnd auf ihr Navi, doch das war genau die Adresse, die Heike Wegmann ihnen genannt hatte. Nur ein kleines Schild mit der Aufschrift »Zimmer belegt« verriet ihnen, dass sie hier tatsächlich richtig waren.

Als sie auf das Haus zugingen, schaute Stine sich suchend um, doch Heike Wegmanns silbergrauen Golf konnte sie nirgends entdecken.

»Ich fürchte, wir sind vergebens gekommen. Sie scheint nicht hier zu sein, aber ich frage zur Sicherheit mal nach.«

Mit schnellen Schritten lief sie durch den Regen zu einem alten Mann hinüber, der unter dem Überhang des Reetdaches auf einer Bank saß. Er genoss die Wärme, die von der immer noch warmen Wand des Hauses an seinen von harter Arbeit gekrümmten Rücken abstrahlte, und lauschte dem fernen Grollen, das allmählich näherkam. Der Alte zog genüsslich an seiner Pfeife und ließ sich von dem ständig dichter werdenden Nieseln nicht beeindrucken. Er schien schwerhörig zu sein, denn erst nachdem Stine ihn zum zweiten Mal in doppelter Lautstärke nach dem Fremdenzimmer gefragt hatte, zeigte er ihr den Weg: »Ji mööt an e Achterste. Dor is de Ingang to n Kamer!»

Stine bedankte sich lächelnd, obwohl sie kein Wort verstanden hatte, und ging in Richtung seines ausgestreckten Daumens. Grote erschien immer noch seltsam passiv, denn er folgte ihr mit einigem Abstand und wirkte so unwillig, als wolle er das Zusammentreffen mit Heike so lange wie möglich hinausschieben. Als Stine vor der Tür zu Heike Wegmanns Zimmer stand, musste sie einen Moment warten, bis ihr

Kollege endlich heran war. Doch er machte immer noch keine Anstalten voranzugehen, also klopfte sie an die altertümliche Holztür, die den Eindruck unterstrich, dass es sich bei dem Anbau um einen ehemaligen Stall handelte. Auch nach dem zweiten Klopfen erfolgte keine Reaktion, was ihre Befürchtung bestätigte, dass sie sich vergeblich auf den Weg nach Sande gemacht hatten. Dennoch versuchte sie, die Klinke herunterzudrücken, und stellte überrascht fest, dass die Tür aufschwang.

Stine ging einen Schritt vor und trat in einen winzigen Flur, von dem lediglich zwei Türen abgingen. Eine davon war geschlossen, die andere angelehnt.

Jetzt erwachte Grote aus seiner Lethargie, drängte sich an Stine vorbei und rief nach Heike Wegmann: »Bist du zu Hause, Heike? Ich bin es, Stefan!« Erst als keine Antwort kam, ging er weiter und in das Zimmer hinein. Bereits der erste flüchtige Blick vermittelte den Eindruck, dass jemand den Raum in großer Eile durchsucht hatte. Die wenigen Kleidungsstücke, die Heike Wegmann in einer Reisetasche bei sich gehabt hatte, lagen auf dem Bett verstreut, die Schränke und Schubladen waren geöffnet.

»Das sieht verdammt nach Einbruch aus, findest du nicht auch? Da scheint jemand Heikes Abwesenheit ausgenutzt zu haben.«

Er hatte es gerade ausgesprochen, da fiel ihm ein rotes Damenportemonnaie auf, das auf dem Boden direkt neben dem Bett lag. Er hob es auf und schüttelte ungläubig den Kopf. Die Vorstellung, dass Heike Wegmann mit dem Auto unterwegs sein könnte, ihr Portemonnaie aber in ihrem Zimmer hatte liegen lassen, kam ihm absurd vor, aber er versuchte, sich selbst eine Erklärung dafür zu liefern:

»Vielleicht hat Heike ihr Portemonnaie nur vergessen, weil sie es eilig hatte.«

Er zog sich einen der Gummihandschuhe über, die er für den Fall der Fälle stets bei sich führte und klappte das Portemonnaie vorsichtig auf. Mit einem kurzen Blick stellte er fest, dass sämtliche Geldfächer leergeräumt waren. Die Kredit- und Scheckkarten jedoch befanden sich immer noch in ihren seitlichen Steckfächern.

»Der Täter hatte es scheinbar nur auf Bargeld abgesehen«, sagte Grote und war nun endgültig von einem Einbruch überzeugt. »Das wird eine böse Überraschung für Heike, wenn sie wieder zurückkommt.«

Stine hatte ihm über die Schulter geguckt und sich dann der zweiten Tür zugewandt, hinter der sich das Bad befand. Auch hier hatte jemand gesucht und weder den Spiegelschrank über dem Waschbecken noch den Schrank mit den frischen Handtüchern ausgelassen. Alles in allem machte die Wohnung den Eindruck eines Tatortes, wie ihn Polizisten an jedem Tag hundertfach zu sehen bekamen, und der auch für sie nicht neu war. Sie wandte sich um und wollte das Badezimmer bereits verlassen, als sie den Schatten bemerkte, der hinter dem matten, rosafarbenen Duschvorhang zu erkennen war. Es schien ihr, als hocke ein Mensch auf dem Boden, zusammengekauert und zum Sprung bereit, doch in Stines Augen war es ein lächerlicher Versuch des Täters, seiner Festnahme zu entgehen.

Sie blieb ruhig, ging vorsichtig einen Schritt zurück, griff in ihre Umhängetasche und holte ihre Pistole hervor. Erst dann machte sie wieder einen entschlossenen Schritt nach vorne, riss mit einer energischen Bewegung den Vorhang zur Seite und starrte in die gebrochenen Augen Heike Wegmanns. Sie lag in der noch feuchten Dusche, um den Körper war ein Badehandtuch geschlungen und die Haare waren noch nass. Das Gesicht und der Hals der Toten wiesen Schlagverletzungen auf, der Kopf war seitlich unnatürlich stark abgeknickt. Stine stieß einen spitzen Schrei aus, doch schnell überwand sie ihren Schrecken und tastete sicherheitshalber nach dem Puls. Als Grote hereingestürzt kam, drehte sie sich wortlos um und schüttelte den Kopf: Sie waren zu spät gekommen.

Stine verließ erschüttert das Badezimmer, steckte die Pistole wieder ein und holte stattdessen ihr Handy aus der »I love Ostfriesland«-Tasche, die sie noch am Tage zuvor übermütig ihrem Chef gezeigt hatte. Dass diese Tasche schon jetzt und unter diesen Umständen zum Einsatz kommen musste, machte sie traurig. Sie rief bei den Kollegen von der Spurensicherung an, und als diese schon im Vorgriff Einzelheiten erfahren wollten, gab sie einen kurzen Bericht ab, der mit den Worten endete: »So wie es aussieht, handelt es sich vermutlich um einen Raubmord. Der Täter scheint durch Zufall auf sein Opfer getroffen zu sein.«

Nachdem das Gespräch beendet war, schaute Stine noch einmal kurz in das Badezimmer. Sie sah Stefan Grote, wie er auf dem Boden kniete und Heike Wegmann betrachtete. Es schien ihr, als nehme er Abschied. Langsam streckte er seine Hand aus, als wolle er Heike die wirr ins Gesicht gefallenen Haare zur Seite streichen, doch dann zog er die Hand zurück, als sei ihm plötzlich bewusst geworden, dass es Zeit für ihn wurde, wieder in die Rolle des Ermittlers zu schlüpfen.

Als Grote aus dem Badezimmer kam, verriet sein entschlossener Blick, dass er seine Schwächephase überwunden hatte. Und noch etwas anderes erkannte Stine darin: Grote nahm diesen Mord persönlich. Er würde nicht mehr ruhen, bis er dem Mörder gegenüberstand.

Es war damit zu rechnen, dass bis zum Eintreffen der Tatortgruppe noch mindestens eine Stunde vergehen würde. Obwohl sie sich damit den Ärger der Kollegen zuziehen konnten, begannen die beiden, oberflächlich nach Spuren zu suchen, ohne dabei irgendetwas zu verändern oder gar zu berühren. Doch außer einem Beutel mit blutverschmutzter Herrenbekleidung, den Heike Wegmann achtlos in die Ecke gestellt hatte, war da nichts.

Grote unterließ es, den Beutel genauer zu inspizieren. »Damit sollen sich die Kollegen der Spurensicherung mal beschäftigen. Ich nehme an, die Sachen stammen aus dem Krankenhaus. Heikes Mann wird sie bei seinem Unfall getragen haben.«

Stine nickte, dachte aber gerade an etwas anderes. »Ich konnte nirgendwo Autoschlüssel entdecken, und Heike Wegmanns Wagen haben wir auch nicht vor dem Haus gesehen. Das kann doch nur bedeuten, dass der Einbrecher sich mit ihrem Auto davongemacht hat. Außerdem trägt sie immer noch ihren Diamantring und ein goldenes Fußkettchen. Er hatte anscheinend keine Zeit mehr, ihr den Schmuck abzunehmen.«

Grote bemühte sich sehr, seine Gedanken auf die dienstlichen Aspekte zu fokussieren und seine Gefühle, die ihm schwer zu schaffen machten, außen vor zu lassen. »Du hast recht. Es spricht alles dafür, dass der Einbrecher überrascht wurde und dann mit Heikes Auto geflohen ist. Wir sollten sofort eine Fahndung nach dem Wagen einleiten.«

Stine spürte, dass Grote noch einige Zeit des Alleinseins benötigte, um mit der Situation fertigzuwerden, in die er unversehens geraten war.

»Vielleicht haben wir Glück, und der alte Mann vor dem Haus kann uns dazu etwas sagen. Ich werde mal mit ihm sprechen, obwohl ich nicht weiß, ob ich ihn überhaupt verstehen kann.«

Als sie nach draußen trat, war aus dem warmen Nieselregen ein kräftiger Landregen geworden. Das war anscheinend sogar dem Pfeifenraucher zu viel geworden, denn Stine fand die Bank verwaist vor. Sie veranlasste die Fahndung nach Heike Wegmanns Auto, dann hielt sie sich ihre Ostfrieslandtasche schützend über den Kopf, um ihre

Frisur vor dem Untergang zu retten, und sprintete zur Eingangstür hinüber. Schon nach dem ersten Anklopfen wurde geöffnet. Eine resolute Frau mittleren Alters in Reiterhose und Stiefeln stand ihr gegenüber, und Stine hoffte sehnlichst, dass damit die befürchteten Sprachprobleme ausgeräumt waren.

»Tut mir leid Fräulein, aber das Fremdenzimmer ist schon vermietet.« Die Reiterin sagte das sehr harsch und wollte bereits die Tür mit einem kräftigen Schwung schließen, als Stine schnell ihren Fuß in die Tür stellte. Das war angesichts ihrer filigranen, wieder einmal um einige Zentimeter zu hohen Absätze ziemlich gewagt. Im letzten Augenblick zog die Frau die Tür wieder auf und gab Stine Gelegenheit, ihr den Dienstausweis entgegenzustrecken.

»Einen Augenblick bitte! Es geht zwar um Ihr Fremdenzimmer, aber mieten möchte ich es nicht.« Dann erläuterte sie den Grund ihres Kommens.

Die Reiterin wurde kreideweiß und bat Stine mit einer gemurmelten Entschuldigung herein. Nachdem die Polizistin in der Küche Platz genommen hatte, stellte sie mit den Worten »Das geht mir jetzt echt auf den Magen!« eine Flasche Korn sowie drei Schnapsgläser auf den Tisch, füllte sie und brüllte: »Opa, kaam doch mol över!«

Der alte Mann kam in die Küche geschlurft und führte mit seiner Enkelin ein Gespräch auf Platt, von dem Stine nur wenige Brocken verstand. Dann nahm die Frau das Schnapsglas in die Hand, nickte Stine und dem Großvater zu und sagte trocken: »Auf den Schreck, weg damit!«

Stine grauste es zwar bei dem Gedanken, jetzt auf leeren Magen lauwarmen Korn trinken zu müssen, doch die Blöße, ihn abzulehnen, wollte sie sich nicht geben. Mit Todesverachtung kippte sie den Schnaps hinunter, ging kurzfristig in Schockatmung über und begann dann mit Hilfe der Enkeltochter, den alten Mann zu befragen. Da sie auf die Übersetzung angewiesen war, traute sie sich nicht, »nein« zu sagen, als die Frau wieder zur Flasche griff. Stine gab also auf und ließ sich nachschenken, den zweiten und dritten Korn, beide wieder »Auf den Schreck«. Erst danach gelang es ihr, zurück zu ihrem Chef zu flüchten.

Während sie das Haus verließ, meinte der alte Mann augenzwinkernd und lächelnd: »Wat för en smucke Deern!« Dann reckte er den Hals in die Höhe, um der Polizistin nachschauen zu können. „Hest du düsse Scho sehn?« Er schüttelt fassungslos den Kopf und schaut zum Vergleich auf die derben Reiterstiefel seiner Enkelin.

Obwohl Stine einen leichten Nebel im Kopf verspürte, hatte sie das verstanden.

Als sie das Fremdenzimmer Heike Wegmanns wieder betrat und sich Grote näherte, schaute der sie sofort kritisch an. Es war nicht nur der Alkoholgeruch, der Stine vorauseilte, es waren auch die auffallend roten Wangen, die aus ihrer ansonsten blassen Gesichtsfarbe herausstachen. Grote wusste die Zeichen zu deuten, und obwohl er sich in einem Gemütszustand befand, der von Heiterkeit weit entfernt war, überzog ein leises Lächeln sein Gesicht. Er sah Stine das Bemühen an, sich zusammenzureißen und sich nichts anmerken zu lassen, doch das gelang ihr nur unzureichend.

Dass seine Kollegin selten Alkohol trank und Schnaps grundsätzlich mied, wusste er, und dass sie nur wenig davon vertrug, sowieso. Als Stine ihm beichtete, dass sie drei Korn hatte trinken müssen, stand für ihn fest, dass der zweite Korn eindeutig einer zu viel gewesen war, und der dritte Korn für den Rest des Tages einen Fahrerwechsel nach sich ziehen würde. Eine kleine Spitze konnte er sich deshalb nicht verkneifen: »Hast du dich nur betrunken, oder ist auch etwas Zielführendes dabei herausgekommen?«

Stine riss sich, so gut es ging, zusammen und versicherte mit ernster Miene: »Chef, du unterschätzt mich! Ich habe dem Alkohol lediglich aus ermittlungstaktischen Gründen zusprechen müssen und alles voll im Griff.« Ungewollt entwich ihr ein leises »Hicks!«, und sie kämpfte mit einem Schluckauf, erst dann gelang es ihr, weiterzusprechen: »Heike Wegmann ist am Nachmittag mit ihrem Auto gekommen und parkte vor dem Haus. Das hat der alte Mann, der hier allein mit seiner erwachsenen Enkelin wohnt, beobachtet.« Sie machte erneut eine kurze Pause und kämpfte gegen ihren Schluckauf an. »Die Enkelin war am Nachmittag zum Reiten, während er für eine Stunde in der Nachbarschaft einen Besuch machte. Als er wiederkam, war Heike Wegmanns Auto verschwunden. Er ging davon aus, dass sie wieder weggefahren war.«

Nach dieser langen Rede gelang es Stine endlich, weitere »Hicks« erfolgreich zu unterdrücken. Zum Abschluss versuchte sie noch, mit einem Zitat ihren peinlichen Auftritt zu kaschieren. Mit ernstem Gesicht deklamierte sie: »Wunderbar ist die Nüchternheit des Trunkenen, entsetzlich die Trunkenheit des Nüchternen.«

Grote fragte spöttisch lächelnd: »Kommt von Heinz Erhardt, oder?« Stine ahnte, dass dieser Versuch eines stilvollen Abschlusses voll danebengegangen war. »Nein, von Georg Simmel, einem bedeutenden

Philosophen!«, antwortete sie leise und merkte selbst, dass es nun besser war, erst einmal zu schweigen.

Grote meinte nur: »Soso!« Der unfreiwillig heitere Auftritt seiner leicht angeschickerten Kollegin half ihm zumindest dabei, die düsteren Gedanken zu verdrängen und eine klare Sicht auf die Dinge zu bekommen.

»Ich bin mir inzwischen ganz sicher, dass nur ein Mann als Täter in Frage kommt«, teilte er seiner Kollegin mit. Er war schon lange genug Ermittler, um Heike Wegmanns Schlagverletzungen richtig zu deuten. Der Einbrecher hatte mit großer Kraft zugeschlagen, sonst wäre ihr Kopf nicht mit einer derart hohen Energie gegen die Wand geschlagen, dass dadurch ihr Genick brechen konnte. »Da muss entweder eine Menge Wut und Brutalität im Spiel gewesen sein, oder der Täter hat in Panik überreagiert.»

Stine nickte und schwieg weiterhin. Das Risiko, dass ihr beim Sprechen erneut ein »Hicks« entweichen könnte, war ihr einfach zu groß.

Zimmer 11

Am späten Nachmittag war der Tatort endlich an die Kollegen in den weißen Overalls übergeben, und ein Arzt bestätigte, genau wie schon von Grote vermutet: »Tod durch Genickbruch, vermutlich als Folge einer Auseinandersetzung.« Als Todeszeitpunkt legte er sich auf 16 Uhr fest und fügte noch hinzu: »Plus/minus 30 Minuten.«

Für Stefan Grote und Stine Lessing gab es hier nun nichts mehr zu tun. Als sie nach draußen gingen, hatte sich der Regen schon wieder gelegt, und das aufgeheizte Land dampfte vor sich hin. Grote gab Stine ein unmissverständliches Zeichen, dass sie ihm die Autoschlüssel geben solle, und setzte sich selbst ans Steuer. Obwohl die Wirkung des Alkohols inzwischen verflogen war, und seine Kollegin ihre Normalform fast wieder erreicht hatte, hielt er es für notwendig, ihnen beiden eine solide Grundlage für den Rest des Tages zu verschaffen. Deshalb fuhr er auf kürzestem Wege zum nächsten Bäcker und besorgte zwei »Kaffee to go« sowie mit Käse überbackene Laugenstangen.

Mit den Worten: »Hiermit komme ich meiner Fürsorgepflicht als Dienstvorgesetzter nach«, überreichte er Stine ihren Anteil und hatte das sichere Gefühl, ihr damit etwas Gutes zu tun. Stine war ihr skurriler Auftritt am Tatort im Nachhinein peinlich. Deshalb wollte sie gerade zu einer Entschuldigung ansetzen, als Grote abwinkte. »Lass stecken, Stine, es ist alles in Ordnung. Wenn du dem Bauern und seiner Enkelin den Schnaps abgeschlagen hättest, wäre bei dem Gespräch unter Umständen nicht viel herausgekommen. Ostfriesen können unglaublich nett, aber auch unglaublich stur sein. Was solltest du also tun? Außerdem hast du es ungewollt geschafft, mich aus meiner Schwermut herauszuholen, allein dafür haben sich die Schnäpse gelohnt.« Dann drehte er sich zu Stine um und lächelte: »Wenn ich ganz ehrlich bin: Die Schnäpse hätte ich auch nicht abgelehnt, hätte sie gut gebrauchen können.«

Sie gönnten sich eine kleine Pause auf dem Parkplatz hinter der Bäckerei. Als der Kaffee ausgetrunken war, zog Stine ein erstes Resümee und zeigte damit, dass ihre Gedanken wieder sortiert waren: »Die erste Frage, die wir beantworten müssen, ist meiner Meinung nach diese: Wonach hat der Täter gesucht? War es tatsächlich ein Raub, bei dem er es nur auf das Bargeld abgesehen hatte, oder ging es um etwas anderes? Wenn wir darauf eine Antwort finden, führt uns das vielleicht auf seine Spur.«

Grotes Gedanken gingen in dieselbe Richtung, und er nickte zustimmend. »Zuvor bleibt uns allerdings die traurige Pflicht, Simon Wegmann von dem Tod seiner Frau in Kenntnis zu setzen. Auch wenn er nicht ganz koscher ist, hat er dennoch ein Recht darauf, informiert zu werden. Rufe bitte einmal in der Klinik an, ob er inzwischen ansprechbar ist. Wenn nicht, können wir uns den Weg dorthin sparen.«

Stine suchte die Nummer des Nordwest-Krankenhauses heraus und bekam schon wenig später die Bestätigung, dass Simon Wegmann am Morgen aufgewacht sei. »Der Patient ist so weit ganz okay«, erklärte die zuständige Schwester. »Er schläft allerdings die meiste Zeit. Er liegt derzeit auf Station 3, Zimmer 11.«

Grote hatte das Gespräch mitgehört und startete schon den Motor. „Auf Simon Wegmanns Schlaf können wir keine Rücksicht nehmen, wir werden ihn wohl wecken müssen.«

Als sie auf Station 3 ankamen, gingen sie über den langen Flur und konnten in einige der Zimmer schauen, denn viele Patienten hatten die Türen offen gelassen, um wenigstens einen leichten Durchzug zu erzeugen. Trotzdem stand die schwülwarme Luft des bereits abgezogenen Gewitters immer noch in dem Gebäude und machte das Atmen schwer. Nach der Hälfte des Flures gelangten die beiden Polizisten zum Schwesternzimmer, das wie ein großer Glaskasten hervorstand. Dort fand gerade eine Besprechung statt, und als eine der Schwestern sie erblickte, nickte sie ihnen zu und kam heraus. »Haben wir eben zusammen gesprochen?«

Stine bestätigte das, und die Schwester machte es kurz, um die Besprechung fortsetzen zu können: »Wie gesagt, Herr Wegmann liegt in Zimmer 11.« Sie wies dabei auf das Ende des Flures. »Er schläft schon seit dem Mittagessen. Das Abendbrot haben wir ihm an das Bett gestellt, falls er später noch Hunger hat. Seien Sie bitte vorsichtig, wenn Sie ihn aufwecken. Er ist sicherlich noch sehr schwach.« Stine versprach, Rücksicht zu nehmen, dann folgten sie dem Flur und öffneten die Tür zu Simon Wegmanns Zimmer.

Die Schwester hatte recht. Wegmann hatte sich fest in seine Bettdecke eingerollt und sie so weit über den Kopf gezogen, dass von ihm selbst nichts zu sehen war. Das Abendbrot stand immer noch unberührt auf dem Nachtschrank, nicht einmal getrunken hatte er etwas. Stine rüttelte sanft an dem Körper, doch es erfolgte keine Reaktion. Auch beim zweiten Versuch hatte sie keinen Erfolg, was sie misstrauisch machte. Kurzentschlossen zog sie die Bettdecke ein Stück zurück und erlebte eine Überraschung: Simon Wegmann hatte in dem Bett eine perfekte Attrappe aufgebaut. Mit den Kissen und der Decke des unbelegten Bettes neben seinem hatte er einen unter der Bettdecke liegenden Körper nachmodelliert. Da das Klinikpersonal unter ständigem Zeitdruck stand, war es bislang niemandem aufgefallen. Genau damit hatte er wohl gerechnet. Grote öffnete Nachttisch und Kleiderschrank, war sich allerdings schon vorher sicher, dass er nichts finden würde. Wegmann hatte sich aus dem Staub gemacht.

Grote ersparte sich den Weg über den Flur und drückte stattdessen die rote Taste des Notrufs. Es dauerte nur eine halbe Minute, dann erklangen eilige Schritte auf dem Flur, und die Schwester erschien. Grote zeigte wortlos auf das leere Bett und machte die Schwester damit für einen Augenblick sprachlos.

Mit den Worten: »Das glaube ich jetzt nicht!«, drehte sie sich um, ging davon und kam kurz darauf wieder zurück. »Ich habe noch einmal bei meinem Kollegen nachgefragt. Zum Mittagessen gegen 12.30 Uhr war der Patient noch hier. Er hat auch gegessen, und als abgeräumt wurde, sagte er, man solle ihn nicht stören, er habe Kopfschmerzen und wolle schlafen.«

»Tja, ganz offensichtlich haben Sie ihn lange genug in Ruhe gelassen, um ihm die Gelegenheit zu geben, sich davonzuschleichen«, merkte Grote süffisant an.

Die Schwester musste auf Stines Nachfrage zugeben, dass Simon Wegmann irgendwann zwischen 12.30 Uhr und dem Abend das Krankenhaus verlassen haben konnte, ohne dass dieses aufgefallen war, oder jemand misstrauisch geworden wäre.

»Das macht die Sache nicht leichter. Wir reden über einen Zeitraum von ungefähr sieben Stunden, in dem er sich irgendwann aus dem Staub gemacht hat«, sagte Grote ärgerlich.

»Im Moment kann ich Simon Wegmann überhaupt nicht einschätzen«, meinte Stine nachdenklich. »Einerseits drängt sich nun natürlich der Verdacht auf, dass er für Heikes Tod verantwortlich sein könnte, aber ist der Mann tatsächlich so gewalttätig, dass er seiner Frau etwas angetan hat? Vielleicht ist er nur untergetaucht, weil er den Konsequenzen aus dem Weg gehen will, die sich aus seinem Doppelleben ergeben.«

Grote wusste auf diese Frage auch keine Antwort. »Wir müssen herausbekommen, wann genau er die Klinik verlassen hat. Heikes ungefähren Todeszeitpunkt kennen wir. Falls er die Klinik nach 16.30 Uhr verließ, hat er ein Alibi, denn da war Heike schon tot. Wenn nicht, sieht es schlecht für ihn aus. Bestimmt gibt es im Haus eine Videoüberwachung. Da sollten wir nachfragen.«

Der Rentner in der Sicherheitszentrale freute sich, als die beiden Polizisten bei ihm erschienen und um Unterstützung baten. »Endlich einmal etwas Abwechslung. Einige Menschen glauben ja, dass ich hier eine ruhige Kugel schiebe, aber wenn man stundenlang nur auf diese Überwachungsschirme schauen muss, macht einen das fix und fertig. Dazu kommt ja noch die immense Verantwortung, die ich hier trage.«

Während ihm der Schweiß über die Stirn lief, biss er beherzt von seiner Käsestulle ab. Obwohl sein Bauch und die Butterbrotstapel auf dem Tisch vor ihm nicht den Eindruck von Stress vermittelten, schaute Stine den Mann so mitfühlend an, dass diesem ganz warm ums Herz wurde und er alle Register der Hilfsbereitschaft zog. Grote war wieder einmal hingerissen von seiner jungen Kollegin, der es oftmals mühelos gelang, die Männer um den Finger zu wickeln. Er wusste schon, warum er sich in solchen Situationen meist zurückhielt, denn mit seiner manchmal schroffen Art bekam er nicht so leicht Zugang zu anderen Menschen.

Der Rentner zeigte ihnen die Positionen der Überwachungskameras und löste damit die erste Enttäuschung aus, denn nur der Haupteingang, ein Seiteneingang und die Notfallzufahrt waren videoüberwacht. Innerhalb der Eingangshalle oder in den Treppenhäusern befanden sich keine Kameras, und auf Stines Nachfrage musste er bestätigen, dass es sehr wohl den einen oder anderen Lieferanten- oder Hintereingang gab, der nicht im Blickfeld der Kameras lag. Trotzdem ließ er im Schnelldurchlauf die vorhandenen Aufnahmen über den Monitor huschen, doch bald wurde klar, dass sie so nicht weiterkamen. Der Publikumsverkehr war dermaßen rege, dass es viele Stunden dauern würde, das Material zu sichten, und auch dann würde es kein zuverlässiges Bild vermitteln, denn niemand wusste, welche Bekleidung Simon Wegmann getragen hatte, und ob er nicht doch einen anderen Ausgang benutzt hatte.

Trotzdem konnten diese Aufzeichnungen einmal wichtig werden, so dass Stine den Rentner darum bat, das gesamte Material auf einen Datenträger zu ziehen und es ihnen zuzuschicken, doch da zögerte der Wachmann dann doch. »Laut Dienstanweisung darf ich das eigentlich nur, wenn eine schriftliche Anforderung eines Richters vorliegt.«

Stine wusste, das würde Tage dauern und die Ermittlungen nur verzögern, deshalb warf sie noch einmal allen Charme in die Waagschale und säuselte: »Aber Herr …«, sie schaute kurz auf sein

Namensschild, »Herr Grootens, das wird doch unter Freunden nicht nötig sein, oder?« Der passende Blick dazu brach alle Widerstände, und der Wachmann gelobte hoch und heilig, ihre Bitte zu erfüllen.

Als Stine am nächsten Morgen zum Dienst erschien, saß Stefan Grote bereits frisch geduscht an seinem Schreibtisch. Er war zum Dienst gejoggt, um die kühle Morgenluft auszunutzen, denn am Nachmittag war bei den momentanen Temperaturen nicht an Sport zu denken. Stine hingegen war später dran als üblich, denn es war eine lange Nacht geworden. Als sie am Abend in ihre schmucke kleine Appartementwohnung zurückkam, fand sie unter der Tür die Einladung zu einer Einweihungsparty im ersten Stock. Die gerade frisch eingezogene WG junger Studenten wollte sich gegenüber der Hausgemeinschaft gut einführen und obwohl Stine nicht der Sinn danach stand, war sie heruntergegangen und geriet in eine ausgelassene Feier bis spät in die Nacht. Entsprechend wenig Schlaf hatte sie bekommen und eigentlich hätte sie sich freuen sollen, dass Grote entgegen seiner sonstigen Gepflogenheiten schon die Kaffeemaschine in Betrieb gesetzt hatte, denn ein starker Kaffee war genau das, was sie im Moment braucht. Trotzdem löste der Anblick der röchelnden Kaffeemaschine bei ihr einen Schreck aus, den sie zu überspielen suchte. Es war ja lieb von ihrem Chef gemeint, das wusste sie zu würdigen, allerdings kochte niemand einen so schlechten, dünnen Kaffee wie Grote. Dennoch tat sie so, als habe er ihr eine Freude bereitet, und schenkte sich mit dem festen Entschluss ein, den Rest des Kaffees sofort auszuschütten und neuen zu kochen, sobald er für einen Moment das Zimmer verließ.

Grote schien den gestrigen Tag, der sicherlich nicht einfach für ihn gewesen war, gut weggesteckt zu haben, und war voller Tatendrang. »Ich habe bereits mit dem Dienststellenleiter und der Staatsanwaltschaft gesprochen. Wir haben jetzt ganz offiziell den Auftrag, im Mordfall Heike Wegmann zu ermitteln. Das beinhaltet auch Ermittlungen gegen Simon Wegmann, falls ein Zusammenhang mit dem Mordfall besteht. Ich möchte dich deshalb bitten, dich noch einmal gründlich mit Simon Wegmanns Laptop zu beschäftigen. Ich gehe derweil kurz runter zur Kriminaltechnik und frage mal nach, ob man am Tatort etwas gefunden hat, was uns weiterhilft.«

Stine nickte ihm scheinheilig zu. »Ich fange sofort damit an, Chef!« Doch kaum war Grote aus dem Zimmer, sprang sie hektisch auf und machte ihren Vorsatz wahr. Kurz darauf waren alle Reste von Grotes misslungenem Gebräu vernichtet und starker Kaffee, so wie sie ihn mochte, stand vor ihr auf dem Tisch.

Erst dann öffnete sie Simon Wegmanns Laptop und wandte sich wieder den 12 Ordnern mit den Frauennamen und Jahreszahlen zu, mit denen sie sich schon am Vortag, wenn auch oberflächlich und mit einem unguten Gefühl, befasst hatte. Heute war alles anders, sie ermittelte legal, und das beflügelte ihren Ehrgeiz.

Zuerst schien es ihr, als bestätigte sich das Bild von gestern. Simon Wegmann war ein kleiner, mieser Betrüger, der einsamen oder unverstandenen Frauen das Geld aus der Tasche zog, doch dann wurde sie stutzig: Im Ordner »Vera2017« gab es einen Unterordner, der ihr bisher noch gar nicht aufgefallen war. Er trug keinen Titel, der auf den Inhalt hinwies, doch nachdem sie ihn geöffnet hatte, stellte sie ihren Kaffeebecher zur Seite und beugte sich nach vorne.

Grote hatte sich viel länger bei den Kriminaltechnikern aufgehalten als geplant, und als er nach zwei Stunden zurückkehrte, bemerkte er sofort die hohe Geschwindigkeit, mit der Stine die Tastatur des Computers bearbeitete. Plötzlich aber trat auf einen Schlag völlige Ruhe ein. Sie lehnte sich zurück und pustete sich ihre roten Haare aus dem Gesicht. Das war eine typische Geste, immer dann, wenn sie besonders angespannt oder sehr überrascht war. Im selben Moment forderte Stine ihn auf: »Stefan, das hier musst du dir unbedingt anschauen!«

Sie hatte schon gleich zu Beginn ihrer Recherche begonnen, die Ergebnisse ihrer Arbeit zu sortieren und kurzentschlossen eine Fallakte angelegt. Das war ihre Art, mit System zu arbeiten. Allerdings tat sie es nur dann, wenn sie sicher war, auf etwas Bedeutsames gestoßen zu sein, und genau das war hier der Fall. Es war einfach zu ungeheuerlich, was Stine zusammengetragen hatte: Da war zum einen der Order »Vera2017«, in dem sie auf eine verdächtige Datei mit Pressemeldungen aus dem Jahre 2017 über das ungeklärte Verschwinden einer Frau namens Vera Scholz aus Norden stieß. In den Zeitungsnotizen wurde ein Sprecher der Polizei zitiert, wonach man inzwischen davon ausgehe, dass die Frau das Opfer eines Gewaltverbrechens geworden sei.

Darüber hinaus gab es noch zwei andere Ordner mit Frauennamen, in denen sich geheimnisvolle Unterordner fanden. In diesen beiden Fällen hatte Wegmann Presseberichte über Vermisstenmeldungen gesammelt. Eine der Frauen, Enna Smid aus Neßmersiel, war vor zwei Jahren verschwunden, die andere, Gesine Bleeker aus Twixlum bei Emden, im letzten Jahr.

Eines war allen drei Frauen gemein: Sie hatten zuvor in engem Kontakt mit Wegmann gestanden und ihm vor ihrem Verschwinden erhebliche Bargeldsummen geliehen, um ihm aus angeblichen »Notlagen« zu helfen. Mal hatte er den Frauen vorgegaukelt, ein Riesengeschäft stehe kurz vor dem Abschluss und er müsse sich bei seinem künftigen Partner einkaufen, mal war es die lebensnotwendige medizinische Behandlung seiner Mutter, die ihn finanziell in Schieflage gebracht habe, weil er auf sein Festgeld gerade keinen Zugriff habe.

Spätestens jetzt, nachdem sie auf diese Dateien gestoßen war, war Stine fest davon überzeugt, dass der Inhalt dieses Computers in einem direkten Zusammenhang mit Heike Wegmanns Tod stand. Der banale Verkehrsunfall auf Bauer Tönsens Wiese hatte einige Dinge ins Rollen gebracht und entwickelte sich zu einem Kriminalfall von ungeahnter Dimension.

Nachdem Grote alles gelesen hatte, was Stine zusammengetragen hatte, fällte er schnell ein Urteil: »Jetzt wird mir alles klar! Heike musste sterben, weil der Täter bei ihr diesen Laptop vermutet hat. Er konnte ja nicht wissen, dass Heike ihn bereits zu uns gebracht hatte.«

»Denken wir dasselbe?«, fragte Stine und schaute Grote an. Die Frage war allerdings rein rhetorisch, denn sie kannte seine Antwort.

»Ja, Simon Wegmann hat offensichtlich seine Frau ermordet, weil er den Computer an sich bringen wollte, bevor jemand auf seine Dateien stößt. Das passt auch zur Spurenlage. Zwar konnten keine Fingerabdrücke in Heikes Zimmer gefunden werden, aber es fanden sich an einigen Gegenständen Spuren von Talkumpuder, wie ich eben von der Kriminaltechnik erfahren habe.«

»Du meinst also, dass Simon Wegmann Latexhandschuhe trug, die er aus dem Krankenhaus mitgenommen hatte? Soviel ich weiß, werden diese gepuderten Handschuhe aber in Kliniken gar nicht mehr benutzt.«

Grote war wieder einmal von Stine beeindruckt. »Das hat mir der Techniker von der KTU auch so erklärt, aber wieso weißt du sowas?« Er schüttelte irritiert den Kopf und musste erst wieder den Faden finden. »Ein Anruf in der Klinik hat tatsächlich ergeben, dass sie diese Handschuhe vor Jahren abgeschafft haben. Die Reinigungskräfte allerdings nutzen noch Altbestände, sie liegen also in den Putzschränken auf den Stationen noch herum. Die Techniker wollen sich noch heute einen Vergleichshandschuh aus der Klinik besorgen und die Zusammensetzung des Puders mit dem am Tatort sichergestellten vergleichen. Aber das scheint mir nur noch eine Formsache zu sein.«

Wie zur Bestätigung ihres Verdachts rief eine Stunde später Stines wohlbeleibter Freund aus der Sicherheitszentrale des Krankenhauses an. Er hatte trotz seiner fordernden Arbeit noch Zeit gefunden, selbstständig nach Auffälligkeiten auf den Überwachungsvideos zu suchen, und war dabei auf einen Mann gestoßen, der um 15.15 Uhr durch die kurzzeitig geöffnete Tür der Notfallaufnahme geschlüpft war. Der Mann hatte ein auffälliges Pflaster an der Stirn getragen.

Es dauerte eine Weile, bis Stefan Grote und Stine Lessing sich bewusst wurden, dass sie innerhalb weniger Stunden den Mord an Heike Wegmann aufgeklärt hatten.

»Was bleibt, ist im Moment nur die Fahndung nach ihm«, sagte Grote, doch dann merkte er, dass das nur die halbe Wahrheit war.

»Wenn da nicht diese ominösen Dateien auf seinem Computer wären!«, fügte Stine trocken hinzu.

Flucht

Simon Wegmann wurde von bohrenden Kopfschmerzen gequält. Sie waren so stark, dass er in der Nacht auf dem unbequemen Liegesitz des Autos seiner Frau kaum ein Auge zubekommen hatte. Zu allem Überfluss stellte er bei einem Blick in den Rückspiegel fest, dass sich auf seinem Stirnpflaster ein roter Fleck gebildet hatte. Das konnte nur bedeuten, dass sich die Platzwunde wieder geöffnet hatte, und er wusste auch, wann das passiert war, denn Heike hatte sich kräftig gewehrt.

Er fluchte laut vor sich hin, während er den Verbandskasten aus dem Kofferraum holte und das Pflaster erneuerte. Der Platz, an dem er sich über Nacht versteckt hatte, war gut gewählt. Den Knyphauser Wald, unterhalb von Rispel, kannte er noch aus der Zeit, als er sich dort regelmäßig mit einer Frau aus dem Ort getroffen hatte. Als Frau eines Gemeinderats war sie in der Gegend bestens bekannt, deshalb kamen damals nur Treffen in der Einsamkeit des Waldes in Frage. Er grinste zufrieden, denn die Frau hatte ihm viel Geld eingebracht. Wichtiger war allerdings, dass er sich problemlos von ihr hatte trennen können, nachdem bei ihr nichts mehr zu holen gewesen war. Die Frau würde aus Scham schweigen und ihn nicht mehr behelligen, das war ihm von Anfang an klar gewesen. So war es bei den meisten seiner Opfer, nur wenige Frauen reagierten nach der Beendigung der Affäre anders und wollten sogar ihr Geld zurück, doch auch solche Probleme hatte er gelöst, wenn auch nicht einvernehmlich. Manchmal genügte schon die Andeutung, pikante Details ihrer Liaison könnten im Internet auftauchen, um den Frauen den Mut zu rauben. Nur gelegentlich musste er zu drastischeren Maßnahmen greifen, doch auch davor hatte er keine Skrupel.

Die Sonne hatte inzwischen den Wald in ein warmes Licht getaucht und damit die Fliegen und Mücken aus ihrer Nachtstarre erweckt. Genervt schlug er um sich und schloss die Fensterscheiben, um nicht weitere Quälgeister anzulocken. Er befand sich in einer schwierigen Lage, das war ihm klar. Als er sich gestern aus dem Krankenhaus geschlichen und auf dem Parkplatz eine alte Dame getroffen hatte, die ihn mit ihrem Auto nicht nur nach Sande mitgenommen, sondern sogar in der Nähe von Heikes Fremdenzimmer abgesetzt hatte, war er noch voller Hoffnung gewesen und hatte auf sein Glück vertraut. Vielleicht konnte es gelingen, seiner Frau den Laptop, der unsäglicherweise in ihre Hände gefallen war, wieder abzunehmen, bevor es ihr gelang, alle

Dateien zu öffnen. Er hätte sogar einige Frauenaffären zugegeben, notfalls auch die Betrügereien. Das wäre ihm gleichgültig gewesen, und die seinem Geständnis unausweichlich folgende Scheidung hätte er in Kauf genommen. Schließlich hatte er Heike nie geliebt, so wie er keine der Frauen, an denen er sich bereichert hatte, jemals geliebt hatte. Am meisten hatte Simon Wegmann damals das viele Geld interessiert, das seine Ehefrau von ihren Eltern geerbt hatte. Dass sie gut aussah und gebildet war, nahm er als willkommene Dreingabe, doch er hätte sie auch geheiratet, wenn sie einfältig und unansehnlich gewesen wäre.

Während er gestern durch die unverschlossene Tür in Heikes Zimmer kam und aus dem Badezimmer das Geräusch der Dusche hörte, war er sicher gewesen, seinen Laptop einfach wieder an sich nehmen und davonschleichen zu können. Wenn es besonders glatt gelaufen wäre, hätte er vielleicht sogar zurück in die Klinik gehen und sich einfach wieder in sein Bett legen können, doch dann lief die Sache aus dem Ruder. Heike hatte ihn bemerkt, und es kam zu einer heftigen Auseinandersetzung. Als er seinen Laptop einforderte und sie ihm hämisch entgegenschleuderte, dass sie den Computer bereits der Polizei übergeben habe, brannten bei ihm die Sicherungen durch. Er hatte wutentbrannt auf sie eingeprügelt und sie hatte sich gewehrt. Dadurch, dass er Heike von sich schubste, war sie ausgerutscht und seitlich mit dem Kopf gegen die Wand gekracht. Als sie langsam mit starrem Blick zu Boden sank, wusste er sofort Bescheid. Er war nicht einmal erschrocken oder gar berührt gewesen von dem, was passiert war. Es war ihm schlicht egal. Diese Frau hatte durch ihre Schnüffelei in seinem Computer sein ganzes Lügengebilde zum Einsturz gebracht und ihn zum Gejagten gemacht. Statt Mitleid mit seiner Frau zu empfinden, war plötzlich Wut auf sich selbst das dominierende Gefühl. Er ärgerte sich darüber, dass er so unbedacht gewesen war, seine Daten nicht ausreichend zu schützen. Zumindest hätte er besser auf seinen Laptop aufpassen müssen. Aber wer konnte schon ahnen, dass das Handy, das er während der Fahrt vom Boden aufheben wollte, ihn von der Straße abkommen lassen und ein dummer Verkehrsunfall seinem Leben eine dramatische Wendung bescheren würde?

Er griff in die Hosentasche und zog Bilanz. Mit dem Geld aus Heikes Portemonnaie und der Summe, die er gestern vorsorglich an dem Geldautomaten gegenüber der Klinik abgehoben hatte, musste er sich finanziell für die nächsten Tage keine Sorgen machen. Das würde fürs Erste reichen, und außerdem verfügte er über gut versteckte Reserven, auf die er zurückgreifen konnte. Seine eigenen Scheck- und

Kreditkarten allerdings würde er künftig nicht mehr benutzen können, ohne die Polizei damit auf seine Spur zu locken.

Über seine beiden Handys machte er sich keine Illusionen, auch die würde Heike wohl der Polizei übergeben haben. Doch das sorgte ihn weniger als die Dateien auf seinem geheimen Laptop. Noch ärgerlicher war für ihn, dass Heike der Polizei auch das Schlüsselbund gegeben hatte, denn mindestens einmal noch musste er in das Häuschen am Kanal zurückkehren, um die dort versteckten Dinge abzuholen, die ihm den Weg in ein neues Leben ebnen konnten.

Er hob den Arm, schnupperte an seiner Achselhöhle und verzog das Gesicht. Es war nicht anders auszudrücken: Er war verschwitzt und stank fürchterlich. So konnte er nicht unter Menschen gehen, das war ausgeschlossen. Bis zum Wiesedermeer waren es nur wenige Kilometer. Dort hatte er schon als Kind gebadet, also startete er das Auto und stürzte sich kurze Zeit später in das kühle Wasser. Die Bewohner des nahen Campingplatzes nahmen keine Notiz von dem Mann, der am gegenüberliegenden Ufer splitternackt sein Morgenbad nahm, das hatte Simon Wegmann auch nicht anders erwartet.

Nachdem er sich erfrischt hatte, ließ er sich in der Morgensonne trocknen und zog sich an. Befriedigt stellte er fest, dass sich die Wunde am Kopf wieder geschlossen und auch dem Wasser standgehalten hatte. Er klebte ein neues Pflaster darauf, dann fuhr er nach Aurich, um zwei drängende Probleme zu lösen: Zum einen musste er die Kennzeichen von Heikes Golf schnellstens loswerden, denn dass bereits eine Fahndung nach diesem Auto lief, war so sicher wie das Amen in der Kirche. Zum anderen musste er sich dringend angemessene Bekleidung besorgen. So wie er jetzt herumlief, war es eines Simon Wegmanns nicht würdig. Schließlich wusste er selbst, dass er nicht besonders ansehnlich war. Ein paar Zentimeter zu klein, dafür einige Kilos zu viel auf den Rippen, all das machte eigentlich nicht viel her. Doch sein Charme und seine unwiderstehlichen braunen Augen, die so treu in die Welt schauen konnten, dass sie die Herzen der Frauen brachen, das war sein Kapital. Gute Kleidung gehörte selbstverständlich dazu.

Er steuerte zielsicher die Tiefgarage Carolinenhof am Fischteichweg an und störte sich überhaupt nicht daran, dass dieses Parkhaus nur wenige hundert Meter von der Polizeiinspektion Aurich entfernt lag. Schnell wurde er fündig und parkte neben einem silbergrauen Golf, dessen Baujahr und Farbe Heikes Auto entsprach. Er schaute sich aufmerksam um und entdeckte eine Überwachungskamera, doch sie war so weit von seinem Platz entfernt, dass es ihm keine Mühe machte, sich im toten Winkel zu halten. Geschickt löste er die Kennzeichen vom Nachbarauto, steckte dreist seine eigenen Kennzeichen in die Halterung und brachte die gestohlenen Kennzeichen bei sich an. Der Tausch dauerte nur zwei Minuten, dann betrachtete er zufrieden sein Werk. Er verließ sich auf die Unachtsamkeit des anderen Autobesitzers. Wer schaute schon auf die Kennzeichen seines eigenen Autos, wenn er mit Tüten und Taschen bepackt vom Einkaufen kam und einstieg? Es konnte Stunden oder gar Tage dauern, bis es jemandem auffiel.

Simon Wegmann setzte erneut auf sein Glück. Das hatte ihn bisher selten in Stich gelassen und würde ihm den Vorsprung verschaffen, den er jetzt dringend benötigte.

Er fuhr mit seinem Auto aus der Tiefgarage, steuerte einen anderen Parkplatz in der Nähe an und besorgte sich aus der nächsten Apotheke Kopfschmerztabletten. Drei Stunden später kehrte er nach einem ausgiebigen Frühstück und einem Flirt mit der Bedienung neu eingekleidet zu seinem Auto zurück und verließ Aurich in Richtung Küste. Vergnügt pfiff er ein Lied vor sich hin und war zufrieden.

Simon Wegmann hatte wieder alles unter Kontrolle.

Es war ein Tag ganz nach Stines Geschmack. Sie war gern mit Stefan Grote gemeinsam auf Ermittlungsfahrt quer durch Ostfriesland unterwegs, doch die Arbeit am Computer machte ihr ebenfalls Spaß. Besonders dann, wenn sie wusste, dass es ein dunkles Geheimnis zu lösen galt. Die Fahndung nach Wegmann und dem silberfarbenen Golf seiner Frau lief, mehr konnte man im Moment einfach nicht tun. Doch hätte sie geahnt, dass zur selben Zeit ganz in der Nähe Simon Wegmann unbekümmert durch die Geschäfte der Auricher Innenstadt schlenderte, wäre es mit ihrer inneren Ruhe vorbei gewesen.

Grote hatte schon seit Stunden kaum ein Wort gesprochen, um sie nicht zu stören. Er sah nur bewundernd, wie sie konzentriert von einer Internetseite auf die andere wechselte, zwischendurch das ein oder andere Gespräch mit fremden Dienststellen führte und immer wieder zum Drucker ging. Einmal sprang sie unvermittelt auf, wühlte in Heike Wegmanns Portemonnaie herum, das die Kollegen der Spurensuche freigegeben hatten, und scannte ein Foto ein.

In einer kurzen Pause, in der sie auf einen Rückruf wartete, ging sie schweigend zur großen Pinnwand, riss alles herunter, was dort noch von den bisherigen Fällen angebracht war, und schaffte somit Platz. Es konnte nicht mehr lange dauern, dann würde sie ihrem Chef das Ergebnis ihrer Recherche vorstellen.

Grotes Schweigen bedeutete natürlich nicht, dass er inzwischen untätig gewesen war. Er hatte mit den Kollegen der Spurensuche und dem Pathologen gesprochen, der Heike Wegmanns Leichnam obduziert hatte. Die Ergebnisse waren interessant, trotzdem behielt er sie vorerst für sich, um Stines Arbeitsfluss nicht zu unterbrechen.

Am frühen Nachmittag wurde die Hitze im Büro unerträglich und Grote beschloss, für Abhilfe zu sorgen. So verschwand er, was Stine gar nicht zu bemerken schien, und kehrte wenig später mit zwei monumentalen Eisbechern zurück, von denen einer, der für Stine gedacht war, von einer respektablen Sahnehaube gekrönt war. Ohne es vorher gewusst zu haben, war seine Aktion perfekt getimt, denn als er in das Zimmer kam, stand Stine vor dem Fenster und dreht ihre Hüften, als ließe sie gerade einen unsichtbaren Hula-Hoop-Reifen kreisen. Gleichzeitig zog sie dabei ihre Schultern hoch und runter.

Als sie Grote bemerkte, fühlte sie sich ertappt und stotterte mit rotem Kopf: »Sorry, das musste mal sein, ich bin ein wenig verspannt.« Dann fügte sie strahlend hinzu: »Aber ich verspreche dir, die Arbeit hat sich gelohnt!«

Bevor Stine mit ihrem Bericht begann, machten sie sich in aller Ruhe über das Eis her. Nach einer Zeit genussvollen Schweigens fragte sie beiläufig, als gäbe es keinen tieferen Grund dafür: »Hast du Simon Wegmann eigentlich gekannt?«

Noch vor zwei Tagen wäre Grote diese Frage unangenehm gewesen, doch er war mit sich und seiner früheren Beziehung ins Reine gekommen.

»Nein, ich kannte ihn gar nicht und habe ihn auch niemals gesehen. Was damals in Heike gefahren ist, unsere Beziehung von heute auf morgen zu beenden, habe ich nie so richtig kapiert. Aber du kennst mich inzwischen ja recht gut, ich bin Realist und habe es hinnehmen müssen.«

So einfach, wie Grote es hier darstellte, war es allerdings nicht gewesen, denn es hatte ein ganzes Jahr gedauert, bis er die Trennung hatte akzeptieren können. Aber das behielt er wie so vieles für sich. Er schaufelte sich einen großen Berg Zitroneneis in den Mund und wollte wissen: »Warum fragst du?«

Stine tat seine Gegenfrage mit einem lapidaren »Nur so …!« ab und ließ es sich weiterhin schmecken.

Nachdem beide ihre Eisbecher ausgekratzt hatten, nahm Stine einen Stapel ausgedruckter Computerseiten und legte sie auf den Tisch. Während Grote seinen Stuhl zurechtrückte, um besser sehen zu können, nahm sie einen Filzstift und begann, wie eine Lehrerin vor ihren Schülern, zu dozieren. In der folgenden Stunde entstand vor Grote ein Gebilde von aufgepinnten Papierseiten, handschriftlich angefügten Bemerkungen und bunten Filzstiftlinien, die das eine mit dem anderen in Beziehung setzten. Dann fasste Stine zusammen:

»Wie du siehst, ergibt die Auswertung der Dateien ein klares Bild: Es gab mindestens zwölf Frauen, mit denen Simon Wegmann in den letzten Jahren teils lange und intensive Beziehungen unterhalten hat und die er, man kann es nicht anders bezeichnen, ausgeplündert hat. Dazu kommt noch eine aktuelle Beziehung zu einer Frau, die jedoch noch am Anfang steht. Das konnte ich allerdings nur dem Chatverlauf entnehmen. Für diese Frau hat er nämlich noch keinen Ordner angelegt, da die Sache noch im Entstehen ist.«

Stine hatte ein großes Fragezeichen mit der Bemerkung »Unbekannte Frau« auf einen Zettel geschrieben und ganz an den Rand geschoben, denn es gab wesentlich bedeutsamere Erkenntnisse, die ihrer Aufmerksamkeit bedurften.

»Ich habe festgestellt, dass die Affären mit neun der zwölf Frauen irgendwann von ihm beendet wurden, nachdem es nichts mehr zu holen gab. Zwar konnte ich noch nicht alle Frauen erreichen, doch die meisten scheinen sich bester Gesundheit zu erfreuen, einige von ihnen habe ich sogar unter einem Vorwand selbst angerufen, bei anderen konnte ich zumindest die Meldedaten abrufen. Bei ihnen gibt es ebenfalls keine Hinweise auf ein etwaiges Verschwinden. Bei einer Frau bin ich bisher noch gar nicht weitergekommen, aber es kann sein, dass sie sich auf Reisen befindet. Ich habe mich deshalb auf die drei Ordner mit den Namen »Vera«, »Enna« und »Gesine« mit ihren auffälligen Unterordnern konzentriert.«

Grote unterbrach sie nachdenklich: »Du sagtest, dass man inzwischen bei Vera Scholz von einem Tötungsdelikt ausgeht. Vermutest du etwa, dass Simon Wegmann der Täter sein könnte?«

Stine lächelte: »Ich gebe zu, genau das habe ich gedacht und wollte deshalb die Akten anfordern, doch die waren nicht mehr im Archiv. Dann habe ich bei den Kollegen in Norden nachgefragt und erfahren, dass man inzwischen einen Nachbarn der Frau als Täter überführt hat. Die Täterschaft ist aufgrund eines DNA-Abgleichs absolut gesichert. Aus dieser Nummer ist Simon Wegmann also raus. Es bleiben somit noch Enna Smid aus Neßmersiel und Gesine Bleeker aus Twixlum. Beide Frauen gelten seit einiger Zeit als vermisst, und Wegmann hat Pressemeldungen über sie gesammelt. Mit diesen beiden Frauen hat er sich noch kurz vor ihrem jeweiligen Verschwinden getroffen, und wie ich seinen Mails entnehmen konnte, standen die Beziehungen zu den beiden Frauen zu dem jeweiligen Zeitpunkt unter keinem guten Stern. Es gab Streit um die Gelder, die sie ihm überlassen hatten. Mit diesen beiden Vermisstenfällen müssen wir uns auf jeden Fall beschäftigen. Es mag ja sein, dass es sich um einen Zufall handelt und es für das Verschwinden der Frauen ganz profane Erklärungen gibt, aber wir müssen das klären. Die Akten sind bereits auf dem Weg zu uns. In die Ermittlungen in Sachen Gesine Bleeker war übrigens unser gemeinsamer Freund und Kollege Skipper eingebunden, denn Twixlum liegt gewissermaßen vor Emdens Haustür.«

Grote schaute auf den Kalender und schlug vor: »Versuche doch mal, Skipper anzurufen. Er hat zwar noch Urlaub, aber möglicherweise ist er per Handy zu erreichen. Dann kann er uns vielleicht etwas zu Gesine Bleekers Verschwinden sagen.«

Stine hatte die Telefonnummer von Oberkommissar Harm Petersen unter »Skipper« in ihrem Handy eingespeichert, denn so nannten ihn alle. Sie drückte die Schnellwahltaste, und der Ruf war kaum hinausgegangen, da erklang schon Skippers Stimme:

»Hallo, Stine, du junge Landratte!«

Stine freute sich, Skipper mal wieder zu hören. Die regelmäßigen Treffen in der Dartkneipe am Auricher Hafen, bei denen Grote und Stine sich mit Skipper, Frauke Hattinga und Sören Gueres trafen, waren wegen der Urlaubszeit unterbrochen worden. Das nächste Treffen war erst für die kommende Woche angesetzt.

»Ahoi, Skipper, wo treibst du dich rum? Bist du noch auf hoher See oder schon wieder in Emden?«

Skipper lachte: »Zurzeit werde ich unter großer Flamme gegrillt. Ich komme gerade von Dänemark runter und wollte schon im Hafen sein, aber der Wind ist eingeschlafen. Die Segel musste ich einholen, und jetzt schiebt mich der Motor gegen das ablaufende Wasser im Schneckentempo in die Ems hinein. An Backbord habe ich gerade das Quermarkenfeuer von Wybelsum.«

Stine machte sich einen Spaß daraus, Skipper zu hänseln: »Ach so, alles klar! Dann weiß ich jetzt ja auf den Meter genau, wo du gerade steckst.«

Skipper schnaufte verächtlich: »Sag ich ja: Landratte! Keine Ahnung von der Seefahrt. Also mal anders ausgedrückt: Wenn ihr in einer guten Stunde bei mir am Liegeplatz erscheint, kann ich euch ein perfekt gekühltes Einlaufbier anbieten.»

Stine schaute zu Grote, der hatte nur die Worte »gut gekühltes Einlaufbier« gehört und nickte in Anbetracht der stickigen Luft heftig. Stine sagte Skipper den Besuch zu und legte auf. Grote stand auf und wollte bereits seinen Schreibtisch abschließen, doch Stine stoppte ihn.

»Nur noch eine Minute, Stefan. Es gibt da noch etwas. Ich hatte dich vorhin gefragt, ob du Simon Wegmann von früher kennst oder jemals gesehen hast. Das habe ich aus gutem Grund getan, denn wenn das der Fall gewesen wäre, hätte uns das vielleicht weiterbringen können. Ich habe nämlich festgestellt, dass Simon Wegmann bereits seit zwölf Jahren tot ist. Ich habe im Moment nicht die geringste Ahnung, wen Heike geheiratet hat, aber mit Sicherheit nicht den echten Simon Wegmann. Der liegt nämlich seit vielen Jahren in Suurhusen begraben.«

Grote schaute Stine wie vom Donner gerührt an und blieb eine Zeitlang regungslos sitzen. Erst dann löste er sich aus seiner Erstarrung.

»Es ist ziemlich verwirrend, was du heute in wenigen Stunden zutage gefördert hast. So viele Fragen auf einmal, die wir beantworten müssen.«

Er schüttelte fassungslos den Kopf.

»Dazu kommen noch andere Dinge, die mich irritieren: Die Untersuchung der blutverschmutzten Kleidung des angeblichen Simon Wegmann, die wir in Heikes Zimmer gefunden haben, hat weitere Fragen aufgeworfen. Es befand sich nämlich neben seinem eigenen Blut vom Unfall auch Fremdblut darauf. Diese Fremd-DNA befindet sich bereits in der Datenbank, ergab aber bisher keinen Treffer.«

Stine schüttelte nachdenklich den Kopf, und während sie ihren Schreibtisch aufräumte, zitierte sie Nietzsche: »Dem guten Frager ist schon halb geantwortet!«

Dafür bekam sie von ihrem Chef eine hastig zusammengeknüllte Papierkugel an den Kopf geworfen und erntete die Bemerkung: »Schnacker!«

Während Stine ihre bequemen Büro-Flip-Flops auszog und gegen knallrote Turnschuhe eintauschte, lächelte sie zufrieden. Grote war endlich wieder ganz der Alte.

*

Arne Jessen kam nicht mehr zur Ruhe. Dr. Grobans oberflächliche Leichenschau mit einem selbst für medizinische Laien schwer nachvollziehbaren Ergebnis ging ihm nicht mehr aus dem Kopf. Es mochte ja sein, dass der Doktor mit seiner Einschätzung recht hatte, aber wenn nicht? Was, wenn kein Krankheitsfall, sondern eine Straftat ursächlich für den Tod von Jan Bartels war? Er hatte am Morgen nach dem Einsatz noch einmal versucht, mit seinem älteren Kollegen darüber zu sprechen, doch der hatte ihn sofort und genervt abgewimmelt: „Du mit deinem Polizeischulwissen, das geht mir gehörig auf die Nerven. Guck in die Dienstanweisung und lass es einfach gut sein!«

Arne Jessen konnte sich den Blick in den Ordner mit der Vorschriftensammlung ersparen. Schließlich wusste er selbst, dass die Kripo nur bei einem vom Arzt festgestellten unnatürlichen Tod ins Spiel kam, ganz gewiss nicht bei einem Herzinfarkt. Trotzdem entschloss er sich, nach Dienstende bei seinem Kollegen, Boßelfreund und Segelkameraden Skipper anzurufen.

Der war über den erneuten Anruf auf seinem Handy nicht erfreut, denn gerade kam ein vollbeladener Autotransporter mit hoher Geschwindigkeit in einem großen Bogen aus dem Emder Hafenbecken geschossen und wurde durch den starken Ebbstrom erfasst. Das gefiel Skipper gar nicht, weil er dadurch selbst an den Rand der Fahrrinne gedrängt wurde und höllisch aufpassen musste. Trotzdem nahm er das Gespräch an, und als er hörte, dass Arne Jessen der Anrufer war, konnte er gleich dem erfahrenen Segler gegenüber Dampf ablassen: »Arne, alter Vorschoter! Wenn du das hier sehen könntest! Ich lege mich gerade mit einem 10.000-Tonnen-Frachter an, der mich auf die Hörner nehmen will.«

Dann wurde Skipper ruhiger, denn der Kapitän des Frachters hatte erkannt, dass er im Begriff war, die ihm entgegenkommende Jacht in Schwierigkeiten zu bringen. Seine Kurskorrektur entspannte die Situation, und Skipper hatte nun Zeit, seinem Kollegen zuzuhören. Er schätzte Arne als gewissenhaften Polizisten genauso wie als Mitsegler, deshalb nahm er seine Bedenken ernst und versprach, sich seiner Sorgen anzunehmen.

»Okay, Arne, ich kann deine Bedenken verstehen und kümmere mich um die Sache. Du kennst doch Staatsanwalt Dr. Lange, er ist Mitglied des Vorstands unseres Segelvereins. Ich werde gleich morgen bei ihm anrufen. Wenn jemand etwas in dieser Angelegenheit unternehmen kann, dann er.«

Arne Jessen war beruhigt, und Skipper sah sich genötigt, das Telefonat abzubrechen. Er musste sich nun konzentrieren, denn es war Zeit, in den Emder Außenhafen einzubiegen und seine imposante Jacht an den engen Liegeplatz zu bugsieren, ohne sich dabei vor seinen Stegnachbarn zu blamieren. Heute, bei Windstille, war das allerdings keine übermäßige Herausforderung, und da er Stefan Grote und Stine schon von weitem erblickte, hatte er kurze Zeit später sogar Helfer, denen er die Leinen zuwerfen konnte. Skipper sauste flink über das Deck, schien tausend Hände gleichzeitig zu haben, und wenig später lag die »Antje D.« fest vertäut an ihrem Liegeplatz. Dann stemmte er die Hände in die Hüften und rief, unter Anspielung auf seine zerschlissenen Jeans und das ausgeblichene T-Shirt: »Kommt an Bord! Umziehen muss ich mich euretwegen ja wohl nicht.«

Skipper verschwand in der Kajüte, um das versprochene Bier aus dem Kühlschrank zu holen, und Stine rief ihm nach: »Für mich bitte alkoholfreies Bier, ich muss heute fahren, Stefan hat noch was gut bei mir.«

Grote musste grinsen, sagte aber nichts.

Aus der Kajüte erklang ein grantelndes: »Alkoholfreies Bier? Ich weiß gar nicht, ob ich sowas überhaupt an Bord habe.«

Aber er hatte es, und wenig später saßen die drei in der Abendsonne, beobachteten die gerade einlaufende Borkumfähre und bedauerten gemeinsam das Ende von Skippers Urlaubszeit.

Nach dem zweiten friesisch herben Pils rückte allmählich der Dienst wieder in den Blickpunkt. Auch über den Fall Gerrit von Esens, der sie vor einigen Monaten gemeinsam in Atem gehalten hatte, sprachen sie, denn er hatte einen ziemlichen Medienrummel ausgelöst. Erst dann wurde Stine konkret:

»Sag mal, Skipper, an dem Vermisstenfall Gesine Bleeker warst du auch beteiligt, wie ich gesehen habe?«

Skipper merkte auf: »Wollt ihr den Fall wieder öffnen? Ich war damals involviert, weil die Frau an der Knock, ganz in der Nähe des Leuchtturms, verschwunden ist. Man schloss nicht aus, dass sie ins Wasser gefallen sein könnte. Ihr wisst ja, immer wenn Wasser und Strömung eine Rolle spielen könnten, landen die Akten bei mir auf dem Tisch. Es gab auch die Vermutung, dass die Frau Selbstmord verübt haben könnte, doch all diese Spekulationen haben sich nachher wieder in Luft aufgelöst.«

Grote konnte nicht folgen und fragte: »Mal langsam, Skipper, wer oder was ist Knock?«

Skipper fasste sich stöhnend an den Kopf. »Och, Stefan, ihr seid nun schon so lange in Ostfriesland und stellt immer noch solche Fragen! Die Knock ist der südwestlichste Landzipfel der Krummhörn, direkt an der Ems, das solltest du allmählich wissen. Doch zurück zum Fall Bleeker. Wir gingen anfänglich davon aus, dass die Frau dort verschwunden sei. Erst später gab es eine glaubwürdige Zeugenaussage, die das ausschloss. Die Nachbarin der Vermissten hatte sie am Abend im Vorbeifahren nämlich zufällig auf dem Parkplatz des Schöpfwerkes gesehen und beobachtet, wie sie einen Mann umarmte und dann mit ihm in sein Auto stieg. Bevor ihr jetzt weitere Fragen stellt, sage ich es euch gleich: Fahrzeugtyp Fehlanzeige, Kennzeichen keine Ahnung, Fahrzeugfarbe hell, was auch immer das bedeutet, Beschreibung des Mannes nicht besonders groß und nicht besonders klein, dunkle Haare. Mehr konnte sie uns leider nicht sagen.«

Skipper klang ein wenig frustriert, als er fortfuhr: »Wir haben damals alle Ermittlungsansätze ausgeschöpft, doch seit diesem Abend ist die Frau wie vom Erdboden verschluckt. Wir haben Anzeichen dafür gefunden, dass sie einen Liebhaber hatte, aber es waren nur sehr vage Hinweise. Gegenüber ihrem Mann hat sie das jedenfalls geheim halten können.«

»Gab es finanzielle Auffälligkeiten im Zusammenhang mit ihrem Verschwinden?«, warf Stine ein.

Skipper schaute sie überrascht an: »In der Tat, woher weißt du das? Gesine Bleeker hatte in der Firma ihres Mannes die komplette Finanzhoheit. Er hat ihr blind vertraut und später festgestellt, dass von den Konten ein beachtlicher Betrag abgehoben wurde. Zusätzlich, das hat er uns aber nur informell gesagt, ist eine beträchtliche Summe aus dem »Sonderfonds für unerwartete Ausgaben«, wie er es nannte, verschwunden.«

Stine erhob tadelnd ihren Zeigefinger. »Damit meinte er doch wohl kein Schwarzgeld oder?«

»Doch, genau das meinte er damit. Deshalb sind ihm die Hände gebunden, und er kann keine Anzeige erstatten. Er hat die Summe nicht beziffert, aber ich gehe davon aus, dass wir uns im unteren sechsstelligen Bereich bewegen.«

Grote nahm einen tiefen Schluck aus der Flasche und fasste zusammen: »Dann bleiben zwei Möglichkeiten: Entweder hat Gesine Bleeker sich mit ihrem Lover aus dem Staub gemacht und ist untergetaucht oder …«, Stine führte den Satz fort, »... oder wir haben ein perfektes Mordmotiv!«

Skipper war nun vollends neugierig geworden. „Moment mal!«, rief er und verschwand kurz in der Kajüte, um neues Bier zu holen. Kaum waren die Kronkorken gelöst, mussten Grote und Stine ihm den Fall Simon Wegmann in allen Einzelheiten darlegen. Als Stine ihm am Ende noch mitteilte, dass der echte Simon Wegmann gar nicht mehr unter den Lebenden weilte und man derzeit gar nicht wisse, wer sich hinter diesem Namen verberge, schaute er seine beiden Kollegen ernst an: »Donnerlittchen, um den Fall beneide ich euch nicht. Aber ihr wisst ja, wenn ihr mich braucht, bin ich natürlich stets zu Diensten.«

Es war schon dunkel, als Grote und Stine sich verabschiedeten. Skipper begleitete die beiden auf dem Weg zum Auto und fragte Stine dabei neugierig: »Du sagtest vorhin, dass du heute fahren musst, weil Stefan noch etwas bei dir gut hat. Was meintest du eigentlich damit?«

Stine wollte gerade antworten, doch Grote ging dazwischen: »Es geht um einen recht skurrilen Vorfall, Skipper, doch die Erzählung würde den Rahmen eines kurzen Parkplatzgesprächs sprengen. Vielleicht kommen wir beim nächsten Dart-Treff darauf zurück, denn die Geschichte würde auch Frauke und Sören mit Sicherheit interessieren.«

Stine schüttelte so energisch den Kopf, dass ihre feuerroten Haare hin und her flogen. »Muss aber nicht sein, muss wirklich nicht sein!«

Gleich am Morgen nach dem Einlaufen machte Skipper sein Versprechen gegenüber Arne Jessen wahr und rief bei seinem Segelfreund Staatsanwalt Dr. Lange an. Es war zwar sein vorletzter Urlaubstag, doch warum damit bis zum Montag warten? Der Staatsanwalt hörte sich in Ruhe an, was Skipper ihm zu berichten hatte und versicherte, sich darum zu kümmern.

»Ich kann auf Grund dieser mageren Verdachtslage zwar keine Obduktion des Leichnams veranlassen, aber sehr wohl eine zweite Leichenschau anordnen. Erst wenn ein zweiter Arzt die Diagnose dieses Landarztes aus Greetsiel in Frage stellt, kommt ein Pathologe ins Spiel.«

Skipper war mit dieser Auskunft zufrieden und erhielt schon wenige Stunden später einen Rückruf seines Segelkameraden. »Skipper, sage deinem jungen Kollegen aus Pewsum einen schönen Gruß von mir. Er war sehr aufmerksam und hat richtig gehandelt. Ich habe eben die Rückmeldung von dem Mediziner meines Vertrauens bekommen. Der Dorfarzt hat gepfuscht: Die Todesursache von Jan Bartels ist völlig unklar, nichts spricht für einen Herzinfarkt. Der Leichnam kommt noch heute in die Pathologie, morgen kann ich dir mehr dazu sagen.«

*

Während der Fall Jan Bartels dank der Aufmerksamkeit eines jungen Polizeimeisters aus Pewsum eine unerwartete Wendung nahm, waren Stefan Grote und Stine unterwegs nach Suurhusen. Dort, in Sichtweite des wohl schiefsten Kirchturms der Welt, wohnte nach Stines Ermittlungen Marika Wegmann, die Mutter von Simon Wegmann. Stine parkte direkt vor dem Kirchturm, und als sie ausstiegen, verschlug es ihr die Sprache. »Dagegen steht der Schiefe Turm von Pisa ja noch aufrecht wie ein Gardesoldat! Lass uns lieber in einem großen Bogen um den Turm herumgehen, der kippt wahrscheinlich jeden Moment um.«

Grote lachte, er kannte diese Sehenswürdigkeit bereits, denn er war mit seinen Jungs vor einigen Wochen hier gewesen. »Ja, kaum zu glauben oder? Der Turm ist auf Eichenpfählen in das Moor gebaut worden, und jetzt spielt das Moor nicht mehr mit. Irgendwann wird er wohl tatsächlich umfallen, befürchte ich.«

Sie gingen an einigen Touristen vorbei, die damit beschäftigt waren, lustige Fotos von Kindern zu schießen, die den Kirchturm scheinbar stützten. Dann überquerten sie den Friedhof und standen wenige Meter weiter vor Marika Wegmanns Haus. Die Tür stand offen, ein Kleinlaster stand auf der Straße. Einige junge Leute waren gerade damit beschäftigt, Möbel herauszutragen. Stine schaute noch einmal zur Sicherheit auf ihre Unterlagen, doch hier waren sie richtig. Eine junge Frau in kurzer Latzhose, barfuß und mit blonden, abstehenden Zöpfen, die an Pippi Langstrumpf erinnerten, wurde auf sie aufmerksam und trat auf sie zu. »Kann ich Ihnen irgendwie helfen?«

»Ich hoffe doch sehr!«, sagte Stine. »Wir möchten mit Frau Wegmann sprechen.« Die Gesichtszüge der jungen Frau verdüsterten sich. »Da kommen Sie einen Monat zu spät. Meine Tante ist vor vier Wochen verstorben.«

»Das tut mir leid!« Stine zögerte, doch nun waren sie schon einmal hergekommen, und mussten die Sache zu Ende bringen. »Wir ermitteln gerade in einer recht delikaten Angelegenheit, über die wir derzeit nicht sprechen dürfen. Dabei spielt am Rande der Tod von Simon Wegmann eine Rolle. Sie brauchen nicht zu erschrecken, es ist wirklich nur eine Routineangelegenheit, aber können Sie uns vielleicht etwas über die Umstände seines Ablebens sagen?«

Die junge Frau schaute die beiden Besucher misstrauisch an und fragte: »Was haben Sie mit dem Tod meines Cousins zu tun?« Erst als sie die Dienstausweise sah, wurde sie zugänglicher.

»Kommen Sie mit nach hinten, wir setzen uns in den Garten. Drinnen ist es zu unruhig. Ich habe das Haus von meiner Tante geerbt, jetzt helfen mir meine Kommilitonen dabei, es zu entrümpeln.«

Sie führte die beiden Polizisten zu einer Sitzecke unter einem riesigen Apfelbaum. Dann verschwand sie und kehrte mit Gläsern und einer Tonkaraffe zurück. »Apfelsaft von Tante Marika, den hat sie noch selbst gemacht.«

Während sie einschenkte, führte Stine wie so oft das Gespräch, während Grote sich zurückhielt, kurz den köstlichen Apfelsaft lobte und danach in die Sonne blinzelte. Ein Betrachter hätte vermuten können, dass er an dem Gespräch zwischen den beiden Frauen nicht interessiert sei, aber da hätte er sich geirrt.

»Sie wollten Näheres über Simons Tod erfahren? Ach, das war tragisch und ist schon so lange her! Aber ich kann Ihnen trotzdem einiges dazu sagen. Mein Cousin und ich hatten ein richtig gutes Verhältnis, obwohl er ein ganzes Stück älter war. Ich war als Teenie sogar ein ganz klein wenig in ihn verliebt, deshalb war ich auch sehr traurig, als er vor zwölf Jahren von einem Angelurlaub in Dänemark nicht mehr zurückkehrte.«

»Ein Unfall?« Stine beugte sich interessiert nach vorne.

»Nein, kein Unfall. Er war in einem Kutter mit einigen Anglern auf der Nordsee unterwegs, sie wollten Makrelen fangen. Irgendwann klagte er über starke Übelkeit, und dann ist er plötzlich zusammengebrochen und war sofort tot. In der Klinik in Esbjerg hat man festgestellt, dass er schon von Kindheit an unter einem schweren Herzfehler litt, von dem niemand etwas gewusst hatte. Als sein Freund, der gemeinsam mit ihm auf der Tour war, nachts anrief, war das für meine Tante ein großer Schock. Sie hatte schließlich nur noch ihn, denn Simons Vater lebte schon lange nicht mehr. Die Überführung meines toten Cousins entwickelte sich zu einem Drama. Simons Papiere waren nämlich verschwunden. Man hat vermutet, dass ihm kurz vor seinem Tod das Portemonnaie über Bord gefallen ist, als ihm schlecht wurde, aber ganz genau weiß das niemand. Auf jeden Fall waren Pass, Personalausweis und Führerschein nicht mehr vorhanden, darum musste über die Deutsche Botschaft ein Passersatz ausgestellt werden. Nur so konnten wir Simon nach Deutschland überführen, schließlich sollte er doch in seiner Heimat begraben werden. Meine Mutter hat Tante Marika damals sehr dabei geholfen.«

Stine nickte mitfühlend. »Wissen Sie noch, wie der Freund hieß, mit dem Simon damals in Dänemark war?«

Die junge Frau nickte. »Natürlich, das war Johannes Rewert. Mit dem war Simon zu der Zeit eng befreundet, was meiner Tante allerdings gar nicht gefallen hat. Die Rewert-Familie hat früher hier in Suurhusen gewohnt, lebt aber schon lange nicht mehr hier. Bei denen ging es immer drunter und drüber. Die Rewerts hatten bei jedermann Schulden und einen schlechten Ruf. Johannes mochte ich überhaupt nicht, ich fand ihn irgendwie …«, sie stockte und suchte nach dem richtigen Wort, »schleimig, ja, schleimig und aufdringlich, so war er. Ich habe niemals verstanden, wie Simon sich mit ihm anfreunden konnte.« Sie schüttelte sich. »Widerlich! Es mag ja Menschen geben, die sich von solchen Typen blenden lassen, ich jedenfalls nicht.«

Grote war inzwischen aus seinem scheinbaren Desinteresse erwacht. »Sie haben nicht zufällig ein Foto von diesem Johannes Rewert?«

»Da muss ich mal in den Sachen von Tante Marika nachschauen. Wir haben gerade alles in Kartons gepackt. Es geht ja sowieso das meiste auf den Müll.« Kurze Zeit später kam sie mit einem lädierten Umzugskarton wieder und packte den Inhalt auf den Tisch. »Ganz schön wenig, was von einem langen Leben so übrigbleibt, finden Sie nicht auch?«

Stine hatte gerade denselben Gedanken gehabt, und der Respekt vor der Verstorbenen hielt sie davon ab, in den vor ihr ausgebreiteten Unterlagen herumzuwühlen. Sie hätte sich dabei gefühlt wie ein Plünderer und wartete lieber geduldig, bis die junge Frau fündig wurde.

»Hier, auf diesem Foto ist Rewert zu sehen.« Sie hielt ein Bild hoch, auf dem zwei junge Männer zu sehen waren, die an einer Strandbar einen Cocktail in der Hand hielten. Die beiden sahen sich recht ähnlich und schienen sich gut zu verstehen. »Urlaubsgrüße aus Malle!« stand hinten draufgekritzelt.

Stine reichte das Foto an Grote weiter, der nur einen kurzen Moment daraufschaute. Dann trafen sich ihre Blicke, und Grote nickte unmerklich. Der junge Mann auf dem Foto kam ihnen bekannt vor.

Stine bat um Erlaubnis, ein Handyfoto davon anfertigen zu dürfen, doch die junge Frau schüttelte den Kopf. »Das ist nicht nötig, nehmen Sie es ruhig mit, vorbei ist vorbei.«

Stine verstaute das Bild in ihrem Ostfrieslandbeutel und holte nun das Foto heraus, dass sie in Heike Wegmanns Portemonnaie zwischen den Kreditkarten entdeckt hatte. Es zeigte Heike Wegmann und ihren Mann, wie sie beide vor einem Fotoautomaten lustige Grimassen zogen. Obwohl die Ähnlichkeit augenscheinlich war, legte Stine der jungen Frau das Foto vor. Sie wollte ganz sicher gehen, dass ein Irrtum ausgeschlossen war und dass es sich auf beiden Fotos tatsächlich um denselben Mann handelte.

Die Frau nahm das Bild in die Hand, dann nickte sie energisch: »Ja, das ist Johannes Rewert, Irrtum ausgeschlossen.«

Stine nahm das Foto wieder an sich. »Was ist eigentlich aus der Familie Rewert geworden?«

Die junge Frau zuckte mit den Schultern. »Genau kann ich Ihnen das nicht sagen. Die beiden Alten sind gestorben, das weiß ich, weil sie auf unserem Friedhof liegen. Das Grab ist allerdings völlig verwahrlost, niemand hat sich jemals darum gekümmert. Das ist auch nicht verwunderlich, denn es heißt, dass er seine Söhne aus den nichtigsten Anlässen verprügelt hat. Was aus Johannes geworden ist, wissen Sie vermutlich besser als ich. Angeblich hat er eine kaufmännische Ausbildung gemacht. Er war zwar verschlagen, aber nicht dumm. Seine beiden Brüder Richard und Albert waren da ein anderes Kaliber, aggressiv und gewalttätig, genau wie der Vater. Beide sind auf die schiefe Bahn geraten, so wird zumindest behauptet. Einer soll im

Gefängnis sitzen, der andere hat sich angeblich zur Fremdenlegion abgesetzt. Aber Sie wissen ja, es wird viel getratscht. Das Haus der Rewerts ist mittlerweile völlig verfallen und nicht mehr bewohnbar.«

Der Ausflug nach Suurhusen war wesentlich erkenntnisreicher gewesen, als Stefan Grote und Stine erwartet hatten. Während sie sich auf den Weg zurück zum Auto machten, war ihnen klar, dass es eine Menge zu bereden gab, doch die Sonne brannte so gnadenlos vom tiefblauen Himmel, dass es Stine wie eine Strafe vorkam, jetzt zurück zur Dienststelle fahren zu müssen, nur um dann in ihrem stickigen Büro nach Luft zu japsen. Sie startete zwar schicksalsergeben das Auto und bog auf die Bundesstraße in Richtung Aurich ein, doch nach sieben Kilometern hatte Grote ein Einsehen:

»Planänderung! Fahr mal die nächste Möglichkeit rechts ab in Richtung Großes Meer. Das, was es zu bereden gibt, können wir auch unter einem Sonnenschirm am Wasser machen. Wir kommen noch früh genug zurück in den Brutkessel nach Aurich.«

Es dauerte nicht lange, da saßen die beiden wie ersehnt bei einer leichten Brise unter einem Sonnenschirm dicht am Wasser. Sie beobachteten die Segelboote, die in großer Zahl unterwegs waren und sich von dem schwachen Windhauch schieben ließen.

»Für Skipper wäre das nichts, aber mir würde es gefallen, mit einer Jolle über den See zu fahren«, meinte Stine, rückte ihre Sonnenbrille zurecht und konzentrierte sich dann auf die Getränkekarte. Sie entschied sich für einen Fruchtsaftcocktail, während Grote wie immer das friesisch-herbe, heute ausnahmsweise alkoholfreie Pils bevorzugte.

»Das geht diesmal auf mich«, sagte Stine gönnerhaft und holte gleichzeitig ihre Unterlagen hervor, um den dienstlichen Hintergrund ihres Aufenthaltes nicht völlig aus den Augen zu verlieren.

Sie legte die beiden Fotos auf den Tisch, die den echten und den falschen Simon Wegmann zeigten. »Die Ähnlichkeit zwischen den beiden Männern ist schon frappierend, das wird es Johannes Rewert leicht gemacht haben, die Papiere des Freundes zu benutzen und in seine Rolle zu schlüpfen. Obwohl ich mich wundere, dass es ihm gelungen ist, die Behörden zu täuschen und sogar unter diesem falschen Namen zu heiraten.«

Grote löschte seinen Durst, indem er das Glas fast in einem Zug leerte. »Ich finde das gar nicht so außergewöhnlich. Vermutlich hat er sich direkt nach der Rückkehr aus Dänemark in einem anderen Bundesland unter den falschen Personalien angemeldet. Eine Abmeldebescheinigung zu fälschen, ist sicher nicht besonders schwer, und da die Softwareausstattung der Meldebehörden in Deutschland nicht einheitlich ist, findet auch kein Datenabgleich statt. Ihm wäre man vermutlich nur dann auf die Schliche gekommen, wenn jemand gezielt nach Unregelmäßigkeiten gesucht hätte, so wie du es getan hast. Allerdings hast du ja selbst festgestellt, dass ein Simon Wegmann noch niemals strafrechtlich in Erscheinung getreten ist. Warum sollte da jemand in seinem Leben herumschnüffeln?«

Stine nickte, Grote hatte natürlich recht. Ihr war bei der Überprüfung der Meldedaten des angeblichen Simon Wegmann aufgefallen, dass er vor seinem Zuzug nach Braunschweig in einer winzigen Gemeinde in Brandenburg und davor in einem kleinen Dorf in Thüringen gemeldet gewesen war. Nur deshalb war sie misstrauisch geworden. Bei den Meldebehörden jedoch war der Schwindel nicht aufgefallen.

Stine loggte sich in ihren Dienstcomputer ein, um die Personalien Johannes Rewerts zu überprüfen. Als die Eingabemaske für Personensuche erschien, fiel zufällig Grotes Blick auf den Computer. Die letzte Abfrage, die Stine durchgeführt hatte, lautete auf den Namen Gero Bakker.

»Du hast nach Gero gesucht?« Er schaute Stine erstaunt, doch ohne Vorwurf an.

Stine fühlte sich ertappt und lief rot an. »Ach, nur so. Ich stand in der letzten Woche an der Ampel, als im Gegenverkehr ein Auto an mir vorbeifuhr. Es war ein Mercedes aus den Niederlanden, und der Fahrer hat mich an Gero erinnert. Ich wollte einfach mal sehen, ob er inzwischen irgendwo wieder aufgetaucht ist.«

Grote nickte verständnisvoll. »Ich weiß, dass ihr euch sehr mochtet. Du hast mir einmal gesagt, dass er nach der unglückseligen Nacht auf Juist den Polizeidienst quittiert hat. Seitdem haben sich seine Spuren verwischt.«

»Ja, er scheint inzwischen Deutschland verlassen zu haben, deshalb dachte ich … aber ich habe mich sicherlich geirrt.«

Damit war das Kapitel für sie abgeschlossen und Grote spürte, dass sie nicht mehr über das Thema Gero Bakker sprechen wollte.

Es dauerte eine halbe Ewigkeit, ehe das langsame Internet ihr ein Ergebnis anzeigte. Dann schob sie enttäuscht den Laptop zur Seite und zuckte mit den Schultern. »Wie erwartet, Johannes Rewert ist polizeilich noch nie in Erscheinung getreten und ist immer noch in dem früheren Haus seiner Familie in Suurhusen gemeldet. Also gibt es hier keine Ansatzpunkte für uns.«

Stine streckte die Beine aus, nahm ihren Drink und blinzelte in die Sonne. »Ach, ist das herrlich! So schön kann der Dienst bei der Kriminalpolizei sein.«

Sie wunderte sich, dass kein Kontra-Spruch von ihrem Chef kam, denn den hatte sie eigentlich provozieren wollen. Unauffällig blickte sie zur Seite und merkte, dass Grote den letzten Satz gar nicht gehört hatte.

Er saß still da und starrte auf den See. Lange schwieg er, dann sagte er nachdenklich: »Wenn ich überlege, auf wen Heike da reingefallen ist, tut sie mir im Nachhinein noch leid.«

Er schüttelte unwillig den Kopf, um sich aus seiner Lethargie zu lösen, und schaute Stine an: »Wie machen wir jetzt weiter?«

Einige Minuten lang berieten sie sich und steckten den weiteren Weg der Ermittlungen ab, doch dann mussten sie wohl oder übel zurück zur Dienststelle fahren, denn die Fahndung nach Simon Wegmann musste dringend um die Personalien Johannes Rewerts ergänzt werden. Schließlich war zu vermuten, dass der Flüchtige den verräterischen Namen Wegmann inzwischen abgelegt hatte und wieder unter seinem echten Namen unterwegs war, unter dem er sich in Sicherheit wog. Wie sollte er auch ahnen, dass die Polizei diesen Namen inzwischen kannte?

*

Johannes Rewert war ein äußerst vorsichtiger Mann. Mehrmals war er am gestrigen Tage an dem einsamen Fachwerkhäuschen am Norder Tief vorbeigefahren, um zu schauen, ob dort Polizei zu sehen war. Das abseits der Straße von einem lichten Wäldchen umgebene Haus lag direkt am Kanal, nicht weit von Westerende-Kirchloog entfernt. Er hatte es schon vor Jahren unter falschem Namen von einem alten Mann gemietet, der zu seinen Kindern nach Lingen gezogen war. Den Ausschlag zu diesem Schritt hatte damals nicht die Schönheit des Häuschens gegeben, auch nicht dessen idyllische Lage. Entscheidend war, dass es weit und breit keine Nachbarn gab, die ihn stören konnten, und dass sein Vermieter weit genug entfernt wohnte, um ihn nicht zu behelligen, solange die Miete pünktlich bei ihm eintraf. An diesem Ort hatte er sich stets sicher gefühlt, was ihm auch den Mut gab, noch einmal hierher zurückzukehren, um die Dinge abzuholen, die er dringend benötigte. Zwar hatte Heike die Hausschlüssel an die Polizei übergeben, doch wie sollten die Polizisten herausbekommen, zu welchem Haus sie gehörten? Trotzdem hatte er sich vorsichtig verhalten und noch eine weitere Nacht in einem Wald bei Berum verbracht. In dem Gebiet kannte er sich gut aus, denn auch dort, weitab von neugierigen Gaffern, hatte er sich oft mit einer Frau getroffen. Nach langen Spaziergängen hatte er sie so weit gehabt, dass sie ihn finanziell großzügig unterstützte, damit er seiner angeblichen Schwester eine lebenswichtige Operation in den USA bezahlen konnte.

Noch einmal fuhr er auf der Landstraße an dem Haus vorbei, dann war er sicher, dass die Polizei nicht vor Ort war und dass niemand das Haus observierte. Also bog er ab, folgte dem Feldweg und stellte das Auto so an einem Gebüsch ab, dass es von der Straße aus nicht zu sehen war. Er griff sich aus dem Kofferraum einen Radschlüssel, ging zur Rückfront des Hauses und hebelte einen Rollladen hoch. Dann zertrümmerte er die Fensterscheibe und stieg ein. Obwohl die Luft im Haus unerträglich war, ließ er alle Fenster geschlossen und versagte es sich zu lüften, denn er wollte alles vermeiden, was andere Menschen aufmerksam machen konnte.

Er schaltete das Licht ein, ging zielstrebig zu einer altertümlichen Anrichte und schob sie zur Seite. Dann bog er eins der Eichenbretter des Fußbodens nach oben, zerdrückte ohne den geringsten Anflug von Ekel mit dem Daumen eine fette Spinne, die aufgeschreckt aus dem Spalt gekrochen kam und zog einen Plastikbeutel hervor. Er machte sich nicht einmal die Mühe, das Versteck wieder zu verschließen, sondern setzte sich an den Tisch. Es war nicht nur das beeindruckende Bündel von Euro-Scheinen, um das es ihm in erster Linie ging, obwohl ihm diese Summe den Eintritt in ein neues Leben garantierte. Es war auch nicht die Pistole mit der dazugehörenden Schachtel Munition, die ihm eine seiner Liebschaften aus dem Jagdschrank ihres verstorbenen Mannes besorgt hatte. Es waren die Papiere auf den Namen Johannes Rewert, seine eigenen Papiere, die auf einmal so wichtig für ihn wurden.

Alle Dokumente, die auf den Namen Simon Wegmann lauteten, waren ihm inzwischen zu gefährlich geworden. Mit einem Seufzer der Erleichterung steckte er alle kompromittierenden Papiere in den Plastikbeutel, stach einige Löcher hinein und beschwerte den Beutel mit einem Stein. Dann trat er aus dem Haus und warf ihn in hohem Bogen in den Kanal. Mit Genugtuung sah er die Luftbläschen aufsteigen, während mit dem Beutel auch seine falsche Identität für alle Zeiten im moorigen Wasser versank.

Einen kurzen Moment spielte er mit dem Gedanken, das Haus in Brand zu setzen, um alle Spuren zu beseitigen, doch verwarf er diese Überlegung schnell wieder, denn das würde nur unnötig

Aufmerksamkeit erregen. Stattdessen bestieg er das Auto und machte sich auf den Weg. Dieses Haus würde ihm nicht mehr genug Sicherheit bieten können, das war ihm klar. Zurück nach Braunschweig konnte er schon gar nicht, dort würde die Polizei auf ihn warten, auch darüber machte er sich keine Illusionen. Aber Johannes Rewert wäre nicht Johannes Rewert, wenn er nicht immer einen »Plan B« in Reserve hätte. Er wusste, wo er unterschlüpfen konnte.

Das Einzige, was ihm im Moment noch Sorgen bereitete, war Heikes Auto, mit dem er unterwegs war. Vielleicht hatte er Glück und der Kennzeichendiebstahl war noch nicht entdeckt worden, andererseits war es ebenso gut möglich, dass bereits genau nach diesem Kennzeichen gefahndet wurde. Der Wagen sollte schnellstens verschwinden, gleichzeitig musste ein Ersatz her. Zwar verfügte er über genug Geld, um sich ein beliebiges Auto kaufen zu können, doch dazu bedurfte es einer Zulassung, bei der er seine Papiere vorlegen musste. Das allerdings behagte ihm gar nicht.

Die Lösung seines Problems kam schneller, als er es sich erhofft hatte. Auf der Bundesstraße Richtung Norden wurde er kurz vor Marienhafe auf einen Gebrauchtwagenhändler aufmerksam, dessen üppige Dekoration ein sicheres Indiz für seine nicht vorhandene Seriosität war. Der gesamte Stellplatz war von Bändern mit bunten Fähnchen überzogen, die schlaff herunterhingen. Mit diesen »Fähnchenhändlern«, wie er sie nannte, ließ sich immer reden, auch außerhalb der Legalität.

Ein recht ordentlich aussehender VW-Passat, der noch die Kennzeichen seines Vorbesitzers trug und zugelassen war, erweckte sein Interesse. Kaum war er zu dem Fahrzeug hinübergegangen, kam der Verkäufer schon aus seiner Baracke geschlichen. Er umkreiste ihn wie ein bettelnder Straßenköter und redete in einem fort auf ihn ein.

»Super Wahl, mein Herr! Der Wagen ist wie neu, heute gerade reingekommen. Er wurde von einem alten Herrn gefahren, der kürzlich verstorben ist. Das Auto ist scheckheftgepflegt und gerade durch den TÜV. Ein Schnäppchen, alles tipptopp in Schuss! Ich kann ihn noch heute auf Ihren Namen anmelden lassen.«

Als versierter Betrüger kannte Rewert sich mit diesen Typen aus. Das, was er zum Zustand des Autos sagte, war vermutlich gelogen, mindestens maßlos übertrieben, doch Johannes Rewert konnte es sich nicht leisten, wählerisch zu sein. Er benötigte ein unauffälliges Auto, und zwar schnell.

»Was soll der Schlitten denn kosten?«

Der Verkäufer nannte einen völlig überzogenen Preis und konnte es kaum fassen, dass der Kunde ihn, ohne mit der Wimper zu zucken, akzeptierte. Mit dem sicheren Gefühl, einen Dummen gefunden zu haben, wollte er seinem Glückstag Amt und Siegel geben. »Bitte folgen Sie mir in meine bescheidene Hütte, damit wir den Vertrag fertig machen können.«

Dann jedoch dämmerte ihm, dass er den Kunden falsch eingeschätzt hatte.

»Moment, eine Kleinigkeit hätte ich da noch.« Rewert hielt den Mann fest. »Ich zahle in bar, allerdings nur unter einigen Bedingungen. Ich übernehme den Passat so, wie er ist, er wird nicht abgemeldet. Außerdem nehmen Sie meinen Golf in Zahlung. Er ist locker 15.000 Euro wert, ich gebe Ihnen das Auto für 10.000 Euro. Sie müssen allerdings über den kleinen Makel hinwegschauen, dass ich für dieses Auto keine Papiere vorlegen kann. Aber das dürfte für Sie wohl kein unlösbares Problem sein.«

Der Autohändler schaute im ersten Moment konsterniert drein, dann begann er zu rechnen. Der Gewinn, der sich unter dem Strich für ihn ergeben würde, stellte alles Bisherige in den Schatten. Er stellte keine Fragen mehr, sondern schlug in die dargebotene Hand ein, und Rewert fuhr kurz darauf mit einem Auto vom Platz, das ihm für einige Zeit Bewegungsfreiheit gab, ohne beim Auftauchen eines Streifenwagens zusammenzucken zu müssen. Als er hinter Marienhafe in die Krummhörn abbog, grinste er. Vermutlich war der Händler jetzt schon dabei, die Fahrgestellnummer aus Heikes Golf abzuschleifen. Bereits morgen würde der Golf auf einem Anhänger in Richtung Polen unterwegs sein.

DNA-Treffer

Als Stine am Morgen zum Dienst fuhr, ahnte sie nicht, dass der Arbeitsplan, den sie gestern unter dem Sonnenschirm am Großen Meer mit Stefan Grote abgesprochen hatte, schon in wenigen Minuten auf den Kopf gestellt werden würde. Kaum dass sie in den Flur eingebogen war, der zu ihrem Dienstzimmer führte, erlebte sie auch schon eine Überraschung:

Vor ihrem Büro stand Skipper und schaute sie tadelnd an. »Du haust doch zu jeder Gelegenheit einen Spruch raus, Stine. Heute hätte *ich* mal einen auf Lager: Der frühe Vogel fängt den Wurm!«

Stine freute sich über Skippers Besuch und konterte kess: »Ach, Skipper, der frühe Vogel kann mich mal! Ich bin erst gegen Morgen eingeschlafen. Diese Hitze macht einen langsam fertig.«

Sie schloss die Tür auf, öffnete zuerst die Fenster, um die Wärme des Vortages hinauszulassen, und beging dann einen unverzeihlichen Fehler, indem sie vorschlug: »Ich nehme an, dass du statt eines heißen Tees lieber ein kühles Mineralwasser trinken möchtest, richtig?«

Skipper zog eine Augenbraue hoch: »Willst du mich etwa verärgern? Natürlich möchte ich einen Tee, da spielt das Wetter keine Rolle!«

Inzwischen war auch Grote eingetroffen. »Skipper?? Hast du nicht heute deinen allerletzten Urlaubstag?«

Skipper zog aus seiner abgegriffenen Aktentasche eine Akte hervor und warf sie mit Schwung auf Grotes Schreibtisch. „Ich habe gestern Abend einen Anruf von der Pathologie bekommen, der mich aus Neugier schon in der Frühe vorzeitig in mein Büro getrieben hat. Und was soll ich sagen? Es hat sich gelohnt. Es geht um einen Leichenfund an der Greetsieler Schleuse, bei der es einige Ungereimtheiten gab. Aber lest selbst. Ich habe euch den Polizeibericht und den Totenschein des Arztes vorgeheftet, damit ihr im Bild seid.« Er nahm Stine die Teedose aus der Hand. »Lass mich mal machen, Mädchen! Schau lieber deinem Chef über die Schulter.«

Grote und Stine lasen aufmerksam die von Skipper zusammengestellten Unterlagen und vertieften sich zuletzt in den Obduktionsbericht. Der Pathologe hatte bei Jan Bartels keinen Herzinfarkt, sondern einen Nasenbeinbruch und Kopfverletzungen festgestellt, die vermutlich durch einen Sturz auf die Uferböschung hervorgerufen wurden. Die Todesursache jedoch war ein kraftvoller Schlag auf den Kehlkopf gewesen, der das Opfer hatte ersticken lassen.

Grote zuckte mit den Schultern, das war interessant, aber nicht für ihn. »Okay, Skipper, jetzt hast du einen Mordfall, aber mit unserem Fall hat das nichts zu tun.«

Skipper goss sich die erste Tasse Tee ein und schnupperte genießerisch daran.

»Gemach, gemach, Stefan. Blättere einfach um! Auf der nächsten Seite wirst du eine Überraschung erleben.«

Stine hatte das bereits getan und starrte Skipper mit großen Augen an. Skipper lächelte, setzte sich auf ihren Stuhl und schlug entspannt die Beine übereinander. »Tja, Stine, da liest du es schwarz auf weiß. Nicht ich habe einen neuen Mordfall, sondern ihr. Das sagt auch der Staatsanwalt, denn ihr sollt ihn bearbeiten.»

Inzwischen hatte auch Grote weitergelesen, und er schaute nicht weniger verdutzt als Stine, denn der Pathologe hatte an Jan Bartels Leichnam unter den Fingernägeln einen fremden Hautfetzen gefunden und die DNA sichern können. Dieser Fund war dem Umstand zu verdanken, dass der Tote nur sehr kurze Zeit im Wasser gelegen hatte. Doch auch das war noch nicht das Brisante an dem Bericht, denn am Ende stand es schwarz auf weiß:

»Ein Abgleich mit der Datenbank ergab die Übereinstimmung mit einer DNA-Probe von Simon Wegmann, eingestellt von der Polizei Aurich.« Einige Zeilen weiter hieß es dann: »Auch ein Gegentest verlief erfolgreich. Die Fremdspuren, die sich an der blutverschmutzten Kleidung von Simon Wegmann fanden, die nach seinem Verkehrsunfall sichergestellt und untersucht wurden, stammen von Jan Bartels.«

Skipper schaute zufrieden drein, die Überraschung war ihm gelungen. »Euer Simon Wegmann hat sich an der Schleuse Greetsiel mit Jan Bartels getroffen und ihn, so lassen die Spuren es vermuten, nach einer Auseinandersetzung getötet. Das wird auch durch den Todeszeitpunkt bestätigt. Bartels starb genau in der Nacht, in der Wegmann einige Stunden später seinen Verkehrsunfall hatte.«

Die Überraschung stand Grote und Stine ins Gesicht geschrieben, und es vergingen einige Sekunden, ehe sie die Tragweite dieses Pathologieberichtes richtig einordnen konnten. Dann war es an Stine, Skipper mit Neuigkeiten zu verblüffen, indem sie ihm von den Erkenntnissen ihrer Fahrt nach Suurhusen berichtete.

Skipper schenkte sich Tee nach und gab zu: »Um diesen Fall beneide ich euch nicht. Nach wem lasst ihr denn jetzt fahnden, nach Wegmann oder Rewert?«

Grote zuckte mit den Schultern. »Notgedrungen suchen wir nach beiden, denn wir wissen ja nicht, welche Papiere der Flüchtige gerade nutzt.«

Stine hingegen legte sich fest: »Die Fahndung läuft natürlich für beide Namen, doch ich bin mir absolut sicher, dass der Name Simon Wegmann nicht mehr auftauchen wird. Johannes Rewert ist gewiss nicht dumm. Wer jahrelang unter verschiedenen Identitäten lebt, muss intelligent sein. Rewert wird klar sein, dass die Nutzung des Namens Wegmann inzwischen ein hohes Risiko für ihn darstellt. Also wird er wieder in seine wahre Identität schlüpfen und sich in Johannes Rewert verwandeln. Allerdings sind wir ihm gegenüber im Vorteil, denn er kann nicht ahnen, dass wir seine Doppelidentität durchschaut haben.«

Grote nickte überzeugt: »Vermutlich hast du recht, Stine. Von heute an heißt der Täter, nach dem wir suchen, Johannes Rewert!«

Bevor Skipper ging, vollzog Stine mit ihm wie immer den Austausch der Ermittlungsakten. Nun waren sie alle auf demselben Stand, und Skipper konnte jederzeit in den Fall einbezogen werden, wenn Unterstützung vonnöten war. Und genau dieser Fall trat nun direkt ein, denn ihr eigener Fokus lag derzeit auf den Morden an Heike Wegmann und Jan Bartels, das alleine würde sie in den kommenden Tagen auf Trab halten. Darum bat Grote seinen Emder Kollegen, weiterhin den Fall Gesine Bleeker im Auge zu behalten, mit dem er sich ja bereits befasst hatte.

»Außerdem könntest du uns sehr helfen, wenn du dich auch noch um das Verschwinden der seit zwei Jahren vermissten Enna Smid aus Neßmersiel kümmern würdest.«

»Habt ihr etwa den Verdacht, dass Rewert etwas mit dem Verschwinden der beiden Frauen zu tun hat?«

Grote nickte. »Ausschließen kann man es nach Stand der Dinge jedenfalls nicht, darum müssen wir dranbleiben.«

Stine hatte die Akte Smid inzwischen aus der Registratur geholt und übergab sie Skipper mit einem einzigartigen Augenaufschlag. »Wenn du das machst, bist du auch mein Held!«

Skipper holte mit der Hand aus und drohte mit einem Schlag.

»Dir sollte man den Hintern versohlen!« Er lachte, nahm die Akte und ging. In der Tür drehte er sich noch einmal um, tippte sich mit der freien Hand an den Kopf und deutete damit einen militärischen Gruß an, so wie er es immer machte. Dann verschwand er und ließ zwei Kollegen zurück, die wussten, dass die Sache damit in guten Händen war.

Als Stefan Grote und Stine wieder allein waren, planten sie den Tagesablauf um. Es kam eine traurige Pflicht auf sie zu, der sie sich nicht entziehen konnten. Schließlich musste jemand Merle Bartels eröffnen, dass ihr Mann Opfer eines Tötungsdelikts geworden war, und dass an eine Beisetzung vorerst nicht zu denken war. Der Staatsanwalt musste den Leichnam ihres Mannes erst freigeben, und das konnte dauern.

»Außerdem möchte ich mir zuvor den Tatort an der Greetsieler Schleuse anschauen. Vielleicht finden wir dort noch Spuren oder Zeugen, die etwas gesehen haben«, meinte Grote, doch Stine machte ihm wenig Hoffnung.

»Laut Obduktion war der Todeszeitpunkt gegen 22 Uhr, da ist es schon ziemlich dunkel, und es werden kaum noch Touristen dort gewesen sein. Außerdem habe ich in der Akte einen Vermerk von Skipper gefunden. Der hat es bereits überprüft und festgestellt, dass die Schleuse zu diesem Zeitpunkt bereits geschlossen war. Der Schleusenwärter scheidet als Zeuge also aus.«

Trotzdem blieb Grote beharrlich. »Wenn wir schon in die Gegend fahren, sollten wir uns das trotzdem einmal anschauen. Ich gehe jetzt zum Chef und setze ihn davon in Kenntnis, dass wir auch den Schleusenmord bearbeiten werden. Nach dem Mittag fahren wir in Richtung Greetsiel, dann hält man es hier sowieso nicht mehr aus.«

Nachdem Grote das Zimmer verlassen hatte, fand Stine Gelegenheit, die frisch eingegangenen Mails zu sichten. Zwei davon waren bedeutsam und gleichermaßen enttäuschend. Zum einen war da die Nachricht von Interpol, dass die französische Fremdenlegion jegliche Auskünfte zu Rewerts Bruder Albert verweigerte. Sie bestätigte nicht einmal dessen Zugehörigkeit zu ihrer Einheit, sondern blockte alle Fragen ab. Der Kollege von Interpol merkte noch an, dass das nicht anders zu erwarten gewesen sei.

Eine weitere Mail kam aus der Justizvollzugsanstalt München-Straubing, in der Rewerts zweiter Bruder, Richard, nach einem Raubüberfall seit vielen Jahren in Haft saß. Stine hatte dort anfragen lassen, ob er bereit wäre, mit der Polizei über seinen Bruder Johannes zu sprechen, doch er hatte das abgelehnt. Stine schüttelte frustriert den Kopf, obwohl sie das schon befürchtet hatte.

Sie schaute kurz auf die Uhr. Es blieb bis zur Abfahrt noch genug Zeit, um etwas zu erledigen, das ihr auf der Seele lag. Sie hatte inzwischen die Namen der Frauen zusammengetragen, die irgendwann in Rewerts Doppelleben eine Rolle gespielt, bei ihren Ermittlungen bislang aber nicht im Fokus gestanden hatten. Noch nicht alle hatte sie bisher erreicht, und ein persönlicher Besuch an der Haustür verbot sich von selbst. Es war schon schlimm genug, was Johannes Rewert diesen Frauen angetan hatte, und Stine wollte nicht durch ihr Erscheinen zu guter Letzt auch noch deren Ehe gefährden, soweit dies nicht schon geschehen war.

Deshalb entschloss sie sich, unter einem Vorwand bei den Frauen anzurufen und erst dann den Hintergrund ihres Anrufs offenzulegen, wenn sie sicher sein konnte, dass diese ungestört sprechen konnten. Als Stine zwei Stunden später mit Stefan Grote zum Mittagessen in die Kantine ging, hatte sie keinen rechten Appetit mehr und aß nur einen Joghurt. Das lag jedoch nicht an der Hitze, sondern an den Gesprächen mit den Frauen, die ihr auf den Magen geschlagen waren. Sie schwiegen meist aus Scham oder spielten die Angelegenheit herunter, um sich nicht bloßzustellen. Kaum eine von ihnen mochte eingestehen, dass Rewert sie eiskalt ausgenommen hatte. Bei zwei Frauen war die Ehe bereits in die Brüche gegangen, wie es in deren Leben nun aussah, konnte Stine nur ahnen.

Stine hatte gegenüber den Tätern, mit denen sie in der Vergangenheit zu tun gehabt hatte, immer ein gewisses Mitgefühl aufbringen können, egal, was sie getan hatten. Nun, zum ersten Mal, spürte sie nur Verachtung. Johannes Rewert hatte nicht bloß finanziellen Schaden angerichtet, das war viel mehr, was er den Frauen angetan hatte. Die psychischen Schäden, die sie erlitten hatten, mussten unermesslich sein und bei manch einer von ihnen war das Vertrauen in sich selbst sicherlich völlig zerstört.

*

Auf der Fahrt nach Greetsiel mussten Grote und Stine daran denken, dass sie vor einigen Monaten bei einer Lösegeldübergabe genau dieselbe Strecke gefahren waren. Damals war es noch Frühling gewesen und man hatte sich nach Wärme und Sonne gesehnt, heute nun wünschte man sich die Wolken zurück. Stine ließ den Parkplatz des Otto-Leuchtturms links liegen und bog nach rechts auf die kilometerlange, schnurgerade Zufahrt zur Schleuse ein. Um den bösen Blicken der Radfahrer zu entgehen und zu signalisieren, dass es sich bei ihnen nicht um verirrte Autofahrer handelte, die die Straßensperrung ignorierten, brachte Grote das Blaulicht auf dem Wagendach an. Trotzdem schüttelten einige Radfahrer noch empört den Kopf, aber das ließ ihn kalt. Zum Vergnügen waren sie nun wirklich nicht hier, auch wenn das immer noch einige Leute zu glauben schienen.

Als sie den Vorplatz der Schleuse erreichten, stiegen sie aus und schauten sich um. Einige Urlauber waren zu sehen, die bewusst diesen einsamen Ort aufgesucht hatten, um die unglaubliche Weite, Ruhe und Erhabenheit zu genießen. Der Blick auf das Meer schien unendlich, und gen Westen breitete sich das Watt bis zum Horizont aus. Im Osten konnte man über die Leybucht hinweg die in der Hitze flimmernde Deichlinie von Utlandshörn erkennen, die seltsam verzerrt wie eine Fata Morgana wirkte.

Während Stine noch den majestätischen Anblick genoss, wurde Grote schnell wieder dienstlich. »Der perfekte Ort, wenn man sich mit jemandem treffen möchte, ohne dass es dabei irgendwelche Zeugen gibt«, bemerkte er.

»Ja, wildromantisch und abends bestimmt sehr einsam.« Stine dachte an die Anfahrt zu diesem Ort zurück. »Mit dem Auto werden weder Johannes Rewert noch Jan Bartels hierhergekommen sein, das wäre viel zu auffällig gewesen.« Dann erinnerte sie sich daran, dass im Kofferraum von Rewerts Unfallauto ein Klappfahrrad gefunden worden war, dessen Zweck sich Heike Wegmann nicht erklären konnte. Auch Stine hatte gerätselt, zu welchem Zweck es gedient haben mochte, doch nun ergab alles einen Sinn. Schon früh war ihr beim Durchlesen der Chatverläufe aufgefallen, dass Rewert sich mit den Frauen bevorzugt an sehr einsamen Orten getroffen hatte, um das Entdeckungsrisiko so gering wie möglich zu halten. »Mit seinem Klapprad konnte Rewert sehr gut die vier Kilometer vom Parkplatz bis zur Schleuse zurücklegen. Bleibt neben der Frage, wie Jan Bartels hergekommen ist, die noch wichtigere Frage: Warum haben die beiden sich zu später Stunde in aller Heimlichkeit ausgerechnet hier, am Ende der Welt getroffen?«

»Das frage ich mich auch, Stine. Das ist so konspirativ, als sei es ein Treffen unter Geheimagenten gewesen, aber das war es ja wohl nicht.«

Stine legte ihre Stirn in tiefe Falten, während sie angestrengt nachdachte. »Jan Bartels wohnt in Hauen, da sind wir eben dran vorbeigefahren. Der Ort liegt praktisch direkt hinter dem Deich. Bartels kennt sich hier aus und weiß, dass er nicht mit dem Auto zur Schleuse fahren kann. Also wird er mit Sicherheit ebenfalls ein Fahrrad benutzt haben. Das allerdings musste Rewert nach der Tat verschwinden lassen, aber sag selbst Stefan, ist das ein Problem? Wenn Rewert es in das Wasser des Speicherbeckens geworfen hat, taucht es nie wieder auf. Dort gibt es weder Ebbe noch Flut und das Wasser ist nicht besonders klar, alles perfekte Voraussetzungen, um das Fahrrad zu beseitigen.«

Grote schien überzeugt. »Stimmt, aber warum hat Rewert die Leiche nicht auch im Wasser versenkt?«

»Ich denke, dass er genau das versuchte, in der Dunkelheit aber nicht bemerkt hat, dass er Bartels nicht weit genug vom Ufer weggeschoben hat. Statt im tiefen Wasser ist Bartels am Rand der Steinpackung auf dem Schlick liegen geblieben.«

»Ja, und dann hat der Wellenschlag des Ausflugsdampfers ihn in das Wasser gezogen.« Grote war zufrieden. »So könnte es gewesen sein. Bleibt noch herauszufinden, warum es zu dem Treffen zwischen den beiden kam und warum es dabei eskalierte. Aber da kann uns seine Frau vielleicht weiterhelfen, also lass uns nach Hauen fahren.«

*

Skipper hatte schweren Herzens auf seinen letzten Urlaubstag verzichtet. Statt zu seiner »Antje D.« zu fahren, die im Hafen auf ihn wartete und es nach dem langen Segeltörn verdient hatte, aufgeklart zu werden, fuhr er direkt wieder zurück zur Dienststelle in Emden. Das Gespräch mit seinen beiden Freunden aus Aurich hatte ihn in Unruhe versetzt. Die beiden hatten an einem schweren Fall zu knabbern und ihn um Hilfe gebeten, da galt es, keine Zeit zu verlieren.

Die Akten im Vermisstenfall Gesine Bleeker aus Twixlum lagen bei seinem Kollegen im Zimmer nebenan. Der befand sich zwar im Urlaub, doch Skipper hatte einen Schlüssel für das Zimmer. Er holte sich den Vorgang heraus und überflog die letzten Seiten. Einzuarbeiten brauchte er sich nicht, denn alles war ihm noch sehr präsent. Auf den letzten Aktenseiten fand er einige Vermerke über den Ausgang von Ermittlungen, die zu keinem greifbaren Ergebnis geführt hatten. Am Ende blieb es dabei: Gesine Bleeker war weiterhin wie vom Erdboden verschluckt.

Es machte wenig Sinn, die Akte ohne einen neuen Ermittlungsansatz erneut durchzuarbeiten, also fasste er den Entschluss, sich stattdessen bevorzugt mit dem Verschwinden von Enna Smid zu befassen. Diese Frau wurde schon seit über zwei Jahren vermisst, und da es keinerlei Hinweise auf eine Straftat gab, war die Akte geschlossen worden. Er gönnte sich eine Stunde Zeit, um sich einzulesen, dann kam er zu der Einschätzung, dass diese Akte schon lange wieder hätte geöffnet werden müssen.

Enna Smid war eine alleinstehende, wohlhabende Frau in den besten Jahren und niemandem Rechenschaft schuldig gewesen. Die Vermisstenmeldung war von einer Nachbarin aufgegeben worden, die wenig Kontakt zu ihr gehabt hatte und lediglich durch den überfüllten Postkasten misstrauisch geworden war. Auf den Konten waren in den Wochen nach dem Verschwinden der Frau keine Bewegungen festgestellt worden, seitdem hatte sich allerdings niemand mehr die Mühe gemacht, das erneut zu überprüfen.

Skipper hatte die Statistiken im Kopf: In jedem Jahr verschwanden in Deutschland über 10.000 Menschen. Manche nur für wenige Tage, andere für Wochen, Monate oder Jahre. Die meisten von ihnen tauchten irgendwann wieder auf, einige aber nicht. Skipper war ein gewiefter Ermittler und verfügte über ein auf Erfahrungen basierendes Bauchgefühl. Irgendetwas sagte ihm, dass dieser Fall besonders geartet war, also entschloss er sich, nach Neßmersiel zu fahren und mit der Nachbarin zu sprechen.

Hauen lag nur wenige Fahrminuten von der Leybuchtschleuse entfernt. Ein winziger Ort inmitten der Wiesen, der von wenigen älteren Gebäuden dominiert wurde, die auf Warften standen. Dazu kam eine gute Handvoll kleinerer Häuser, die erst später dazugekommen waren. Das Bartels-Haus war leicht zu finden, denn in Hauen gab es im Grunde genommen nur eine Straße, und die führte einmal um den Ort herum. Von diesem Rundweg aus gab es einige Abzweigungen, die in den Ort hineinführten, doch das stellte selbst für Ortsunkundige keine Herausforderung dar.

Das Haus, das die Bartels sich gebaut hatten, war klein, aber sehr fein. Es duckte sich unter altem Baumbestand und hatte damit den seltenen Vorzug, einen großen Teil des Tages im Schatten stehen zu dürfen. Stine hatte Mühe, einen Abstellplatz für das Auto zu finden, denn auf Besucher schien man hier nicht eingestellt zu sein. Während sie das Auto eng an dem Gartenzaun parkte, um die schmale Straße nicht zu blockieren, ging Grote bereits auf die Haustür zu. An einer Gardine im Obergeschoss bemerkte er eine winzige Bewegung, sie wurden also beobachtet. Das verwunderte ihn keineswegs, vermutlich waren in diesem stillen Dorf an vielen anderen Fenstern ebenfalls die Gardinen in Bewegung gewesen, als sie um den Ort herumgefahren waren.

Stine hatte inzwischen zu ihm aufgeschlossen, und Grote verzögerte seinen Schritt, um sie überholen zu lassen. Es war wie immer: Wenn es sehr persönlich zu werden drohte, ließ er seiner Kollegin den Vorrang, und Stine nahm diese Rolle wie selbstverständlich an. Man musste schließlich kein Hellseher sein, um vorherzusehen, dass das bevorstehende Gespräch der Witwe an die Substanz gehen würde. Ihr zu vermitteln, dass ihr Mann nicht an einer Krankheit verstorben, sondern Opfer eines Mordes geworden war, erforderte ein besonderes Maß an Einfühlungsvermögen, über das Grote nicht verfügte, also tauchte er mal wieder ab.

Nachdem Stine geläutet hatte und sich lange nichts tat, sah er sie verwundert an. „Frau Bartels ist mit Sicherheit zu Hause, ich habe eine Bewegung am Fenster gesehen.«

Dann kam ihm die Idee, dass sie beide durch ihre Bekleidung einen falschen Eindruck vermitteln konnten. Mit ihrem der Hitze geschuldeten Outfit aus einer sommerlichen Leinenbermuda, den Turnschuhen und einem bunten Shirt samt der übergehängten Ostfrieslandtasche sah Stine gewiss nicht wie eine Polizistin aus.

Allerdings passte auch er momentan nicht in das übliche Bekleidungsklischee für Kriminalbeamte im Dienst, obwohl er trotz der Hitze wenigstens eine leichte Weste trug, um die Pistole an seinem Hosengürtel zu verdecken. Deshalb verlieh er Stines erneutem Klingeln Nachdruck, indem er zusätzlich an die Tür klopfte und rief: »Frau Bartels, wir sind von der Kriminalpolizei und müssen dringend mit Ihnen sprechen!«

Erst jetzt erfolgte eine zögerliche Reaktion. Das Fenster im Obergeschoss öffnete sich einen Spalt weit, und eine Frau schaute heraus. »Gehen Sie bitte um das Haus herum zur Rückseite, ich komme dann zu Ihnen.«

Sie gingen wie aufgefordert weiter und gelangten auf eine großzügige Holzterrasse, von der aus man quer über die von der Sonne gebleichten Wiesen einen freien Blick zum Deich hatte. Der Schatten der Bäume und ein winziger Luftzug ließen die beiden zum ersten Mal an diesem Tage aufatmen, und zu gerne hätten sie sich auf einen der Stühle gesetzt, aber das wäre nicht angemessen gewesen. Das, was sie der Frau zu sagen hatten, duldete keine Lässigkeit, es gab eben Dinge, die man nur im Stehen aussprechen konnte.

Es dauerte sehr lange, bis die Terrassentür sich öffnete und Merle Bartels endlich erschien. Sie war eine kleine, zarte und schlanke Frau mit langen braunen Haaren, die ihr weit in das Gesicht fielen. Sie ging nur einen Schritt voran, verharrte dort und nickte flüchtig zur Begrüßung.

»Was gibt es?« Dann schaute sie fragend und bot den beiden Polizisten nicht einmal einen Platz an.

Stine hatte eine gebrochene Frau erwartet, der man den Schicksalsschlag ansah, schon in jungen Jahren zur Witwe geworden zu sein, doch es war ihr nichts anzumerken. So kam Stine zu dem Schluss, dass Merle Bartels merkwürdiges Verhalten Ausdruck von Trauer und Unsicherheit war. Zwar fielen ihr sofort die Schwellungen auf, die in ihrem Gesicht zu erkennen waren und die das Haar nicht zu bedecken vermochte. Auch die gelb-blauen Stellen auf der Haut, die überschminkt worden waren, sah sie, doch das konnte auch ein verweintes Gesicht sein, da war sie sich nicht sicher.

Vorsichtig begann sie zu sprechen: »Frau Bartels, zuerst einmal möchten mein Kollege und ich Ihnen unser Beileid zum Tode Ihres Mannes aussprechen.«

Die Reaktion bestand wieder nur aus einem Nicken. Dann sagte Merle Bartels: „Ich habe mich damit abgefunden. Aber Sie sind sicher nicht extra hierhergekommen, um mir zu kondolieren.«

Die unerwartet kalte Antwort auf ihre gefühlvolle Gesprächseinleitung brachte Stine ins Stocken, damit hatte sie nicht gerechnet. Also ersparte sie sich weitere Allgemeinplätze und kam sofort zur Sache: »Wir müssen Ihnen leider mitteilen, dass die Staatsanwaltschaft eine Obduktion des Leichnams ihres Mannes angeordnet und bereits vollzogen hat.«

Selbst das schien die Frau nicht aus dem Gleichgewicht zu bringen. »Das weiß ich bereits, das Beerdigungsinstitut hat mich in Kenntnis gesetzt, dass mein Mann abgeholt wurde.«

Die Gefühlskälte der Frau ließ bei Stine die letzten Schranken der Rücksichtnahme fallen. »Dann wissen Sie vielleicht auch schon, dass Ihr Mann nicht an einem Herzinfarkt, sondern an einem Schlag gegen den Hals gestorben ist. Der Kehlkopf wurde komplett zertrümmert, und Ihr Mann ist daraufhin erstickt.«

Merle Bartels zuckte unmerklich zusammen, gewann aber sofort ihre Fassung zurück. »Nein, das wusste ich bisher nicht, aber nun bin ich ja im Bilde. Ich denke, Sie geben mir Bescheid, wenn die Leiche meines Mannes freigegeben wird.«

Grote hatte den Eindruck, dass die Frau sich jetzt umdrehen und sie beide einfach stehen lassen würde, das wollte er jedoch nicht akzeptieren.

»Frau Bartels, ich bewundere, wie gefasst Sie unsere Nachricht aufnehmen, aber einen Moment sollten Sie sich noch Zeit nehmen. Wir hätten da schon noch einige Fragen an Sie.«

Merle Bartels schien genervt, ließ sich dann aber herab und bot den beiden Polizisten endlich einen Platz an. Sie selbst blieb eine Zeitlang unschlüssig stehen, erst dann setzte sie sich selbst auf einen Gartenstuhl und begann plötzlich zu reden:

»Was Sie als »gefasst« bezeichnen, ist lediglich ein Gefühl der Erlösung, dass sich nach dem Tod meines Mannes eingestellt hat. Ob Krankheit oder Mord, letztlich ist mir das egal. Ich habe sehr wohl den kritischen Blick Ihrer jungen Kollegin bemerkt. Sie wird sich wohl ihre Gedanken gemacht haben, deshalb helfe ich ihr dabei, zu einem Urteil zu kommen.«

Im selben Moment schob sie ihre Haare nach hinten und gab damit den Blick auf ihr Gesicht vollends frei. «Nein, mein Gesicht ist nicht verheult, es ist verunstaltet von den Schlägen meines Mannes. Die Blutergüsse sind so intensiv, dass ich sie nicht einmal mit Schminke überdecken konnte. Und bevor Sie nachfragen, es ist nicht das erste Mal, dass ich so aussehe. Mein Mann hatte zwei Gesichter: Nach außen hin war er ein freundlicher, angenehmer Mann, doch ich kannte auch seine andere Seite.«

Stine schwieg betroffen, sie war gerade dabei gewesen, der Frau Unrecht zu tun, deshalb berührte sie diese Wendung des Gesprächs, und sie war versucht, sich zu entschuldigen, doch Grote schien das Leid der Frau wenig zu beeindrucken. Er begann kühl und ungerührt mit einer Befragung: »Dann sagen Sie uns bitte, was an dem Abend geschehen ist, an dem Ihr Mann starb.«

So sehr Merle Bartels am Anfang den Eindruck gemacht hatte, einem Gespräch aus dem Wege gehen zu wollen, umso mehr überraschte sie jetzt mit einem zornigen Ausbruch: »An dem Abend passierte das, was in meiner Ehe beinahe zum Alltag gehörte. Jan war krankhaft eifersüchtig. Er warf mir wieder einmal vor, dass ich ihm untreu sei, und irgendwann begann er, mich zu schlagen. Als ich blutend auf dem Boden lag, ist er wutentbrannt gegangen und kehrte nicht mehr zurück. Ich sage es Ihnen in aller Offenheit und von mir aus können Sie das ruhig in Ihre Akten schreiben: Ich war froh, als er ging und noch froher, als die beiden Polizisten mir am nächsten Tag sagten, dass er nicht mehr wiederkommen wird.«

Plötzlich begann sie völlig unerwartet zu weinen. »Für mich bedeutet Jans Tod Freiheit, die Freiheit, wieder unter Menschen gehen zu können und nicht befürchten zu müssen, hinterher zur Rede gestellt und geschlagen zu werden. Und es bedeutet außerdem, sich nicht ständig vor den Nachbarn verstecken zu müssen, weil mein Gesicht so aussieht wie jetzt gerade.«

Stine nickte mitleidsvoll, denn Merle Bartels tat ihr leid. Sie verstand Grote nicht, der sich nicht von seinem Kurs abbringen ließ und die ohnehin schon vom Schicksal gestrafte Frau ihrem Empfinden nach weiterhin unangemessen hart und emotionslos befragte: »Und, hatte Ihr Mann Grund zur Eifersucht?«

Merle Bartels sprang wütend auf und rief: »Ach so, das ist es also? Wenn Jan Grund hatte, eifersüchtig zu sein, hatte er Ihrer Meinung nach damit das Recht erwirkt, mich zu schlagen? Und selbst wenn ich eine Affäre gehabt hätte, dann ginge Sie das partout nichts an.« Brüsk fügte sie noch an: »Und jetzt lassen Sie mich bitte in Ruhe!«

Stine erhob sich schweigend und wollte gehen. Sie fühlte sich unwohl, denn die Situation war dank Grotes mangelnder Empathie eskaliert, dafür schämte sie sich. Grote allerdings blieb einfach sitzen, als habe er Merle Bartels Aufforderung nicht gehört. Er zeigte auch keine Reue über das, was er ausgelöst hatte und sagte: »Ich bedaure, wenn Sie mich missverstanden haben, aber zwei Fragen müssen Sie mir dennoch beantworten: Ist Ihr Mann an dem besagten Abend mit dem Auto davongefahren?«

»Nein, das Auto steht in der Garage. Er ist wie meistens mit dem Fahrrad weg, denn sein rotes Rennrad fehlt.«

»Dann die zweite und letzte Frage: Können Sie mir eine Erklärung dafür geben, warum er am Abend zur Schleuse rausgefahren ist?«

Nach dieser Frage zeigte Merle Bartels zum ersten Mal eine Reaktion der Unsicherheit. Sie zögerte die Antwort länger hinaus, als es der einfachen Frage bedurft hätte. Dann sagte sie: »Wenn wir uns gestritten haben, hat er sich mal betrunken, mal ist er in der Gegend rumgefahren, um sich abzureagieren. Kurzum: Ich habe keine Ahnung.«

Nun ging sie mit schnellen Schritten zur Terrassentür und machte damit deutlich, dass sie weitere Fragen nicht zulassen wollte.

Trotzdem schob Grote noch schnell eine Frage nach: »Kennen Sie eigentlich einen Simon Wegmann oder Johannes Rewert?«

»Nein, nie gehört!« Mit einem vernehmlichen Geräusch fiel die Tür ins Schloss, und im selben Moment wurden die Vorhänge zugezogen.

»Das war ja mal ein theaterreifer Abgang», meinte Grote trocken und stand auf. Stine schwieg, zum ersten Mal war sie ernstlich böse auf ihren Chef. Sein kaltschnäuziges Verhalten konnte sie weder gutheißen noch nachvollziehen, deshalb sagte sie kein Wort, sondern startete den Wagen und fuhr aus dem Ort. Kurz bevor sie die nach Greetsiel führende Landstraße erreichten, befahl Grote: »Fahr mal rechts auf den Feldweg, wir beide müssen dringend miteinander reden!«

Stine bog, ohne zu antworten, unvermittelt und ruckartig ab und stellte befriedigt fest, dass Grote dabei kräftig durchgeschüttelt wurde. Das geschah ihm recht! Dann schaltete sie den Motor aus, öffnete die Tür und stieg aus. Einige Schritte ging sie noch hektisch hin und her, dann lehnte sie sich mit verschränkten Armen auf die Motorhaube.

Grote kam herum, baute sich vor ihr auf und betrachtete seine junge Kollegin amüsiert. Noch nie hatte er die beiden kleinen Wutfalten gesehen, die sich über Stines Nasenwurzel gebildet hatten. Er lächelte mild, dann fragte er: »Sauer?«

Stine sagte kein Wort, zog trotzig die Schultern hoch und wich seinem Blick aus. Es ärgerte sie, dass ihr momentaner Gemütszustand ihr ins Gesicht geschrieben stand. Nur ein leises »Geht so« rang sie sich ab.

»Lass uns ein paar Schritte laufen, damit du Dampf ablassen kannst, dann erkläre ich dir auch, warum ich Merle Bartels so hart rangenommen habe.«

Stine marschierte so schnell los, dass Grote ihr kaum folgen konnte. Nach einer Weile wollte er wissen: »Hattest du von deinem Platz auf der Terrasse einen schönen Blick über die Wiesen?«

Stine blieb ruckartig stehen und schaute Grote mit zusammengekniffenen Augen an, denn sie fühlte sich von ihrem Chef veräppelt. Grote erkannte das, also begann er zu erklären, bevor seine Kollegin völlig explodierte:

»So, jetzt hör mal zu, damit du wieder runterkommst von deiner Palme: Ich hatte nicht deinen Traumblick in die Natur, ich habe auf das Haus gucken müssen. Darum konnte ich etwas sehen, was dir entgehen musste. Wir sind nämlich die ganze Zeit beobachtet worden, und zwar von einer Person, die sich im Obergeschoss hinter dem Vorhang verborgen hielt. Allerdings hat sie dabei nicht bedacht, dass die tiefstehende Sonne den Vorhang durchleuchtet hat.«

Stines Gesicht glättete sich etwas, und die Wutfalten wurden eine Nuance kleiner. »Hast du Einzelheiten erkennen können?«

Grote schüttelte den Kopf. »Nein, das war unmöglich. Ich konnte lediglich eine Art Schattenriss sehen und ich könnte mir vorstellen, dass es ein Mann war, aber völlig sicher bin ich mir nicht. Natürlich habe ich mir deshalb so meine Gedanken gemacht und mich gefragt, ob wir der Frau trauen dürfen. Zumindest habe ich mich daraufhin entschlossen, ihre Worte nicht durch die emotionale Brille zu betrachten, sondern kritisch zu analysieren.«

Stine merkte sofort, dass dies ein kleiner Seitenhieb auf sie war, sie wusste aber, dass Grote es nicht böse meinte. Oft genug hatte er ihr schon gesagt, wie wertvoll ihm ihre gefühlsbetonte Sichtweise auf die Dinge war. An diesem Tag allerdings schien einmal die Logik über das Herz zu triumphieren, das dämmerte ihr allmählich. »Warum hast du sie denn nicht gefragt, ob sie allein ist?«

Grote stellte die Gegenfrage: »Glaubst du etwa, sie hätte mir die Wahrheit gesagt? Gewiss nicht, und in das Haus hätten wir nicht reingehen dürfen, um nachzuschauen, das weißt du genauso gut wie ich. Stell dir vor, ich wäre hineingestürmt und hätte vielleicht ihre Nachbarin hinter dem Vorhang hervorgezogen. Das hätte mir nicht nur ein Disziplinarverfahren, sondern sogar eine Anzeige wegen Hausfriedensbruch eingebracht. Außerdem hätte ich damit einen Trumpf aus der Hand gegeben, den ich später einmal bei günstigerer

Gelegenheit ausspielen kann, denn eines steht für mich fest: Diese Frau spielt nicht mit offenen Karten.«

Stine nickte, das war natürlich richtig.

»Denk mal genau nach, Stine, hattest du nicht auch den Eindruck, dass Merle Bartels bereits Kenntnis davon hatte, dass ihr Mann nicht eines natürlichen Todes gestorben ist?« Er ließ ihr einen Moment Zeit, bevor er weitersprach: »Und dann denke auch gleich mal darüber nach, ob sie wirklich nicht wusste, dass ihr Mann an dem Abend zur Schleuse wollte? Ich finde, sie hat ziemlich lange gebraucht, bevor sie auf meine Frage antwortete.«

Nun verschwand auch die letzte Wutfalte aus Stines Gesicht, denn sie musste unumwunden zugeben, dass Grote recht hatte. »Warum hast du Merle Bartels eigentlich nach Simon Wegmann beziehungsweise Johannes Rewert gefragt, Stefan? Wir haben bisher überhaupt keine Hinweise darauf, dass es eine Verbindung zwischen den beiden gibt. In den Frauendateien seines Laptops gibt es nicht den geringsten Hinweis auf sie.«

»Das war mehr so ein Gefühl von mir, ich wollte ihre Reaktion sehen, aber sie hatte sich bereits umgedreht, somit ist mein Versuch gescheitert.« Grote streckte ihr seine Hand entgegen und lachte: »Alle Fragen beantwortet? Sind wir jetzt wieder Freunde?« Stine schlug ein und lächelte verlegen. »Klar, Chef, Freunde fürs Leben!«

Als sie wieder ins Auto stieg, war aller Ärger in ihr verflogen, und sie hatte mit einem Mal wieder eine klare Sicht auf die Dinge. Das merkte auch Grote, denn bevor Stine den Wagen startete, hatte sie schon überlegt, was nach der Rückkehr an die Dienststelle zu erledigen war:

»Wir sollten veranlassen, dass die Feuerwehr noch einmal den Bereich vor der Schleuse nach Bartels rotem Rennrad absucht. Das wäre dann der endgültige Beweis, dass der Fundort der Leiche auch der Tatort war.« Grote lächelte zufrieden: »Genau das machen wir!«

*

Merle Bartels beobachtete noch, wie sich die beiden Polizisten auf den Weg machten. Sie verfolgte deren Fahrzeug mit Blicken, bis es hinter der nächsten Kurve verschwunden war, dann ging sie nach oben. Johannes Rewert, der für Merle immer noch Simon Wegmann war, hatte die Abfahrt der beiden ebenfalls verfolgt. Zu gerne hätte er gehört, was die Polizisten mit Merle besprochen hatten, doch es war ihm nur gelungen, Wortfetzen aufzunehmen, die er nur unvollkommen zusammensetzen konnte. Um Einzelheiten zu verstehen, hätte er das Fenster aufklappen müssen, doch das wäre zu riskant gewesen.

Merle Bartels betrat zögernd das Zimmer, ging auf ihn zu und schaute ihn fragend an. »Die Polizisten haben gesagt, Jan sei ermordet worden. Man habe ihm den Kehlkopf zertrümmert, und er sei elendig erstickt. Stimmt das?«

Rewert wusste, dass er jetzt aufpassen musste, um nicht Merles Vertrauen zu verlieren. Nicht, dass ihm daran viel gelegen war, aber er benötigte für die nächsten Tage einen sicheren Unterschlupf, und den hatte er hier bei ihr.

Er ging auf sie zu, nahm sie in den Arm und drehte ihren Kopf so zu sich hin, dass sie ihn anschauen musste. »Schau mich an, Merle, würde ich dich jemals belügen? Es war genau so, wie ich es dir erzählt habe. Nachdem dein Mann von dem geplanten Treffen zwischen uns beiden erfahren hatte, ist er statt deiner zur Schleuse gekommen und hat mir aufgelauert. Wie aggressiv er sein konnte, hast du ja kurz zuvor am eigenen Leib erfahren, als er dich fast krankenhausreif geschlagen hat. Er ging sofort auf mich los und prügelte auf mich ein. Ich musste mich wehren, darum habe ich ihn weggeschubst, und er ist unglücklich auf die Steine der Uferböschung gefallen. Es mag ja sein, dass dabei der Kehlkopf verletzt wurde, aber das habe ich nicht gewollt. Ich würde niemals jemandem Gewalt antun!«

Er setzte dabei einen Blick auf, dessen Wirkung auf Frauen er kannte und der das Geheimnis seines Erfolgs war. Auch dieses Mal verfehlte er nicht sein Ziel.

Merle zog ihn fest an sich. »Ich weiß, das würdest du nicht tun. Du bist nicht wie er, darum liebe ich dich so sehr. Es tut mir unendlich leid, dass es überhaupt zu dieser Situation gekommen ist, doch ich wusste nicht, dass Jan an diesem Abend auf sein Fußballtraining verzichten würde. Mein Handy lag auf dem Tisch, und so konnte er lesen, dass wir uns verabredet hatten, da ist er total durchgedreht.« Dann fiel ihr noch etwas ein: »Die Polizisten haben mich nach dir und nach einem gewissen Johannes Rewert gefragt. Was hat das zu bedeuten?«

Ein Schreck durchzuckte Johannes Rewert. Darauf war er nicht gefasst gewesen. Die Polizei schien ihm viel dichter auf den Fersen zu sein, als er geahnt hatte. Dass man an Jan Bartels' Leiche Spuren von ihm gefunden hatte, damit musste er rechnen. Dass seine Identität aber aufgeflogen war und sie seinen echten Namen kannten, stellte ein ernsthaftes Problem dar. Darüber musste er erst einmal nachdenken. Trotzdem gelang es ihm, Merle zu beruhigen, indem er erklärte:

»Vielleicht sind sie durch Zufall auf meinen Namen gekommen, weil mich jemand an der Schleuse gesehen hat, ich weiß es nicht. Und wer dieser Johannes Rewert ist? Keine Ahnung! Mach dir keine Gedanken und vertrau mir einfach! Sobald wie möglich machen wir uns auf den Weg und beginnen ein neues, gemeinsames Leben.«

Merle unterließ es trotz leichter Zweifel, weiter nachzufragen, sondern gab sich mit dieser Antwort zufrieden. Wenn sie ehrlich zu sich selbst gewesen wäre, hätte sie gewusst, dass sie die volle Wahrheit gar nicht wissen wollte. Die Aussicht auf ein Leben mit diesem Mann, der sie aus ihrer Ehe erlöst hatte, schien ihr wichtiger als alles andere.

Johannes Rewert hatte es wieder einmal geschafft: Als Merle aus dem Zimmer ging, verschwand der »Frauenblick« aus seinem Gesicht und wich einem kalten Grinsen. Merle hegte keinen Zweifel an seinen Worten und vertraute ihm mehr als der Polizei. Dass der Schlag, mit dem er den Angriff von Jan Bartels abgewehrt hatte, tödlich sein würde, hatte er gewusst. Seine großen Brüder hatten sich in einem Umfeld bewegt, in dem das Wissen um die Wirkung eines solchen Schlages überlebenswichtig sein konnte, also brachten sie diesen auch ihm bei. Er hatte ihn nicht zum ersten Mal angewandt. Dann wurde sein Gesichtsausdruck nachdenklich. Er hatte gehofft, bei Merle sicher zu sein, doch die Polizisten würden weiter in seinem Leben herumwühlen, und es war nicht ausgeschlossen, dass sie eine Spur fanden, die von ihm zu Merle führte, dann würden sie wieder hier auftauchen. Also fasste er den Entschluss, so schnell wie möglich zu verschwinden, natürlich allein.

Kirschkerngespräch

Nachdem Skipper Neßmersiel erreicht hatte, ließ er den Ort einfach rechts liegen und fuhr gleich durch zum Hafen. Das Gefühl, diesen letzten Urlaubstag seinem Dienstherrn und somit dem Staat gewissermaßen geschenkt zu haben, gab ihm das Recht, ohne schlechtes Gewissen im Hafenrestaurant in aller Ruhe eine frische Nordseescholle zu verspeisen. Er hatte das große Glück, auf der Terrasse einen der raren Schattenplätze unter einem Sonnenschirm zu erwischen, der ihm den Blick auf die einlaufende Baltrumfähre und den von Menschen überfüllten Badestrand gestattete. Das Kreischen der badenden und herumtobenden Kinder bildete eine gleichmäßige Lärmkulisse und hob seine Stimmung. So fühlte sich Urlaub an der Nordsee an! Er schloss die Augen und meinte, selbst hier noch den Geruch von Sonnencreme wahrnehmen zu können.

Erst die Kellnerin riss ihn aus seinen Träumen, und wenig später machte er sich über den Fisch her. Dabei vergaß er sogar den einzigen Wermutstropfen, denn auf ein Bier musste er verzichten. Das Angebot der Kellnerin, ihm ein alkoholfreies Bier zu bringen, hatte er empört abgelehnt. »Nee, lass mal, Mädchen! Wenn das einer meiner Segelkumpel sieht, bin ich für den Rest meines Lebens blamiert. Gib mir 'ne Cola und lass gut sein!«

Nachdem er sich gestärkt hatte, fuhr er in den Ort und stand wenig später vor dem Haus der vermissten Enna Smid. Der erste Eindruck verblüffte ihn, denn er hatte ein verwahrlostes Anwesen erwartet, aber davon konnte keine Rede sein. Zwar waren alle Rollläden geschlossen, der Garten jedoch war gepflegt, und der Rasen schien sogar regelmäßig bewässert zu werden. Überhaupt fiel das weiße Haus mit seinen blauen Dachpfannen durch Größe und Exklusivität aus dem Rahmen. Hier schien eine Menge Geld verbaut worden zu sein.

Skipper ging zum Nachbarhaus hinüber, das im Vergleich geradezu winzig wirkte. Der schwarz-rote Klinker war ein Indiz dafür, dass dieses Haus, im Gegensatz zum Nebenhaus, schon lange an diesem Platz stand. Rollläden gab es nicht, dafür rot-weiße, akkurat gestrichene Holzklappen, die bei Sturm die Fenster schützen sollten. Das Namensschild am Tor gefiel ihm, denn über dem Namen »Kapitän Kröger« war das Bild eines Segelschiffs zu sehen. Er hatte kaum geklingelt, da öffnete eine ältere, dralle Frau die Tür. Vor dem Bauch trug sie eine Schürze, die mit roten Flecken übersät war. »Wat wullt du, Jung?«, fragte sie ihn.

Ein Lächeln umspielte Skippers Mund, hier war er richtig. »Ich bin von der Polizei und hab ein paar Fragen. Hest do mol en beten Tied?«

Die Frau winkte ihn herein. »Zeit hab ich nie, ich koche gerade Kirschen ein. Aber wenn du mich dabei nicht störst, können wir reden.«

Skipper folgte der Frau in die Waschküche, in der ein gewaltiger Einmachtopf vor sich hin dampfte und die ohnehin vorhandene Hitze noch steigerte. Der Frau schien das jedoch nichts auszumachen. Sie zeigte auf einen Tisch, auf dem Berge von Kirschen lagen, ungefähr die Hälfte davon entsteint.

»Setz dich hin und greif ruhig zu, wenn du magst, ich hab genug davon.«

Das ließ er sich nicht zweimal sagen und betrachtete die Kirschen als Nachtisch für das Fischgericht. Die Frau ließ sich bei ihrer Arbeit überhaupt nicht stören, und ganz nebenbei erfuhr Skipper das, was er wissen wollte: Die Kapitänswitwe wohnte schon seit Jahren allein in dem Haus und hatte mit ansehen müssen, wie die Smids zwei Nachbargrundstücke aufkauften, die Häuser darauf abreißen ließen und auf dem dadurch entstandenen großen Grundstück ihren »Palast« bauten, wie die Witwe sagte.

»Die Smids haben Geld wie Heu, ihm gehörte eine Schifffahrtsbank in Emden. Die hat er verkauft, und dann lebte er mit seiner Frau fröhlich von seinen Millionen. Aber vor einigen Jahren hat er sich totgesoffen, und nun muss seine Frau das Geld allein ausgeben.« Während sie wieder eine Ladung entsteinter Kirschen in ein Einmachglas presste, füge sie noch zynisch hinzu: »Da muss man sich aber keine Sorgen machen, Frau Neureich schafft das schon. Die wirft mit Geld nur so um sich.«

Skipper griente, die Frau war ein Original. »Du scheinst sie nicht besonders zu mögen, oder?«

»Das kannst du laut sagen!« Sie wies mit dem Kopf zum Nachbargrundstück. »Schau dir das Haus doch mal an, das passt hier überhaupt nicht her!« Dann musterte sie Skipper von oben bis unten. Seine zerschlissene Jeans sowie seine seegebräunte Haut brachten sie auf die richtige Spur.

»Bist du Segler?«

Skipper nickte.

»Eigenes Schiff?«

Skipper nickte erneut und ergänzte stolz: »Na klar, Antje D., 55 Fuß!«

Die Witwe lächelte anerkennend: »Dann stell dir mal vor, der Liegeplatz neben dir geht an eine geschniegelte Motoryacht von 80 Fuß. Was sagst du dann?«

Skipper brummte zustimmend, er wusste genau, was die Frau meinte. »Du scheinst nicht viel von deiner Nachbarin zu halten, hast sie aber trotzdem vor zwei Jahren als vermisst gemeldet, oder?«

»Nur weil ich sie nicht mochte, muss ich ihr ja nicht den Tod wünschen. Die Post hat sich vor der Tür gestapelt, da habe ich bei deinen Kollegen angerufen. Die haben gleich ein großes Ding davon gemacht, obwohl ich ihnen gesagt habe, dass bei dieser Frau alles möglich ist. Sie ist häufiger mal ausgebüxt und hat sich dann um nichts geschert.«

»Du glaubst also nicht, dass ihr was passiert ist?«

Die Kapitänswitwe schaute ihn entgeistert an. »Wieso glauben? Ich weiß, dass sie lebt. Ihr Gärtner, der seit zwei Jahren regelmäßig kommt und auch ihre Post mitnimmt, hat regelmäßigen Kontakt zu ihr. Sie hat sich vor zwei Jahren spontan auf eine Kreuzfahrt begeben, mit der …«, sie musste überlegen, »... genau, mit der »Phoenitia«. In 140 Tagen um die Welt, so ein Trip für Superreiche. Dabei hat sie sich in einen anderen Superreichen verguckt und ist in Neuseeland hängengeblieben.«

»Das hat bisher aber niemand der Polizei gemeldet«, sagte Skipper tadelnd.

»Dafür kann ich nichts. Ich habe dem Gärtner erzählt, dass ich seine Chefin als vermisst gemeldet habe. Er hat mir hoch und heilig versprochen, die Sache richtigzustellen. Damit war die Angelegenheit für mich erledigt, und nachgefragt hat seitdem außer dir bisher auch niemand.«

Skipper ließ sich die Telefonnummer des Gärtners geben, wehrte erfolglos das Angebot auf einen selbstgemachten Kirschlikör ab und machte sich anschließend mit Verspätung auf den Weg zur Dienststelle. Den Gärtner erreichte er noch am Abend, der konnte ihm sogar die Telefonnummer geben, unter der die lebenslustige Frau Smid zu erreichen war.

Um 22 Uhr abends hielt es Skipper für angemessen, in Neuseeland anzurufen, denn dort war es nun zehn Uhr morgens. Nach dem zweiten Klingeln erklang eine Männerstimme, die sich als die des Hausbutlers herausstellte. Kurz darauf hatte er tatsächlich Enna Smid aus Neßmersiel in der Leitung.

Die Frau gab unumwunden zu, von einem gewissen Simon Wegmann umgarnt und betrogen worden zu sein. Wie viel dieser Mann ihr abgenommen hatte, wollte sie zuerst nicht verraten, deutete aber auf Skippers beharrliche Nachfrage an, dass es sich um eine sehr hohe Summe gehandelt hatte. Wegmann habe das Geld zur Gründung einer Firma benötigt, was sich damals zu spät als Lüge herausstellte.

»Herr Kommissar, das mag nicht in die von Ihrem Gehalt geprägte Welt passen, aber für mich sind das die berühmten »Peanuts«. Den Schaden habe ich leichter verschmerzt als den Liebesbetrug. Aber Sie glauben ja wohl nicht, dass eine Enna Smid sich in der Öffentlichkeit blamiert. Ich könnte mich nie wieder im Golfclub sehen lassen, wenn ich irgendwann mal zurück nach Deutschland komme. Da habe ich mich lieber spontan auf eine Weltreise begeben, um mich abzulenken. Dabei habe ich George kennengelernt, der ist finanziell ebenso unabhängig wie ich. Bei dem werde ich vorerst bleiben.«

Sie erklärte noch frank und frei, dass sie dem Gärtner untersagt hatte, die Polizei anzurufen. »Was ich tue, und wo ich mich aufhalte, geht niemanden etwas an, und wenn aufdringliche Nachbarn meinen, mich als vermisst melden zu müssen, ist das gewiss nicht meine Angelegenheit.«

Skipper verstand nach diesem Gespräch seine Kirschen einkochende Bekanntschaft noch besser als ohnehin schon. Aber warum sich über diese exzentrische Bankierswitwe ärgern, letztendlich war es ihr Recht, sich so zu verhalten. Skipper gewann die Einsicht, dass die Vermisstenakte Enna Smid schon längst hätte geschlossen werden können, wenn nur jemand sich die Mühe gemacht hätte, den Fall gründlich durchzuermitteln. Doch es konnten ja nicht alle Polizisten so gut sein wie er.

Dazu kam die Erkenntnis, dass sich der Verdacht, Simon Wegmann alias Johannes Rewert habe etwas mit dem Verschwinden einiger Frauen zu tun, nach und nach in Luft auflöste. Vielleicht hatten Stefan und Stine den Mann einfach überschätzt. Ein Affektmörder mochte er wohl sein, aber ein frauenmeuchelnder Heiratsschwindler nach Stand der Dinge wohl nicht.

Nach einem Hochsommerwochenende mit purzelnden Temperaturrekorden rief Skipper am Montagmorgen an, um Grote und Stine von seinem Ermittlungsergebnis in Sachen Enna Smid zu berichten. Als die beiden erfuhren, dass diese eigenwillige Frau lebte, stellte sich bei ihnen Erleichterung ein. Der Gedanke, in Johannes Rewert einen Serienkiller sehen zu müssen, der reihenweise Frauen eiskalt beseitigte, sobald sie ihm Probleme bereiteten, hatte etwas Bedrückendes an sich gehabt, sich aber in ihren Köpfen breitgemacht. Nun gaben sie Skipper recht, dass sich dieser Verdacht nach und nach in Luft aufzulösen schien. Vielleicht hatte Rewert die Zeitungsmeldungen, die im Zusammenhang mit dem Verschwinden dieser Frauen erschienen waren, nur aus simpler Neugier gesammelt. Also wuchs in Grote und Stine die Zuversicht, dass sich auch für das Verschwinden von Gesine Bleeker schon bald eine ganz banale Erklärung finden würde. Skipper jedenfalls blieb in dieser Sache am Ball, darauf konnten sie sich verlassen.

Stine begann ihr Mail-Fach zu sichten, das am Montagmorgen, wie so häufig, überzulaufen drohte. Viele Dinge waren von geringer Bedeutung, einige dagegen nicht. Die Fahndung nach Rewert lief auf Hochtouren, doch weder er noch das Auto seiner Frau, mit dem er ihrer Meinung nach unterwegs sein musste, waren bislang irgendwo gesehen worden.

Die Überprüfung der bei Rewert gefundenen unbekannten Hausschlüssel hatte zu keinem Ergebnis geführt. Das LKA konnte lediglich ermitteln, dass es sich bei dieser Art von Schlüsseln um billigste Baumarktware handelte, die es an jedem Ort in Deutschland zu kaufen gab. Eine Rückverfolgung, wann und wo diese Schlüssel gekauft worden waren, war somit ausgeschlossen.

Nachdem sie sich Grotes Zustimmung geholt hatte, sorgte Stine für den Abbruch der Observation der Wegmann-Wohnung in Braunschweig. Grote hatte sie vorsorglich unter Beobachtung stellen lassen, falls Rewert dorthin zurückkehren würde, doch davon war nicht mehr auszugehen. Johannes Rewert war viel zu gerissen, um einen solchen Fehler zu begehen. Stine veranlasste jedoch den Einbau eines neuen Schlosses und die anschließende Versiegelung der Wohnung, damit war die Sache erledigt.

Endlich stieß sie auf eine Mail, auf deren Eingang sie schon seit Tagen gewartet hatte. Der Provider von Rewerts zweitem Handy hatte endlich die Daten der Funkmasten geliefert, in die es sich eingeloggt hatte. Das LKA hatte daraufhin sein Bewegungsprofil erstellt. Schnell wurde daraus ersichtlich, dass dieses Handy immer nur dann benutzt worden war, wenn Rewert sich in Ostfriesland aufgehalten hatte. Von zu Hause aus hatte er es nie genutzt. Das Bewegungsprofil zeigte eine Auffälligkeit, die ins Auge stach. Immer wieder war das Handy in einem Bereich eingeloggt, der fast menschenleer schien. Es handelte sich um ein Gebiet am Rande von Westerende-Kirchloog, das von einem Kanal durchflossen wurde und kaum bewohnt war. Dort war das Handy häufig, auch über viele Stunden, in Betrieb gewesen.

»Schau mal, Stefan, das ist bemerkenswert!« Stine winkte Grote heran und hatte sofort seine Neugierde geweckt. »Das ist ja interessant«, meinte er, »dort könnte sich eine Art Rückzugsort befinden, an dem er untergetaucht ist. Haben wir die Schlüssel bereits aus Hannover zurück?«

Stine rief bei der Poststelle an und hatte Glück: Der Schlüsselbund war gerade mit der Botenpost vom LKA wieder angekommen. Unternehmungslustig schaute sie ihren Chef an und fragte: »Gehen wir auf die Suche nach Johannes Rewerts geheimem Liebesnest?«

Grote stimmte zu: »Unbedingt! Nimm die Autoschlüssel, dann geht es los!« Fürsorglich fügte er noch hinzu: »Und pack die Regenjacke ein, am Nachmittag sollen wieder schwere Gewitter aufziehen.«

Die Suche nach dem entsprechenden Mobilfunkmast gestaltete sich leichter als befürchtet. Nachdem sie ihn entdeckt hatten, hielt Stine am Straßenrand. Der Mast stand auf der anderen Straßenseite und verdankte seine Daseinsberechtigung wohl nur dem Umstand, dass sich ein gutes Stück abseits des Ortes eine Speditionsfirma befand, die auf guten Handy- und Internetempfang angewiesen war. Deshalb hatte man einen Funkmast direkt neben dem Betriebsgelände errichtet. Stine glich die Reichweite des Mastes mit der Umgebungskarte ab. Nur ein geringer Teil davon deckte Häuser am Ortsrand von Westerende-Kirchloog ab, der größte Teil aber die umliegenden Wiesen und Felder.

Grote beugte sich zu Stine hinüber und versuchte, den Suchbereich einzugrenzen. »Wenn sich Rewerts Unterschlupf irgendwo in dieser Funkzelle befindet, dann haben wir keine Chance. Wir können schließlich nicht von Haus zu Haus gehen und probieren, ob unsere Schlüssel passen.«

»Stimmt, aber ich kann mir nicht vorstellen, dass er sich eine Wohnung oder ein Haus im Ort gesucht hat. Bei seinen Begegnungen mit den Frauen war er immer darum bemüht, sich mit ihnen an einsamen Orten zu treffen. Also wird er auch hier die Einsamkeit gesucht haben. Schauen wir doch mal, welche Objekte unter diesem Gesichtspunkt in Frage kommen.«

Sie schaltete von der Karten- auf die Luftbildansicht um und begann, die Häuser und Gehöfte im Umkreis in Augenschein zu nehmen. Die großen Bauernhäuser schloss sie von vornherein aus, denn dort wurde noch Landwirtschaft betrieben. Dort wohnten Menschen, und genau denen wollte Rewert ihrer Einschätzung nach ja aus dem Wege gehen. Am Ende standen drei Anwesen im Mittelpunkt ihres Interesses, die es zu überprüfen galt.

Die beiden waren dermaßen konzentriert bei der Arbeit, dass sie das über Borkum entstehende Gewitter gar nicht bemerkten. Die schwarzen Wolken hatten sich bereits viele Kilometer in die Höhe geschoben und waren von halb Ostfriesland aus zu sehen. Dann hatten sie genug Kraft gesammelt, und das Gewitter machte sich auf den Weg. Über Juist zerriss es in zwei Teile: Eine Unwetterzelle zog weiter nach Osten über die Inseln und jagte die Urlauber von den Stränden. Die andere verharrte, weitete sich aus und nahm Kurs auf das Festland.

Grote und Stine blickten erstaunt auf, als es von einem Augenblick zum anderen plötzlich dunkel wurde. Als der scharf begrenzte Saum der Unwetterwolken die Sonne erreichte, war es, als habe sich ein undurchdringlicher Vorhang vor einen Bühnenscheinwerfer geschoben, um die weitere Handlung ins Dämmerlicht zu tauchen. Gleichzeitig war ein tiefes Grollen zu vernehmen, als führe neben ihnen ein vollbeladener Lastwagen über die Straße.

»Da lagen die Wetterfrösche ja fast richtig. Eigentlich sollte es erst am späten Abend gewittern.« Grote stieg aus, um vorsorglich die beiden Regenjacken aus dem Kofferraum zu holen und bereitzulegen. Außer dem Grollen vor wenigen Sekunden war es mit einem Male völlig still. Selbst die Gräser, die sich eben noch leicht bewegt hatten, waren erstarrt. Jetzt kam wie aus dem Nichts die erste Sturmbö und schüttelte das Auto einmal kräftig durch, danach herrschte wieder unheilvolle Ruhe. Sie mussten nicht lange warten, bis die nächste Bö kam und dann in immer schnelleren Intervallen eine nach der anderen folgte. Nun platschten schon die ersten Regentropfen, und die Unwetterfront hatte sie vollends erreicht.

Es gab keinen Grund, stehen zu bleiben und zu warten, also kurbelten sie die Scheiben hoch und machten sich auf die Suche nach den drei Objekten, die es zu überprüfen galt. Das erste Haus, das sie erreichten, stand auf einem freien Feld, und sie konnten es sich ersparen, näher heranzufahren. Denn schon von weitem war zu sehen, dass offensichtlich schon vor längerer Zeit ein Teil des Daches nach einem Brand eingestürzt war und das Haus unbewohnbar gemacht hatte. Beim zweiten Objekt handelte es sich um ein am Kanal liegendes Haus, das schon auf den ersten Blick interessant wirkte, weil es von der Landstraße aus nur schlecht einsehbar war.

Stine war überzeugt, hier richtig zu sein. »Wenn ich mich in Rewerts Situation befände und auf der Suche nach einem Versteck wäre, könnte mir das hier gefallen.«

»Dann fahr hin, aber bleib um Himmels willen nicht stecken! Ich habe keine Lust, meine Klamotten zu ruinieren«, grummelte Grote.

Das war leichter gesagt als getan, denn inzwischen hatte der Himmel seine Schleusen geöffnet. Das ausgedörrte Land konnte diese Wassermassen nicht schnell genug aufnehmen, und schon nach Minuten waren Wege und Wiesen mit tiefen Pfützen übersät. Stine besann sich auf das, was Grote ihr vorher eingetrichtert hatte: »Immer Gas geben, egal was kommt, aber auch nicht zu viel.« Sie empfand diese Worte als nicht wirklich hilfreich, schaffte es aber trotzdem, bis vor die Tür des Hauses zu gelangen. Dann blickte sie Grote kess an und fragte: »Du bist doch auch der Meinung, Chef, dass Arbeitsteilung die Basis guter Kollegialität ist, oder?«

Grote wusste nicht, worauf sie hinauswollte, entschloss sich aber, ein vorbildlicher Vorgesetzter zu sein und nicht zu widersprechen. Also nickte er gönnerhaft.

»Super!« Sie griff in ihre Ostfrieslandtasche, holte die Schlüssel heraus und hielt sie Grote hin. »Ich habe es unter schwierigsten Bedingungen geschafft, uns bis vor die Haustür zu fahren. Da wäre es jetzt dein Part, auszusteigen und zu prüfen, ob einer der Schlüssel passt.«

Grote schaute sie vorwurfsvoll an und meinte: »Draußen regnet es junge Hunde und abgebrochene Äste fliegen durch die Luft. Außerdem ruiniere ich mir meine Schuhe in dem Matsch, vielleicht sogar vergeblich.«

Stine beugte sich demonstrativ nach vorne und betrachtete ausgiebig erst Grotes ausgelatschten Turnschuhe, dann ihre eigenen, blitzsauberen weißen Sneakers mit den rosa Seitenstreifen. »Also echt, Chef, das ist nun wirklich kein überzeugendes Argument.«

Grote schimpfte einen Moment unverständlich vor sich hin, doch dann gab er sich geschlagen und nahm die Schlüssel.

»Ein edler Mann wird durch das gute Wort der Frau weit geführt, das sagte schon Goethe!« Stine rief ihm das übermütig nach und veranlasste Grote damit zu einer Geste des Halsabschneidens, dann sprintete er die drei Meter zur Haustür. Er steckte einen der beiden Schlüssel des Bundes in das Türschloss und versuchte ihn umzudrehen, was ihm beim zweiten Versuch auch gelang. Die Tür sprang auf.

Die wenigen Sekunden des Probierens hatten genügt, um ihn trotz der Regenjacke klatschnass werden zu lassen, doch das zählte jetzt nicht mehr. Obwohl in der Umgebung des Hauses kein Auto zu sehen war, bestand dennoch die Möglichkeit, unvermutet auf Johannes Rewert zu treffen. Grote zog also seine Waffe und gab Stine ein Zeichen. Einige Sekunden später stand sie neben ihm, ebenfalls bewaffnet. Dann stürmten sie hinein, um am Ende festzustellen, dass niemand im Hause war.

Nachdem sie alle Räume durchsucht hatten, war ihnen klar, dass Rewert sich an diesem einsamen Ort einen perfekten Unterschlupf geschaffen hatte. Obwohl das Haus von außen unscheinbar wirkte, verfügte es im Inneren über jeden Komfort. Im Schlafzimmer stand ein Doppelbett, das sogar noch bezogen war. Im Nachtschrank neben dem Bett war ein kleiner Kühlschrank eingebaut, in dem Sektflaschen standen. Grote nickte anerkennend: »Ein echtes Liebesnest. Der Bursche war auf jede Situation vorbereitet, ein Profi seines Berufsstandes, keine Frage.«

Die Aufbruchspuren, die Rewert in Ermangelung seiner Schlüssel an der Rückfront des Gebäudes hinterlassen hatte, sowie das offene Versteck unter den Bodendielen ließen ihnen klar werden, dass Rewert schon vor ihnen hier gewesen war und alles, was er für seine Flucht benötigte, abgeholt hatte.

Das Unwetter war so schnell vorübergezogen, wie es gekommen war. Das Grollen des Donners wurde allmählich leiser, und die Zeitspanne zwischen Blitz und Donner immer länger. Grote zählte die Sekunden, dann sagte er: »Das Gewitter ist schon drei Kilometer weit weg. Hier können wir im Moment nichts mehr tun, außer die Spurensicherung herzubeordern. Es reicht aber, wenn das morgen geschieht. Ich glaube nicht, dass Rewert Dinge zurückgelassen hat, die für uns von besonderem Interesse wären.«

Stine war inzwischen an die Hintertür gegangen, für die der zweite Schlüssel passte. Sie öffnete die Tür und betrachtete das Wasser des Kanals, das von den letzten Regentropfen Blasen schlug. Die Luft war frisch, und sie atmete tief durch, denn schon in wenigen Stunden würde die Hitze wieder die Herrschaft übernehmen.

Interessiert verfolgte sie eine schmale, aber tiefe Rinne, die sich auf der Wiese neben dem Haus gebildet hatte. Sie erinnerte an einen gewundenen Priel im Watt und spülte unaufhörlich den tiefbraunen Marschboden in den Kanal. Sie folgte der Rinne mit ihrem Blick zu ihrem Ausgangspunkt. An einer Stelle war die Grasnarbe beschädigt, so als hätte dort irgendwann jemand ein Loch gegraben und anschließend wieder Grassoden draufgelegt, um das Loch zu verbergen. Die Natur hatte sich eine Nachlässigkeit erlaubt und diese Narbe, die ihr zugefügt worden war, nicht wieder fest verschlossen, so dass sich eine große Pfütze gebildet hatte, die den Sturzbach speiste, der sich während des Unwetters gebildet hatte. Nach und nach wurde nun ein Teil des alten Lochs wieder aufgespült.

Irgendetwas ragte aus diesem Loch hervor und erweckte Stines Neugier. Sie versuchte auszumachen, was der Regen dort zutage gebracht hatte, doch richtig erkennen konnte sie es von hier aus nicht. So setzte sie den makellosen Zustand ihrer Schuhe aufs Spiel und ging einige Schritte voran, erst dann konnte sie es genau sehen. Das, was zuerst wie ein Ast schien, der in der Erde steckte, erwies sich als eine Hand. Sie ragte in die Höhe, als wolle sie ihr zuwinken und signalisieren: »Hier bin ich, hier bin ich!«

Stines Aufschrei ließ Grote herbeieilen und seine gerade getroffene Entscheidung, die Spurensicherung erst am nächsten Tage hierherzuholen, verwerfen. Zwei Stunden später war der Leichenfundort zum Schutz vor dem Wetter von einem Zelt überdacht, und Spezialisten begannen im Licht aufgestellter Scheinwerfer, die Leiche freizulegen. Nachdem die erste Erdschicht abgetragen war, wurden die Reste eines roten Frauenkleides sichtbar, das der fette Boden erstaunlich gut konserviert hatte.

Stine hatte sofort einen Verdacht und zögerte nicht, Skipper anzurufen. «Kannst du dich noch erinnern, welche Kleidung Gesine Bleeker am Tage ihres Verschwindens trug?«

Skipper wusste die Antwort, ohne nachzudenken: »Als ihre Nachbarin sie mit dem unbekannten Mann an der Knock sah, trug sie ein rotes Kleid.«

Grote hatte inzwischen entschieden, nichts mehr dem Zufall zu überlassen. Wenig später fuhr ein grauer Kombi vor, und eine Polizistin der Hundestaffel nahm ihren Leichenspürhund an die Leine, um das Grundstück abzusuchen. Alles schien nun möglich. Stine hatte ihr Auto mittlerweile wieder zurück auf die etwas erhöht liegende Landstraße gefahren, um die Arbeiten ihrer Kollegen nicht zu behindern. Dort saßen Grote und sie nun und betrachteten das einige Meter weiter unter ihnen ablaufende Geschehen wie in einem Film. Das von innen beleuchtete Zelt, in dem die Kollegen in den weißen Anzügen Gesine Bleekers Leiche vorsichtig freilegten, glühte wie ein Leuchtpunkt in der Sommernacht und manch unbedarfter Betrachter, der mit seinem Auto vorbeifuhr, mochte vermuten, dass dort fröhliche Menschen eine ausgelassene Party feierten, doch dem war nicht so.

Es dauerte eine Stunde, dann erklang das Bellen des Leichenspürhundes durch die Nacht, und die Hundeführerin gab mit ihrer Taschenlampe ein Signal. Grote und Stine verkniffen es sich hinzugehen, und überließen es ihren Kollegen, an dem Ort, an dem der Hund angeschlagen hatte, zu graben. Als ein Techniker begann, einige Meter daneben eine Lichtanlage aufzubauen und zwei andere aus einem kleinen Lieferwagen ein weiteres Zelt holten, um es dort aufzubauen, wussten sie Bescheid. Wenig später kam der Leiter der Spurensicherung zu ihnen herauf, um Bericht zu erstatten. Der Hund hatte gute Arbeit geleistet und eine weitere Leiche gefunden.

»Ich schlage euch vor, nach Hause zu fahren, Stefan. Gönnt euch den Schlaf, den wir hier nicht finden werden. Es kann noch Stunden dauern, ehe wir mit der Arbeit fertig sind. Wenn ihr morgen zum Dienst kommt, habt ihr einen ersten Kurzbericht von mir auf dem Tisch. Die Leichen werden wir noch heute Nacht in die Pathologie des LKA nach Hannover bringen lassen. Da muss ein erfahrener Spezialist ran. Wenn ihr Glück habt, seid ihr morgen Nachmittag schlauer.«

Grote nickte, der Kollege hatte natürlich recht. Hier gab es im Moment nichts für sie zu tun. Nachdem sie spät in der Nacht die Dienststelle erreicht hatten und über die menschenleeren Flure gingen, wurde ihnen bewusst, dass sie auf der ganzen Rückfahrt kaum ein Wort miteinander gesprochen hatten. Das Bild der beiden leuchtenden Zelte verfolgte sie noch bis in den Schlaf.

Verknüpfungen

Als Professor Hellinghaus am Morgen die Mitteilung bekam, dass soeben zwei Frauenleichen in seinem Institut eingeliefert worden seien, die man dicht beieinander im Erdreich verscharrt gefunden hatte, hellten sich seine Gesichtszüge auf. Als Leiter des Pathologischen Instituts oblag es ihm einzuteilen, wer jeweils die Obduktionen durchzuführen hatte. Das empfand er als lästige Verwaltungsarbeit, es bot ihm aber den Vorteil, die interessanten Fälle für sich zu reklamieren. Er forderte für neun Uhr einen der jungen Ärzte zur Unterstützung an, wusste aber jetzt schon, dass er ihn nur zum Anreichen der Instrumente benötigte. »Die jungen Schnösel profitieren schon dadurch, dass sie einem Genie wie mir auf die Finger schauen dürfen«, dachte er selbstgefällig.

Pünktlich wie vorgesehen begann der Professor mit der Obduktion und benötigte kaum drei Stunden, bis alle Fragen beantwortet waren. Mit den überheblichen Worten: »Und vergessen Sie nicht, was Sie heute lernen durften!«, entließ er seinen Kollegen und begab sich in sein Zimmer.

Er nahm das Diktiergerät zur Hand und begann, den Obduktionsbericht zu formulieren. Als er damit fast fertig war, stutzte er, schaltete das Gerät aus und unterbrach seine Arbeit.

Es gab da noch eine ungeliebte Arbeit, die er als Chef zu leisten hatte. Jeder Obduktionsbericht, der von den Ärzten seines Instituts erstellt worden war, ging am Ende über seinen Schreibtisch. Er schaute drauf, ob alles korrekt abgelaufen war, dann setzte er seine Paraphe neben die Unterschrift des obduzierenden Arztes und gab dem Bericht dadurch gewissermaßen sein Gütesiegel.

Mit einem gemurmelten: »Da war doch was, da war doch was«, begann er in dem Stapel mit den erledigten Fällen herumzuwühlen. Dann zog er einen Vorgang heraus, verglich die Fotos, die dort hinterlegt waren, und griff enthusiastisch zum Telefon.

*

Stine erschien später als gewöhnlich an der Dienststelle, denn erst am Morgen hatte sie einige Stunden Schlaf finden können. Daran war nicht nur die schwüle Hitze der Nacht schuld, sondern auch das Bild leuchtender Zelte auf einer dunklen Wiese, deren Zahl sich immer weiter vermehrte, bis sie begannen, sich zu drehen. Irgendwann gipfelte das Bild in einen Alptraum, in dem eine skelettierte

Frauenhand aus der regennassen Erde aufstieg und ihr zuwinkte. Das ließ sie aufschrecken und lange nicht wieder einschlafen.

Sie öffnete gerade das Fenster, um zu lüften, da sah sie Grote über den Parkplatz gehen. Auch er schien keinen Schlaf gefunden zu haben, denn entgegen seiner sonstigen Gewohnheit war er an diesem Tage mit dem Auto zum Dienst gekommen. Zum Joggen oder Radfahren fehlte ihm wohl die innere Ausgeglichenheit.

Stine bestückte schnell die Kaffeemaschine, bevor Grote auf diese Idee kam, und als er hereinkam, lief schon das heiße Wasser gluckernd durch den Filter. Inzwischen hatte sie auch den Bericht des Chefs der Spurensuche auf ihrem Computer gefunden. Er brachte im Grunde nichts Neues, außer dem Umstand, dass es sich bei dem zweiten Leichnam ebenfalls um eine Frau gehandelt hatte. Ihr Verwesungszustand war noch nicht so weit fortgeschritten wie bei der ersten Leiche, von der sie sicher waren, dass es sich um die Überreste von Gesine Bleeker handelte.

Während Grote Stines Morgenkaffee lobte, begannen beide ein Resümee des Vortages zu ziehen, der ein emotionales Auf und Ab geboten hatte. Stine wirkte fast ein wenig niedergeschlagen, während sie erklärte: »Der gestrige Abend kommt mir im Nachhinein so unwirklich vor, und der gesamte Fall fühlt sich an wie eine Achterbahnfahrt der Gefühle. Nachdem wir vor einigen Tagen die verdächtigen Frauendateien auf dem Laptop fanden, habe ich befürchtet, dass Rewert die vermissten Frauen allesamt umgebracht haben könnte, doch dann kamen gestern Morgen die beruhigenden Ergebnisse von Skipper, und ich war froh, dass wir uns geirrt hatten. Und nun plötzlich wieder diese Kehrtwende.« Sie schüttelte ungläubig den Kopf.

»Ja, das habe ich auch nicht erwartet«, sagte Grote. »Dass er Heike getötet hat, mag im Affekt geschehen sein, vielleicht war es sogar ein Unfall, diese Frage kann nur er selbst beantworten. Bei Jan Bartels sieht die Sache schon anders aus, das war ein gezielter Schlag mit tödlicher Wirkung, aber auch diese Tat kann spontan begangen worden sein. Diese beiden Frauen jedoch hat er eiskalt beseitigt, weil sie ihm im Wege standen. Davon bin ich felsenfest überzeugt.«

Das Telefon läutete und unterbrach weitere Überlegungen. Als die Stimme von Professor Hellinghaus erklang, musste Stine sofort wieder daran denken, wie sie sich während der Ermittlungen im Fall des Dünenhausmordes einmal bei einer Obduktion in seiner Gegenwart hatte übergeben müssen. Das war zwar schon eine ganze Zeitlang her, doch der Professor hatte es leider nicht vergessen.

»Frau Lessing, wie schön, mal wieder etwas von Ihnen zu hören. Was macht eigentlich Ihr Magen? Das wollte ich schon immer mal gefragt haben, ist der inzwischen etwas stabiler geworden?«

Stine ließ sich nicht aus dem Tritt bringen: »Aber Herr Professor, ich habe jetzt schon zweimal die ostfriesische Grünkohlsaison mit Bauchspeck und Pinkel überstanden. Seitdem ist der Magen gegen alle Unbill gewappnet, das können Sie mir glauben.«

Der Professor lachte polternd: »Dann sollten wir das bei passender Gelegenheit einmal testen und gemeinsam in aller Ruhe eine Leiche aufschnibbeln, aber nun erst mal zu den beiden, die ich heute auf dem Tisch hatte. Ich schicke Ihnen den Bericht per Mail rüber, aber wussten Sie eigentlich schon, dass Sie einen Serienkiller suchen? Beiden Frauen wurde mit einem gezielten Schlag der Kehlkopf zertrümmert, daraufhin sind sie erstickt. Und jetzt kommt's: Die Schlagverletzungen sind identisch mit denen im Fall Jan Bartels, also drei Tote, aber nur ein Täter! Einfacher ausgedrückt: Da Jan Bartels laut DNA-Untersuchung von Simon Wegmann getötet wurde, ist der mit hoher Wahrscheinlichkeit auch der Mörder dieser beiden Frauen. Was sagen Sie nun, Frau Lessing. Bin ich gut oder bin ich gut?«

Hellinghaus hatte gehofft, mit seinen Erkenntnissen bei der Polizistin eine Überraschung auszulösen, doch nun kam Stines ernüchternde Antwort: »Sie sind der Größte, Herr Professor, doch leider muss ich Sie enttäuschen. Sie bestätigen lediglich das, was wir bereits vermutet haben. Aber immerhin, jetzt haben wir Gewissheit. Wissen wir, wer diese Frauen sind?«

«Ja und nein, bei der einen handelt es sich um Gesine Bleeker. Sie ist seit ungefähr einem Jahr tot. Es gab einen Vermisstenfall mit hinterlegter DNA. Aber ich befürchte, auch das wussten Sie bereits. Bei der anderen Frau tappen wir im Dunkeln. Sie starb erst vor einem Vierteljahr.«

»Eine Frage hätte ich noch, Herr Professor: Wenn Simon Wegmann, von dem wir inzwischen wissen, dass er in Wahrheit Johannes Rewert heißt, diesen Kehlkopfschlag ausgeführt hat, spricht das dafür, dass er eine Kampfsportausbildung genossen hat? Das passt eigentlich gar nicht zu ihm.«

Der Professor hatte seine Enttäuschung inzwischen überwunden. »Nein, nicht zwangsläufig. Diesen Schlag kann im Prinzip jeder ausführen, der skrupellos genug ist. Er muss nur blitzschnell und mit voller Kraft angewandt werden, dann ist er meist tödlich.«

Stine alberte noch ein wenig mit dem Professor herum und versprach felsenfest, bei nächster Gelegenheit einer seiner Obduktionen beizuwohnen, um die Nehmerqualitäten ihres grünkohltrainierten Magens unter Beweis zu stellen, dann war das Gespräch beendet.

Grote hatte mitgehört und mehrmals nachdenklich genickt. Innerhalb weniger Stunden hatte der Fall Wegmann alias Rewert eine Wendung um 180 Grad vollzogen. Doch eine Spur von ihm gab es immer noch nicht, auch Heike Wegmanns VW-Golf, mit dem ihr Mann unterwegs sein dürfte, war keiner Streife aufgefallen.

»Ich denke, den Wagen hat er irgendwo versenkt oder versteckt«, vermutete Grote. »So dumm kann er nicht sein, dass er damit immer noch durch die Gegend gondelt. Ich habe im Moment das Gefühl, dass wir auf der Stelle treten. Vielleicht sollten wir eine große Öffentlichkeitsfahndung über Funk und Fernsehen einleiten, um ihn aufzuscheuchen.«

»Das sollten wir auf keinen Fall tun!« Stine schreckte geradezu auf. »Rewert ist auf der Flucht! Nach Braunschweig in seine Wohnung kann er nicht, in das Haus am Kanal auch nicht mehr. Je mehr er sich auf den Straßen aufhält, umso größer ist für ihn die Gefahr, in eine Polizeikontrolle zu geraten. Ich könnte mir gut vorstellen, dass er bei einer seiner vielen Frauen Unterschlupf gefunden hat, oder dass eine der Frauen ihm ein Versteck besorgt hat. Was passiert aber, wenn die Frau aus den Medien erfährt, wen sie bei sich aufgenommen hat und es sich ihm gegenüber anmerken lässt? Ich befürchte, dann schwebt sie in Lebensgefahr.«

Grote musste zustimmen, ob er wollte oder nicht, denn Stines Analyse war nicht von der Hand zu weisen. »Dann bleibt uns im Moment nur noch eines: Wir müssen noch einmal alle Dateien seines Laptops und seines Handys dahingehend überprüfen, ob es dort einen Hinweis auf seinen derzeitigen Aufenthaltsort gibt.«

Stine stöhnte auf: »Bitte nicht noch einmal, ich habe mich schon so viele Stunden mit seinem Computer beschäftigt, da werde ich allmählich betriebsblind. Dann schau du doch bitte mal mit deinen Augen drauf, es kann ja sein, dass ich etwas übersehen habe. Derweil werde ich mich noch einmal mit dem Handy beschäftigen. Es hat uns bisher zwar kaum weitergeholfen, aber einen anderen Ansatz haben wir wohl nicht.«

*

Johannes Rewert war seit dem Auftauchen der beiden Polizisten von einer Unruhe befallen, gegen die er machtlos war. Es war der Instinkt eines Mannes, der über Jahre ein Doppelleben geführt und dabei eine ganz besondere Sensibilität für heraufziehende Gefahren entwickelt hatte. Er musste hier weg, und zwar so schnell wie möglich, aber wohin?

Die auf dem Tisch liegende Morgenzeitung und der darin enthaltene Bericht über das Ferienende in Nordrhein-Westfalen brachten ihn auf einen Gedanken. Er wusste aus eigener Erfahrung, dass die Menschen aus diesem Bundesland in großer Zahl ihren Urlaub an der Küste verbrachten und dazu beitrugen, dass kaum noch ein freies Bett zu bekommen war. Ab heute würde das anders sein. Ein einsam gelegenes Ferienhaus weit ab vom Schuss wäre für ihn ideal. Wenn Merle es anmietete, würde die Gefahr der Entdeckung gering sein, zumindest so lange, wie sie schwieg. Aber warum sollte sie ihn verraten, schließlich hatte sie ihm mehrfach versichert, dass er die Liebe ihres Lebens sei.

Es war leichter als erwartet, sie von seiner Idee zu überzeugen, denn Merle hatte selbst schon die Befürchtung gehabt, dass Nachbarn auf ihren Besucher aufmerksam werden und sie damit ins Gerede kommen könnte. Schließlich musste sie nach außen hin immer noch die Rolle der trauernden Witwe spielen.

Es bedurfte nur einiger Telefonate, dann hatte sie ein Ferienhaus gefunden, das sofort frei war und einsam genug lag, um Johannes Rewert zufriedenzustellen. Am Nachmittag fuhr sie zum Büro einer Ferienhausvermittlung nach Norden, zahlte den Mietpreis für zwei Wochen in bar und erhielt die Schlüssel für eine Unterkunft am Schafhauser Wald, südöstlich von Holtgast. Das Haus war mit Bedacht ausgewählt. Es lag völlig einsam im Wald, unmittelbar am Benser Tief, einem Wasserlauf, der sich von der Nordsee aus nach Süden zog. Das meist an Angler vermietete Haus war über einen Waldweg zu erreichen, nur für Eingeweihte zu finden und mit ausreichend Komfort ausgestattet, um es dort eine Weile aushalten zu können. Bevor Merle Bartels nach Hauen zurückfuhr, steuerte sie einen Supermarkt an und belud den Kofferraum mit Lebensmitteln. Es sollte ihrem Liebsten an nichts fehlen. Zum Schluss kaufte sie ihm noch ein billiges Prepaid-Handy, um mit ihm in Kontakt bleiben zu können.

Erst in der Nacht, bei völliger Dunkelheit, traute sich Johannes Rewert aus dem Haus. Er huschte zu Merle ins Auto, das sie direkt vor die Haustür gefahren hatte, immer darauf bedacht, dass niemand ihn sah. Dann fuhren sie in Richtung Greetsiel. Auf einem der Parkplätze am

Ortsrand hatte Rewert den VW-Passat abgestellt, den er gegen Heikes Golf eingetauscht hatte. Er stieg um, und mit beiden Autos fuhren sie in sein neues Domizil im Wald. Nachdem er sein Auto in einem Forstweg versteckt hatte, betrat er das Ferienhaus und war zufrieden. Genauso hatte er es sich vorgestellt. Merle wäre am liebsten über Nacht bei ihm geblieben, und er spielte ihr meisterhaft vor, wie schwer es ihm fallen würde, ohne sie hierzubleiben, doch er überzeugte sie, dass es neugierigen Nachbarn auffallen könnte, wenn sie nachts nicht zu Hause wäre. Merle fügte sich, gab ihm weinend einen Abschiedskuss und stieg in ihr Auto.

Als die Rücklichter ihres Autos im Dunkel des Waldes verschwanden, atmete er auf. Die Frau ging ihm mit ihrer Anhänglichkeit langsam auf die Nerven, aber noch war er auf ihre Hilfe angewiesen. Auf jeden Fall bot ihm das Haus im Wald vorerst Sicherheit. Wie es weitergehen sollte, würde sich schon irgendwie ergeben, schließlich hatte er nun genug Zeit, um Pläne zu schmieden.

Rewert ging vor das Haus, setzte sich auf die immer noch warme Holzbank und starrte in die schwarze Nacht. Es waren nicht die Myriaden von Mücken, die über ihn herfielen, sondern die Geräusche des Waldes, die ihm zu schaffen machten. Da war der Ruf eines Kauzes, der ihm eine Gänsehaut über den Rücken jagte, dann erklang das Knacken von Zweigen und das Grunzen einer Wildschweinrotte. Dazu kamen noch die Fledermäuse, die es hier in großer Zahl gab und die manchmal dicht an seinem Kopf vorbeischwirrten. All das irritierte ihn: Johannes Rewert war kein Feigling, aber auch kein Held. Also stand er auf und ging zurück in das Haus. Die Pistole, die er seit diesem Abend in seinem Hosenbund trug, gab ihm zwar das Gefühl von Sicherheit, gegen eine Bande marodierender Wildschweine würde sie ihm aber wohl nicht helfen. Doch zu diesem Zweck trug er sie auch nicht bei sich, denn er hatte den Entschluss gefasst, sich im Fall eines Falles um jeden Preis einer Festnahme zu entziehen.

LBS-MB

»Neuer Tag, neues Glück«, sagte Stine und machte Anstalten, sich noch einmal mit Rewerts Handy zu beschäftigen. Am Vortag war sie nicht weit gekommen, denn Telefonate hatten sie immer wieder von der Arbeit abgelenkt. Der Anruf der Greetsieler Feuerwehr, die tatsächlich im Wasser der Leybucht, nicht weit entfernt von der Schleuse, Jan Bartels' Fahrrad gefunden hatten, war noch der interessanteste. Der Fund fügte sich zwar wie ein Mosaiksteinchen in das Bild, zielführend war er allerdings nicht, denn Rewert blieb weiterhin verschwunden und einen Hinweis, warum die beiden Männer dort aufeinandergetroffen waren, gab es nach wie vor nicht.

Grotes Enthusiasmus, sich auch an diesem Morgen wieder mit Rewerts Laptop beschäftigen zu müssen, war gelinde gesagt gedämpft. Computer waren nun mal nicht sein Ding und dementsprechend seine Fertigkeiten begrenzt. Immer wieder musste er Stine um Hilfe bitten, weil er mit seiner Arbeit hängenblieb.

Stine störte das nicht, sie war eine geduldige Lehrmeisterin, und wenn Grote zum dritten und vierten Mal dieselbe Frage stellte, holte sie bei ihrer Antwort mild lächelnd aus: »Wie ich bereits mehrfach erwähnte …«

Irgendwann schob Grote den Laptop genervt von sich. »Ich gehe jetzt Eis holen. In dieser Bullenhitze kann ja kein Mensch konzentriert arbeiten. Du wie immer Erdbeer, Schoko und Nuss mit Sahne?«

Stine nickte ihm freudig zu und trieb es auf die Spitze: »Wie ich bereits mehrfach erwähnte ... bitte mit sehr viel Sahne!«

»Hoffentlich lässt er sich Zeit!«, sagte Stine zu sich selbst und konzentrierte sich wieder auf das Handy. Rewert hatte davon nur sehr wenig Gebrauch gemacht und den Speicher immer wieder gelöscht, von daher war die Arbeit anstrengend und es war wenig ergiebig, was bisher dabei herausgekommen war. Die größten Teile des Terminkalenders waren gelöscht worden, nur einige verschlüsselte Notizen waren noch vorhanden. So stieß sie einmal auf NO-VS, was immer das auch bedeuten mochte, dann auf M-ES. Stine schüttelte resigniert den Kopf, damit war nichts anzufangen. Dann jedoch stieß sie auf einen Eintrag, der sie elektrisierte. Am Tag der Ermordung von Jan Bartels fand sie unter 21.30 Uhr den Eintrag LBS-MB. Sie schrieb die Buchstaben immer wieder auf einen Zettel, mal in Druckbuchstaben, mal in Groß- oder in Kleinschreibung und überlegte, was sie bedeuten könnten.

Grote war inzwischen zurückgekehrt und hatte sich beruhigt. Die Schritte an der frischen Luft hatten ihm gutgetan, und seine Stimmung hatte sich aufgehellt. Er packte das Eis aus dem Papierpaket und stellte Stine ihren Becher auf den Schreibtisch. Dabei sah er ihre Schreibversuche und kommentierte trocken: »LBS – das kann doch nur Landesbausparkasse bedeuten.«

Stine schüttelte den Kopf. »Ein Sparkassentermin um halb zehn abends? Das glaube ich nicht.« Plötzlich hellten sich ihre Gesichtszüge auf. »Ich hab's!«, rief sie.

Um Grote auf die Folter zu spannen, nahm sie ihren Eisbecher und schaufelte sich zum Auftakt einen großen Klacks Sahne in den Mund. Dann sagte sie genussvoll: »Wenn du das Eis bezahlst, Chef, verrate ich dir die Lösung.«

Grote stöhnte auf: »Ich zahl ja, aber nun sag schon!«

Stine lächelte zufrieden und erklärte langsam und deutlich:

»21.30 Uhr: **L**EY**B**UCHT **S**CHLEUSE - **M**ERLE **B**ARTELS!«

Grote schlug mit der flachen Hand auf den Tisch, dass sein Eisbecher nur so tanzte. »Mein Gott, es ist so logisch! Rewert wollte sich an dem Abend mit Merle Bartels treffen. Aus welchem Grund auch immer ist stattdessen ihr Mann am Treffpunkt erschienen. Vermutlich ist er seiner Frau draufgekommen und wollte mit ihrem Liebhaber abrechnen.«

Stine führte seine Ausführungen fort: »Und dabei hat er den Kürzeren gezogen.« Dann fügte sie noch hinzu: »Damit ist ja wohl klar, dass es sich bei dem Schatten, den du hinter dem Vorhang in Merle Bartels Haus gesehen hast, tatsächlich um einen Mann gehandelt hat, und zwar um niemand anderen als Johannes Rewert.«

Grote war auf sich selbst wütend. »Ich könnte verrückt werden! Warum bin ich nicht das Risiko, Ärger zu bekommen, eingegangen und einfach in das Haus reingestürmt und habe ihn mir gepackt?«

Stine versuchte, ihn zu beruhigen: »Du weißt selbst, dass es ein riskantes Unternehmen gewesen wäre. Damals konntest du nicht wissen, dass er es war. Es gab zu der Zeit keinerlei Hinweise darauf, dass Rewert und Merle Bartels jemals in Kontakt standen. Vielleicht haben wir uns auch zu sehr auf die Frauendateien in seinem Laptop verlassen. Für Merle hatte er jedoch noch gar keine Datei angelegt. Vermutlich deshalb, weil die beiden sich gerade erst kennengelernt hatten.«

Grote spürte selbst, dass ihn inzwischen das Jagdfieber gepackt hatte, und zwar mehr als gut war. »Eins ist gewiss, beim nächsten Mal werde ich nicht zögern, sondern packe ihn, egal was es für Konsequenzen hat. Wir besorgen uns sofort einen Durchsuchungsbeschluss für Merle Bartels' Haus, dann fahren wir hin und nehmen ihn fest.«

Stine stimmte ihm zwar zu, bremste aber zugleich seine Euphorie: »Das sollten wir machen, ich befürchte allerdings, dass wir Rewert dort nicht mehr finden werden. Wenn er es wirklich war, den du gesehen hast, so ist er nach unserem Auftauchen bei ihr nicht mehr sicher, das müsste er eigentlich wissen.«

Grote rief bei dem für das Verfahren zuständigen Staatsanwalt an, und Stine merkte sofort, dass es nicht so lief, wie ihr Chef erhofft hatte. Obwohl Grote den jungen und unerfahrenen Staatsanwalt eindringlich darauf hinwies, dass Gefahr im Verzuge vorliege und er deshalb die Durchsuchung selbst anordnen könne, wollte der die Verantwortung nicht tragen und schob sie auf den Richter ab. Der allerdings saß noch in einer Verhandlung und wäre erst am Nachmittag bereit zu entscheiden.

Grote rannte im Zimmer herum wie ein gefangener Tiger, starrte ab und an auf das Telefon, als könne er es damit animieren, endlich zu klingeln, doch es geschah nichts, und die Zeit verrann. Stine hingegen war gelassener. Sie nahm sich Rewerts Laptop vor und machte sich nochmal daran, die Dateien zu durchforsten, an denen Grote zuvor stets gescheitert war. Noch immer war die Frage nicht geklärt, wer die zweite Frau war, die neben dem Haus am Kanal verscharrt worden war. Da der Todeszeitpunkt bekannt war, suchte Stine gezielt nach einem Frauenkontakt, der vor ungefähr einem Vierteljahr abgebrochen worden war.

Das Ergebnis sah sie nach einigem Suchen vor sich: Mit der alleinstehenden Frieda Grossjahn aus Zetel stieß sie auf eine der Frauen, für die Rewert einen Ordner angelegt hatte. Stine hatte bereits versucht, sie zu erreichen, war aber erfolglos geblieben. Das hatte sie nicht beunruhigt, denn es war naheliegend zu vermuten, dass die Frau sich derzeit im Urlaub befinden könnte. Stine schob Rewerts Laptop wieder zur Seite, um an ihrem Dienstcomputer zu recherchieren.

Im Internet erschien Frieda Grossjahns Name nicht, lediglich im Reisebericht der Seniorengruppe ihrer Kirchengemeinde tauchte er einmal auf. Auf einem Gruppenfoto, das in den Bergen aufgenommen worden war, stand sie lächelnd neben dem Pastor und anderen Reisegefährten.

Stine betrachtete die Frau genau. Frieda Grossjahn war gemäß den Meldeunterlagen 62 Jahre alt und wirkte keinen Tag jünger. Sie war untersetzt, hatte ein rundes Gesicht und trug kurze, graue Haare.

Stine wechselte auf den Obduktionsbericht von Professor Hellinghaus und überflog die einleitende Beschreibung der zu obduzierenden Person. Da hieß es: »Unbekannte Leiche, weiblich, 60-65 Jahre alt, 161 cm groß, 81 Kilogramm, graue Haare.«

Das genügte Stine, um sicher zu sein, dass sie auf der richtigen Spur war. Noch einmal betrachtete sie das Bild der Frau. Niemand hätte sie als Schönheit bezeichnet, deshalb war sie in ihrem Leben gewiss nicht von Männern umschwärmt worden und fiel damit in Rewerts Beuteschema der alleinstehenden, manchmal wenig attraktiven oder verheirateten Frauen, die von ihren Männern vernachlässigt wurden. Sein Interesse an ihr ließ vermuten, dass diese Frau finanziell unabhängig war, aber das ließ sich herausbekommen.

Stine griff zum Hörer und rief kurzentschlossen in der Zeteler Kirchengemeinde an, vielleicht konnte ihr dort jemand Näheres über Frieda Grossjahn sagen. Statt des Pastors erreichte sie eine aufgedrehte Gemeindesekretärin, die quasselte, was das Zeug hielt. Das war zwar anstrengend, erwies sich aber als Glücksgriff, denn diese Dame war die lebende Klatschzentrale der Gemeinde. Sie kannte jedes Mitglied und gab gefragt oder ungefragt bereitwillig Auskunft gegenüber jedermann. Stine musste sich nicht einmal als Polizistin zu erkennen geben, ihr Gegenüber sprach gleich ohne Punkt und Komma.

Von Frieda Grossjahn wusste sie, dass sie eine sehr unregelmäßige Kirchgängerin war, einmal eine gut eingeführte Drogerie besessen hatte und ihr Geschäft vor einem Jahr an eine Drogeriekette verkauft hatte. Sie galt als wohlhabend und großzügig, gleichzeitig als Einzelgängerin ohne Freundeskreis. Als Stine fragte, wann Frieda Grossjahn zuletzt zum Gottesdienst erschienen sei, konnte die Sekretärin genau Auskunft geben: »Im Ostergottesdienst habe ich sie zuletzt gesehen, danach nicht mehr. Aber das hat bei ihr nicht viel zu bedeuten. Mal kommt sie zweimal im Monat, dann wieder lange nicht.«

Es brauchte eine gewisse Zeit, bis Stine den Redefluss der Sekretärin endlich unterbrechen und das Gespräch unter dem Vorwand, der Paketbote habe gerade geläutet, beenden konnte. Zwar fehlte noch der letzte Beweis in Form eines DNA-Abgleichs, aber das war für sie nur eine Formsache. Sie schickte eine Nachricht an die Polizeistation in Zetel mit der Bitte, aus Frieda Grossjahns Wohnung eine DNA-Probe von Kamm oder Zahnbürste zu beschaffen und diese an die Pathologie des Landeskriminalamtes zu schicken. Wie die Kollegen diese Probe beschaffen sollten, war ihr egal. Irgendwie würden sie das schon hinbekommen, sie hatte hier im Moment Wichtigeres zu tun.

Wie zur Bestätigung erklang im selben Moment auf ihrem Computer ein »Bing!« und kündigte den Eingang einer Mail an. Stine öffnete sie, und endlich lag die richterliche Anordnung zur Durchsuchung des Hauses von Merle Bartels vor. Sie druckte die Mail aus und machte sich auf die Suche nach ihrem Chef. Sie fand Grote am Ende des Flures im Gespräch mit einem Kollegen und brauchte nur mit dem Stück Papier in der Hand zu wedeln, schon kam ihr Chef herangesprintet. Er holte seine Pistole aus der Schreibtischschublade und steckte sie in das Gürtelholster. Mit Befriedigung sah er, dass Stine ihre Pistole aus der Ostfrieslandtasche nahm und mit dem Holster am Strassgürtel ihrer Bermudashorts befestigte, um schneller auf sie zugreifen zu können.

»Das sieht schon ziemlich schräg aus«, sagte er mit einem spöttischen Lächeln, doch Stine war das egal. »Mag sein, aber besondere Situationen erfordern nun mal besondere Maßnahmen«, erklärte sie.

»Hast ja recht, wer weiß schon, was auf uns zukommt. Vorsicht hat noch nie geschadet.«

Stine steckte ihren Laptop mit den Ermittlungsunterlagen in die Ostfrieslandtasche und hängte sie sich über ihre Schulter. Grote schaute ihr ungeduldig dabei zu: »Los geht's!«

Auf dem Weg zum Auto wurde ihm mit einem Mal bewusst, dass er nicht eine Sekunde gezögert hatte, ganz allein mit Stine in diesen Einsatz zu gehen. Es hatte sich viel geändert in den letzten Monaten.

*

Johannes Rewert hatte die erste Nacht in seinem neuen Unterschlupf mehr schlecht als recht verbracht. Zu den ungewohnten Geräuschen des nächtlichen Waldes kamen noch die, die das Holzhaus verursachte. Das in der Sonnenhitze des Tages aufgewärmte Gebälk zog sich in der kühleren Nacht wieder zusammen und baute dabei die aufkommenden Spannungen ab. Dabei entstanden die unheimlichsten Töne, mal ein leises Knarren, mal ein heller Knall. Rewert hatte die meiste Zeit seines Lebens in Städten verbracht, hier nun irritierte ihn jedes Geräusch, was ihn die Dunkelheit als noch bedrohlicher empfinden ließ, als sie ohnehin schon war.

Einmal hatte er sogar den Eindruck, als ob jemand um das Haus herumschleiche. Mit der Pistole in der Hand hatte er am Fenster gestanden und gelauscht, doch da war nichts. Als er sich endlich schweißüberströmt wieder ins Bett legte, blieben seine überreizten Nerven so angespannt, dass er keinen Schlaf finden konnte. Und als wäre all das nicht schon genug, wurde er nach einer weiteren halben Stunde durch das Motorengeräusch eines Autos aufgeschreckt. Getrieben von der Überzeugung, dass es sich nur um die Polizei handeln konnte, war er in Panik aus dem Hause gestürzt und hatte sich im Wald versteckt. Von dort aus konnte er beobachten, dass sich ein Wagen über den Waldweg bis auf ungefähr hundert Meter seinem Haus näherte und dann an den Rand fuhr. Kurz darauf verloschen die Scheinwerfer, doch niemand stieg aus. Mit rasendem Puls blieb Rewert in seinem Versteck liegen, bis er begriff, dass es sich um ein Liebespaar handelte, das sich ein ruhiges Plätzchen gesucht hatte. Nach einiger Zeit wurde der Motor wieder gestartet, und das Auto wendete. Erst als die Rücklichter nicht mehr zu erkennen waren, traute Rewert sich aus seiner Deckung heraus. Schon auf dem Weg zum Haus wurde ihm klar, dass er auch hier auf Dauer nicht sicher war. Er griff sich an den Kopf und stöhnte auf, denn wieder einmal überfielen ihn stechende Kopfschmerzen, die ihn seit dem Unfall immer dann quälten, wenn er unter Stress geriet. Dann war es ohne Schmerztabletten nicht auszuhalten.

Am nächsten Morgen sah zwar alles wieder ein wenig freundlicher aus, doch es gelang ihm nicht, die Mischung aus Unruhe und Unsicherheit abzuschütteln. Gleich nach dem Aufstehen bereitete er sich sein Frühstück und setzte sich im Schein der noch flach stehenden Sonne auf die Bank vor dem Haus. Obwohl sogar die Mücken ihn in Ruhe ließen, wollte ihm sein Marmeladentoast nicht so recht schmecken. So schob er das Brot nach einigen Bissen von sich und begann, über seine momentane Situation nachzudenken. Die war zwar nicht gut, aber auch nicht völlig hoffnungslos. Da er über reichlich Geld verfügte, machte er sich über den Umstand, dass die Polizei ihn inzwischen wahrscheinlich sowohl unter seinem echten als auch seinem Aliasnamen suchen würde, keine allzu großen Gedanken. Neue Papiere ließen sich kaufen, das war mit Geld kein unlösbares Problem.

Seine größte Sorge hingegen war im Moment Merle, die wie eine Klette an ihm hing. Das war schon deshalb ärgerlich, weil er schnell erkannt hatte, dass sie finanziell für ihn lange nicht so lukrativ war, wie er anfangs gehofft hatte. Merle hatte ihn bereits am frühen Morgen angerufen und angekündigt, dass sie ihn am Abend unbedingt besuchen wolle. Er hatte auf sie eingeredet und versucht, sie davon abzubringen, doch das war ihm nicht gelungen. Am Ende musste er klein beigeben. Diese Frau konnte durch ihre Aufdringlichkeit für ihn zu einer Bedrohung werden, das spürte er. Jede Fahrt, die sie zu ihm unternahm, brachte die Gefahr mit sich, dass sie ungewollt die Polizei auf seine Spur führte. Noch viel problematischer würde es für ihn, wenn Merle den Eindruck gewinnen sollte, nicht mehr von ihm geliebt zu werden. Dann war ihr jederzeit eine Kurzschlusshandlung zuzutrauen. Also spielte er weiter den schmachtenden Liebhaber, denn noch brauchte er sie.

Rewert hatte bei einigen seiner Frauen erleben müssen, wie sich deren Liebe schlagartig in Hass verwandelt hatte. Es passierte stets dann, wenn sie durch unglückliche Zufälle herausbekamen, dass sie nicht die einzigen Frauen in seinem Leben waren. Das hatte ihn gezwungen, gegenüber Gesine Bleeker und Frieda Grossjahn zu »unpopulären Maßnahmen« greifen zu müssen, wie er es selbst nannte. Beide wollten ihr Geld zurück und hatten gedroht, zur Polizei zu gehen und ihn wegen Betruges anzuzeigen. Er lächelte höhnisch, ohne jede Form von Schuldgefühl. »Die haben es sich doch selbst zuzuschreiben. Ich lasse mich doch nicht von hysterischen Weibern vor den Kadi zerren!«

Trotz dieser beiden Morde, die er als »Betriebsunfälle« einstufte, war er noch vor wenigen Tagen mit dem bisherigen Verlauf seines Lebens zufrieden gewesen. Doch dann verließ ihn das Glück. Dass Heike bei dem Streit in der Dusche ums Leben gekommen war, weil sie unglücklich mit dem Kopf gegen die Wand geschlagen war, ordnete er ebenso als »Betriebsunfall« ein. Es war nun mal passiert und entband ihn davon, eine »unpopuläre Maßnahme« einzuleiten, die nach Stand der Dinge erforderlich gewesen wäre.

Auch an Jan Bartels' Tod verschwendete er keinen Gedanken. Das war Notwehr, die in seinen Augen einen so brutalen Schlag rechtfertigte, wie er ihn ausgeführt hatte. Natürlich hätte er Bartels auch einfach von sich schubsen können, aber warum sollte er das tun, so war das Problem schließlich nachhaltig gelöst.

Alles wäre gut gewesen, hätte es da nicht diesen dummen Unfall gegeben, der sein Leben ins Wanken gebracht hatte. Nach dem Kampf mit Jan Bartels hatte er sich spontan entschieden, zurück nach Braunschweig zu fahren, denn wenn man dessen Leiche entdeckte, wollte er möglichst weit vom Fundort entfernt sein. Doch dann war ihm dieses blöde Handy heruntergefallen, und er war so dumm gewesen zu versuchen, es aufzuheben. Dieser winzige Fehler hatte sein ganzes Leben auf den Kopf gestellt.

»Vorbei ist vorbei!« Er schob seine Gedanken an die Vergangenheit zur Seite und wandte sich wieder der Planung seiner Zukunft zu. Unter Berücksichtigung der Erfahrungen der letzten Nacht kam er am Ende zu dem Ergebnis, höchstens noch ein oder zwei Nächte im Ferienhaus zu bleiben. Am liebsten wäre er sofort aufgebrochen, doch er musste noch warten, bis sich die Fahndung nach ihm ein wenig abgekühlt hatte. Dann würde er sich auf den Weg nach Tschechien oder Polen machen, denn dort war für Geld alles zu haben. Sollte Merle ihm dabei im Wege stehen, würde er noch einmal zu »unpopulären Maßnahmen« greifen müssen, die in einen »Betriebsunfall« münden konnten. Der Gedanke daran belastete ihn in keiner Weise.

*

Während Stefan Grote und Stine Lessing sich auf den Weg nach Hauen machten, versteckte die Sonne sich hinter weißen Wolken, die bald darauf durch dunkle abgelöst wurden. Weit draußen auf der Nordsee hatte es wohl ein Unwetter gegeben, nun trieb ein leichter Seewind den Regen auf das Festland. Das war noch schwerer zu ertragen als die Hitze in den Stunden zuvor, denn die Wolken brachten kaum Abkühlung. Nur wenige dicke Regentropfen fanden bislang den Weg auf den Boden, um dann sofort wieder zu verdampfen. Dadurch stieg die Luftfeuchtigkeit ins Unerträgliche und überzog die Haut mit einem klebrigen Schweißfilm, gegen den auch die Klimaanlage des Autos nicht mehr ankam. Auf ihrer Fahrt begegneten sie vielen Urlaubern, die mit ihren Fahrrädern unterwegs waren. Einige hatten sich in Erwartung eines Wolkenbruchs leichte Regenjacken übergezogen, andere sahen es pragmatischer und hatten sich übermütig für Badebekleidung entschieden. Ihnen schien es egal, ob das Wasser von oben oder aus dem Meer kam, Hauptsache es erfrischte. Stine beneidete die Radfahrer um ihre Unbekümmertheit, denn ihre und Grotes Fahrt hatte einen weitaus ernsteren Charakter.

Als sie die Straße erreichten, die Hauen umrundete, hatte der Regen bereits zugelegt, und außer ihnen war niemand mehr auf den Straßen zu sehen. Stine fand einen Platz, an dem sie das Auto abstellen konnten, ohne dass sie bereits von Merle Bartels gesehen wurden. Solange sie nicht genau wussten, welches Spiel die Frau spielte, mussten sie vorsichtig sein. Immerhin bestand die Möglichkeit, dass sie nicht nur eine Beziehung zu Johannes Rewert hatte, sondern sie konnte schließlich auch seine Komplizin und Mittäterin sein, womöglich befand er sich jetzt gerade im Haus.

Die letzten Schritte bis zur Haustür legten Grote und Stine im Sprint zurück. Das taten sie nicht nur, um dem Regen zu entgehen, sie wollten damit auch sicherstellen, dass das Überraschungsmoment auf ihrer Seite blieb. Dann drückte Grote die Klingel, und zugleich ging seine Hand zur Pistole, um sie sofort ziehen zu können.

Sie brauchten diesmal nicht lange zu warten, bis die Tür geöffnet wurde. Merle Bartels stand vor ihnen. Sie trug einen Bademantel und hatte ein Handtuch wie einen Turban um den Kopf gewickelt. Als sie die beiden Polizisten erblickte, verfinsterte sich ihr Blick.

»Sie schon wieder? Sind Sie extra zu mir herausgekommen, um mir zu sagen, dass der Leichnam meines Mannes endlich zur Beerdigung freigegeben ist?«, wollte sie wissen.

Grote schaute an der Frau vorbei in den Flur, konnte allerdings keine Geräusche oder Bewegungen wahrnehmen, die darauf schließen ließen, dass sich außer Merle Bartels noch jemand im Haus aufhielt.

Stine holte aus ihrer Ostfrieslandtasche den richterlichen Durchsuchungsbeschluss. »Wir sind gekommen, um Ihr Haus zu durchsuchen, Frau Bartels. Hier ist die richterliche Anordnung. Sie sind verpflichtet, uns Zugang zu allen Räumen zu gewähren.«

Noch während sie das sagte, drängte Grote die verblüffte Frau zur Seite, zog seine Pistole und ging mit schnellen Schritten von Raum zu Raum. Mit den Worten: »Unten ist alles sauber, Stine!«, sprintete er die Treppe zum Obergeschoss hinauf, um dort die Durchsuchung fortzusetzen.

Merle Bartels war zwar vom Auftauchen der Polizei überrascht, aber selbst der voranstürmende Grote schien sie nicht aus der Fassung bringen zu können. »Darf ich fragen, wen oder was Sie bei mir zu finden glauben?«

Als Stine sie so ruhig sprechen hörte, war ihr klar, dass ihre Befürchtung eingetroffen war. Sollte Johannes Rewert tatsächlich hier im Hause gewesen sein, kamen sie jetzt zu spät.

»Wir sind auf der Suche nach Johannes Rewert alias Simon Wegmann. Wir haben den Verdacht, dass sich dieser Mann bei Ihnen aufhält.« Dann fügte sie schnell hinzu: »Oder dass er sich bei Ihnen aufgehalten hat.«

Merle Bartels drehte sich ungerührt um, steckte sich eine Zigarette an und ging in die Küche. Sie kehrte mit einem Glas Wein in der Hand zurück und bemerkte süffisant: »Sie dürfen ja nicht, Sie sind ja im Dienst, wie man unschwer feststellen kann.«

Sie ging in das Wohnzimmer und setzte sich, ohne Stine einen Platz anzubieten, in einen Sessel. Nun schlug sie die Beine übereinander und betrachtete die Polizistin herausfordernd. »Schauen Sie sich ruhig um und lassen Sie Ihren Kollegen nicht die ganze Arbeit allein machen!«

Grote kam in diesem Moment wieder nach unten und schüttelte den Kopf: »Oben auch negativ!«

Sie hätten sich jetzt die Mühe machen und noch einmal in Ruhe das Haus von unten bis oben auf den Kopf stellen können, doch auch Grote erkannte am Verhalten Merle Bartels', dass sie sich diese Arbeit ersparen konnten.

»Warum haben Sie mich nicht vorher gefragt? Ich hätte Ihnen gleich sagen können, dass außer mir niemand hier ist. Sie haben mich bei Ihrem letzten Besuch schon gefragt, ob ich einen der beiden Männer kenne. Ich habe das verneint, und es hat sich bis heute nichts daran geändert.« Sie nippte erneut an ihrem Weinglas und schien die Situation zu genießen.

Stine war klar, dass sie der Frau nicht beikommen konnten. Sie hatte sich auf das erneute Auftauchen der Polizei vorbereitet und war kaum zu überrumpeln. Wenn es nicht gelang, ihre Selbstsicherheit zu erschüttern, würden sie unverrichteter Dinge wieder abziehen müssen.

Stine lächelte Merle Bartels freundlich an, strich sich die nassen roten Haarsträhnen aus dem Gesicht und sagte dann, ganz beiläufig: »Ja, Sie sagten bereits, dass wir keinen Erfolg bei der Suche nach den beiden Männern haben würden. Allerdings haben Sie mir vielleicht nicht aufmerksam zugehört. Wir suchen nämlich nicht nach zwei Männern, sondern nach Simon Wegmann ***alias*** Johannes Rewert. Es handelt sich dabei um ein und dieselbe Person, die es unter falschem Namen darauf angelegt hat, Damenbekanntschaften zu machen und ihnen ihr Vermögen abzujagen.«

In diesem Moment zuckte Merle Bartels erkennbar zusammen, und Stine merkte, dass sie einen wunden Punkt berührt hatte.

Um ihre Verunsicherung zu überspielen, stand Merle Bartels auf, ging in die Küche und schenkte mit zitternder Hand ihr bisher kaum angetrunkenes Weinglas wieder voll. Sie brauchte diese Zeit, um ihre Gedanken zu ordnen. Hatte Simon ihr nicht eingeredet, es sei Unsinn, was die beiden Polizisten ihr erzählt hatten? Doch die junge Beamtin machte einen sehr souveränen Eindruck, und der Umstand, dass ein Richter die Durchsuchung ihres Hauses angeordnet hatte, ließ vermuten, dass an dem, was sie behauptete, vielleicht doch etwas dran sein könnte.

Für eine Sekunde geriet sie ins Schwanken, doch dann gewann ihr Herz wieder die Oberhand über ihren Verstand. Simon würde sie niemals belügen. Er hatte sie von ihrem gewalttätigen Mann erlöst, dafür würde sie ihn ewig lieben. Wer konnte schon wissen, welche Gemeinheit sich diese beiden Polizisten ausgedacht hatten, um einen Keil zwischen sie und ihn zu treiben – es würde ihnen nicht gelingen.

Als sie sich wieder gefasst hatte, ging sie ins Wohnzimmer zurück, nahm wieder ihre alte Pose ein und wehrte den Angriff Stines ab. »Es ist mir völlig egal, von wem Sie da reden. Sie konnten ja nun feststellen, dass ich alleine bin, also haben Sie ihren Job gemacht und können jetzt gehen.«

Stine wollte nicht aufgeben und bohrte nach: »Ja, heute sind Sie tatsächlich allein im Haus, aber als wir beim letzten Mal hier waren, hielt sich ein Mann hier auf. Mein Kollege hat ihn deutlich gesehen.«

»Vermutlich hat er sich da geirrt. Auch an dem Tage war ich allein im Hause, doch selbst wenn ich Herrenbesuch gehabt hätte, so ginge Sie das überhaupt nichts an. Es ist meine Privatangelegenheit.«

Merle Bartels stand auf einmal ruckartig auf, ging mit schnellen Schritten zur Haustür und hielt sie auf. »Was ist nun? Verlassen Sie endlich mein Haus, oder muss ich mich über Sie beschweren?«

Stine hätte gerne weiter mit ihr gesprochen, denn die schroffe Reaktion der Frau verriet ihr, dass sie angeschlagen war, doch die Gelegenheit bot sich ihr nicht mehr. Nachdem die beiden Polizisten wieder vor der Tür standen, schlug Merle Bartels die Haustür mit einem hörbaren Knall zu. Dann hastete sie ins Obergeschoss, um besser beobachten zu können, ob die beiden tatsächlich gingen. Als sie sah, dass das Auto langsam durch den prasselnden Regen an ihrem Haus vorbeirollte und sich danach in Richtung Landstraße entfernte, griff sie mit vor Aufregung zitternden Händen zum Telefon.

*

Johannes Rewert saß wieder einmal ruhelos auf der Bank vor dem Ferienhaus und starrte in den Regen. Ein Blick gen Norden zeigte ihm, dass der Himmel über der See bereits wolkenfrei war und schon von den letzten Strahlen der Sonne rotgefärbt wurde. Was bald kam, waren Dunkelheit, Mücken und Geräusche, die ihn verunsicherten. Alles zusammengenommen verstärkte in ihm das Gefühl, gefangen zu sein. Er ging in das Haus, schenkte sich das dritte Glas Rotwein ein, um seine Unruhe zu betäuben, und kehrte auf die Bank zurück, als sein Handy sich meldete. Er musste nicht rätseln, wer ihn anrief, es konnte nur Merle sein. Bevor er auch nur ein Wort sagen konnte, brach es über ihn herein.

Mit sich überschlagender Stimme und hektischem Atem berichtete sie von der Hausdurchsuchung der Polizei: »Gerade eben waren die beiden Polizisten wieder bei mir und haben nach dir gesucht. Sie vermuten, dass wir beide Kontakt miteinander haben. Dann haben sie noch behauptet, dass du unter zwei verschiedenen Namen lebst! Ich verstehe das alles nicht mehr! Es macht mir Angst, und ich zweifle allmählich daran, dass du wirklich der bist, den ich zu kennen glaubte. Ich komme heute Abend wie verabredet zu dir, aber dann will ich die ganze Wahrheit wissen. Und ich sage es dir schon jetzt: Lüg mich nicht an, sonst ist es mit uns beiden vorbei!«

Merles Stimme war von Satz zu Satz schriller geworden, sie überschlug sich geradezu und verriet damit, dass sie kurz davor war, die Kontrolle über sich zu verlieren. Rewert musste nun alles daransetzen, sie wieder zu beruhigen.

»Merle, du tust mir Unrecht! Die Polizei macht einen großen Fehler. Ich werde dir noch heute Abend alles in Ruhe erklären, und du wirst sehen, dass du dir keine Sorgen machen musst. Ich bin in meinem Leben noch niemals mit dem Gesetz in Konflikt gekommen. Das, was mit deinem Mann passiert ist, war ein tragischer Unfall, und es tut mir wirklich leid. Aber denke immer daran, dass du nun frei bist – das hast du doch auch mir zu verdanken.«

Rewert verstand es geschickt, seinen Mord an der Schleuse so hinzudrehen, als ob Merle einen Teil der Schuld mitzutragen habe. Und er hatte Erfolg damit. Merle schien sich wieder zu beruhigen, und als er dann noch heuchelte: »Ich freue mich auf den Abend mit dir!«, antwortete sie mit leiser Stimme: »Ich auch, Simon!«

Bevor Rewert das Gespräch mit einem Knopfdruck beendete, sagte er noch: »Pass um Himmels willen auf, dass dir niemand folgt!«

Dann steckte er mit einem unguten Gefühl das Handy in die Tasche und fasste einen Entschluss, der ihm keine Skrupel bereitete. Falls es ihm nicht gelingen sollte, Merles Zweifel restlos zu beseitigen, würde es noch in dieser Nacht im Schafhauser Wald ein unter »Betriebsunfall« zu verbuchendes Ereignis geben. Danach müsste er schleunigst seine Sachen zusammenpacken und sich in Richtung Tschechien auf den Weg machen.

Bittere Wahrheit

Grote und Stine hatten den Ort Hauen gerade verlassen und fuhren bereits in Richtung der Landstraße nach Greetsiel, als Stine unvermittelt wieder nach rechts auf den Platz abbog, auf dem sie nach ihrem letzten Besuch bei Merle Bartels die Diskussion mit Stefan Grote gehabt hatte. Sie rangierte hin und her, und am Ende stand das Auto direkt am Rande eines Gebüschs. Von hier aus konnte man bis in den Ort hineinblicken und alle aus Hauen kommenden Autos rechtzeitig erkennen, ohne selbst gesehen zu werden.

Grote war von ihrem Fahrmanöver überrumpelt worden und schaute sie fragend an: »Ich dachte, dass wir nun zur Dienststelle fahren? Worauf willst du hier warten?«

Stine drehte in aller Ruhe die Rückenlehne ein Stück zurück und machte es sich gemütlich. »Du solltest dir auch eine bequeme Sitzhaltung suchen, denn es wird noch eine ganze Weile dauern, bis Merle Bartels an uns vorbeifährt.«

Grote verstand kein Wort. »Was veranlasst dich zu glauben, dass sie das tun wird? Ist das die Intuition einer Frau, die sich uns Männern nie erschließen wird?«

Stine schmunzelte. »Nein, Chef, das hat mit Intuition rein gar nichts zu tun. Eher mit Beobachtungsgabe. Als wir kamen, hatte Merle Bartels gerade geduscht und war im Begriff, sich ihre Haare zu föhnen.«

Grote lächelte gequält. »Also das habe ich auch bemerkt, du Neunmalkluge. Ihr Verhalten scheint mir allerdings nach einem Tag mit Temperaturen um 33 Grad völlig normal, deshalb werde ich es genauso wie sie machen, sobald ich wieder zu Hause bin.«

Stine lachte laut auf: »Dann will ich mal hoffen, dass du nicht ALLES genauso machen wirst wie Merle Bartels! Das könnte ein völlig neues Licht auf dich werfen und mich verwirren. Es würde nämlich bedeuten, dass du dir nach dem Duschen noch die Fuß- und Fingernägel frisch lackieren wirst!«

Stine prustete die letzten Worte geradezu hinaus, und Grote schaute ziemlich verdattert drein. »Ich verstehe immer noch nicht.«

»Das ist doch ganz einfach: Merle hatte geduscht und war noch dabei, sich die Nägel zu lackieren. Ich habe es sofort gerochen, als wir in das Haus traten. Bis auf zwei Finger war sie damit schon fertig. Das wird sie nun beenden, sich dann die Haare föhnen und sich danach schminken. Kurzum: Sie hübscht sich auf, weil sie heute noch ein Date hat. Da bin ich mir absolut sicher, denn am Ende ticken alle Frauen gleich.«

»Und du glaubst, dass sie sich noch am Abend mit Johannes Rewert trifft?«

»Keine Ahnung, aber ich halte es für möglich und denke, die Sache ist es wert, sie im Auge zu behalten. Falls Merle sich wider Erwarten nicht mit Rewert, sondern mit einem anderen Mann trifft, so entlastet es sie, und wir müssen uns eingestehen, dass wir uns geirrt haben. Glaube ich aber nicht.«

Grote nickte nachdenklich und ließ Stines Worte auf sich wirken. Dann gab er zu: »Nicht schlecht, mein Fräulein, wirklich nicht schlecht!«

Nach einer Dreiviertelstunde hörte es auf zu regnen, und die Feuchtigkeit begann zu verdampfen. Aus den Wiesen stieg Nebel auf und erschwerte das Atmen in der immer noch warmen Luft. Es wollte und wollte nicht abkühlen, das machte die Menschen reizbar und übellaunig.

Auch auf Grote hatte es eine Wirkung, denn das Warten machte ihn nervös. «Wie lange wollen wir hier eigentlich noch warten, Stine?«, fragte er, kurbelte die Seitenscheiben des Autos herunter und öffnete das Schiebedach, doch der erhoffte Luftzug stellte sich nicht ein. Die feuchte Luft fühlte sich an wie Öl und verschluckte fast alle Geräusche. Ab und an drang aus der allmählich einsetzenden Dämmerung das Bellen eines Hundes aus dem Ort zu ihnen herüber, ansonsten war nichts zu hören.

Stine schien mit der Situation keine Probleme zu haben. Sie holte aus ihrer Ostfrieslandtasche zwei Müsliriegel und gab einen davon ihrem Chef. »Bitte schön, Einsatzverpflegung!», sagte sie gut gelaunt und zauberte auch noch eine Flasche Mineralwasser hervor. »Es dauert nun mal seine Zeit, ehe die Frisur gestylt und der perfekte Lidstrich gesetzt ist.«

Sie gab sich alle Mühe, ihren Chef bei Laune zu halten, doch ihre Zuversicht sprang nicht auf Grote über, der schien mit sich selbst nicht zufrieden zu sein. Die Enttäuschung über die erfolglose Durchsuchung hing ihm noch an.

Stine beobachtete ihn aus den Augenwinkeln, dann fragte sie unvermittelt: »Heike ist immer noch in deinem Kopf, oder?«

Grote rutschte unruhig auf seinem Sitz hin und her und schien sich um die Beantwortung der Frage drücken zu wollen, doch dann gab er zu: »Es stimmt, ich habe sie niemals ganz vergessen können. Jetzt, wo ich weiß, dass sie mich verlassen hat, um, ohne es zu ahnen, in die Hände eines Verbrechers zu geraten, lässt es mich nicht zur Ruhe kommen. Es nagt an mir und wird mich erst wieder in Frieden schlafen lassen, wenn ich ihren Tod …«, erschrocken hielt er inne, denn beinahe hätte er die Worte »gerächt habe« benutzt. So setzte er zu einer anderen Formulierung an: »Also … ich wollte sagen, wenn ich Rewert festgenommen habe. Deshalb fällt es mir auch so schwer, hier untätig herumsitzen zu müssen.«

Stine war Grotes Versprecher sofort aufgefallen. Seine tiefe emotionale Verstrickung in diesen Fall bereitete ihr Sorgen, denn sie fragte sich, ob es ihm gelingen würde, seine Gefühle im Zaum zu halten, falls sich die Situation zuspitzte. Schon bei der Durchsuchung des Bartels-Hauses war Grote unkontrolliert vorangestürmt und hatte sich keineswegs professionell verhalten. Was würde geschehen, wenn Grote diesem Mann, auf den er eine Mischung aus Hass und Eifersucht projizierte, gegenüberstand? Stine fasste den Entschluss, gut auf ihren Chef aufzupassen.

Gegen 22 Uhr wischte ein gelblicher Lichtkegel über die Wiesen, und ein Kleinwagen näherte sich aus Richtung Hauen. Sie erkannten ihn beide, als er an ihnen vorbeifuhr, denn sie hatten dieses Auto vor dem Haus der Bartels' gesehen. Die Buchstabenkombination M und J für Merle und Jan lieferte ihnen den Beweis. Stine wartete, bis Merle auf die Landstraße abbog, erst dann traute sie sich loszufahren.

Als sie das Licht einschalten wollte, hielt Grote sie davon ab: »Noch nicht, warte erst, bis wir auf der Landstraße sind und sie um die nächste Kurve gefahren ist!«

Stine wusste, dass Grote recht hatte, und ärgerte sich, dass sie nicht daran gedacht hatte. Ein plötzlich in der Dunkelheit aufflammendes Licht wäre Merle Bartels vermutlich sofort im Rückspiegel aufgefallen und hätte sie gewarnt. Also fuhr Stine ohne Licht weiter und schaltete es erst ein, nachdem der Kleinwagen vor ihnen nicht mehr zu sehen war. Dann gab sie kräftig Gas und wurde erst langsamer, als sie in weiter Entfernung die Rücklichter wieder erkennen konnten. So ging es eine ganze Weile weiter, und ihr Chef, der aus seiner Zeit beim Mobilen Einsatzkommando mit Observationsfahrten vertraut war, wurde von Minute zu Minute unruhiger.

»Wir müssen mehr Abstand halten, Stine, das geht nicht mehr lange gut! Es sind außer uns keine weiteren Autos unterwegs, da fallen wir irgendwann auf. Wenn Merle Bartels auch nur gelegentlich in den

Rückspiegel schaut, muss sie irgendwann bemerken, dass sie verfolgt wird.«

Grotes Sorgen waren berechtigt, so ließ Stine sich prompt weiter zurückfallen, aber dann verschwanden Merles Rücklichter schon wieder im Nebeldunst, der allmählich begann, sich auszubreiten. Ob sie wollte oder nicht, sie musste wieder aufschließen, um das Auto nicht aus den Augen zu verlieren. Als sie Westerholt erreichten und durch den menschenleeren Ort fuhren, war Stine gezwungen, den Abstand noch weiter zu verkürzen, denn wenn Merle jetzt in eine der Nebenstraßen abbog und versteckt parkte, war sie entkommen.

Das Auto vor ihnen durchquerte den Ort, erreichte einen Kreisverkehr und fuhr hinein. Ohne abzubiegen, fuhr Merle eine komplette Runde und ließ eine zweite und dritte Runde folgen. Stine fuhr an den Straßenrand, um eine Begegnung mit Merle Bartels zu vermeiden, doch es war zu spät. Grote schlug sich wütend auf die Oberschenkel. »Verflixt, ich habe es gewusst! Sie hat uns entdeckt und geschickt auflaufen lassen.«

Stine fühlte sich schuldig. »Tut mir leid, Chef, besser konnte ich es nicht!«

Grote tat seine Unbeherrschtheit leid. »Du hast nichts falsch gemacht, Stine, das Risiko der Entdeckung war von Anfang an groß. In dem Moment, wo du an den Straßenrand gefahren bist, wusste sie Bescheid. Aber was soll's, wärst du durch den Kreisverkehr gefahren, hätte sie uns auch erkannt. Ich muss zugeben, das hat sie clever gemacht!«

Merle Bartels drehte noch eine weitere Runde im Kreisverkehr, dann fuhr sie an Stine und Grote vorbei. Sie schaute nicht einmal zur Seite und tat so, als habe sie die Polizisten gar nicht bemerkt, doch schon nach wenigen Minuten war klar, dass Merle ihre Fahrt abgebrochen hatte und wieder zurück nach Hauen fuhr.

Stine wusste nicht so recht, was nun zu tun war. »Sollen wir abbrechen und sie fahren lassen?«

»Nein!« Grote war entschlossen, den Druck auf Merle Bartels zu erhöhen. »Bleib eng an ihr dran, sie soll uns im Nacken spüren. Wir folgen ihr bis zur Haustür, dann nehmen wir sie uns noch einmal vor.«

Stine folgte dem Kleinwagen so dicht wie möglich. Im Licht ihrer Scheinwerfer konnte sie erkennen, dass Merle immer wieder in den Rückspiegel schaute. Die enge Verfolgung durch das Polizeiauto schien ihr unangenehm zu sein. Einmal bremste sie stark ab, fuhr an den Straßenrand und hoffte wohl, dass die Verfolger an ihr vorbeifahren würden, doch Stine tat ihr den Gefallen nicht. Wenige

Meter hinter ihr blieb sie ebenfalls stehen. Minutenlang schien es so, als würden sich zwei Autofahrer belauern, dann gab Merle Bartels auf und fuhr weiter.

Als sie ihr Haus erreichte, fuhr sie auf die Grundstückseinfahrt, sprang aus dem Fahrzeug und lief zur Haustür, um sich ihren Verfolgern zu entziehen. Schließlich konnte sie niemand zwingen, mitten in der Nacht mit den beiden Polizisten zu sprechen, doch Grote war schnell. Er schwang sich aus dem noch rollenden Auto, sprintete zur Haustür und stellte den Fuß in die Tür, noch bevor Merle sie schließen konnte. »Frau Bartels, wir müssen miteinander sprechen, jetzt sofort!«

Das energische Auftreten des Polizisten schüchterte Merle Bartels derart ein, dass sie aufgab. Ohne ein Wort zu sagen, drehte sie sich um, ging in das Wohnzimmer und warf sich auf die Couch. Dann zog sie die Beine an wie ein kleines Kind und begann hemmungslos zu weinen, denn ihre Nerven lagen mittlerweile völlig blank. Die letzten Tage waren schwer genug gewesen, und nun war sie am Ende ihrer Kraft.

Stine war inzwischen ebenfalls eingetroffen und schaute mitfühlend auf den zuckenden Körper. Die Frau, die ihnen noch vor zwei Stunden gegenübergesessen und aggressiv und überheblich gewirkt hatte, gab es nicht mehr. Stine hatte schon beim letzten Besuch die Vermutung gehabt, dass Merles zur Schau gestellte Kaltschnäuzigkeit nur die Fassade einer Frau zeigte, die im Innersten todunglücklich und überfordert war.

Grote setzte sich auf einen der Sessel und schwieg. Weinende Frauen lösten in ihm einen männlichen Beschützerinstinkt aus, der stärker war als sein dienstlicher Antrieb, und das verunsicherte ihn.

Stine zögerte kurz, dann ging sie zu Merle hinüber und strich ihr über den Arm. »Frau Bartels, bitte geben Sie uns die Chance, Ihnen zu erklären, warum wir Sie so unter Druck setzen. Ich verspreche Ihnen, dass Sie nichts sagen müssen. Wir werden auch nicht auf Sie einwirken und versuchen herauszubekommen, wo sich Ihr Liebhaber versteckt hält. Wir wissen, dass es sich um den Mann handelt, den Sie unter dem Namen Simon Wegmann kennen. Bitte hören Sie uns einfach nur zu und entscheiden Sie am Ende selbst. Wenn wir fertig sind, gehen wir sofort, wenn Sie es möchten. Aber bitte geben Sie uns die Gelegenheit, nicht nur einen mehrfachen Mörder festzunehmen, sondern auch Ihr eigenes Leben zu schützen, denn auch das könnte mittlerweile in Gefahr sein.«

Stine hatte so sanft gesprochen und dabei immer wieder die Schulter von Merle Bartels gestreichelt, dass in der Frau plötzlich eine seltsame Wandlung vorging. Sie richtete sich auf, wischte sich mit einem Taschentuch, das Stine ihr hingehalten hatte, die verlaufene Wimperntusche weg und schnäuzte sich. Einen Moment lang schien sie noch unschlüssig, dann schaute sie Stine mit verweinten Augen an und sagte leise: »Ich höre Ihnen zu.«

Stine wusste, dass nun eine Menge auf Merle Bartels einprasseln würde, aber wie konnte es gelingen, ihr klarzumachen, dass sie einem Mörder und Betrüger auf den Leim gegangen war, ohne sie zu sehr zu quälen? Sie holte ihren Laptop hervor, setzte sich dicht neben Merle auf die Couch und stellte ihn so auf die Knie, dass Merle hineinschauen konnte. Anschließend begann sie, wie bei einem Vortrag in einer Dienstbesprechung, den Fall Wegmann/Rewert vorzustellen. Nichts ließ sie dabei aus, nichts beschönigte sie. Sie verkniff sich allerdings auch jede Form der Bewertung, denn die Schlussfolgerungen sollte Merle Bartels für sich ganz allein ziehen.

Nach einiger Zeit kam Stine zu dem Punkt, an dem es um die beiden ermordeten Frauen ging, die neben dem Haus am Kanal gefunden worden waren. Stefan Grote lobte sie hinterher, es sei ein kluger Schachzug von ihr gewesen, Merle die Fotos der toten Frauen sowie ein Obduktionsfoto von Jan Bartels zu zeigen, doch da irrte er sich. Stine hatte es eigentlich vermeiden wollen, Merle mit dem Anblick der Leichen zu schockieren, doch ein unbedachter Klick führte dazu, dass diese Bilder auf dem Laptop erschienen.

Merle Bartels starrte auf die Fotos, und Stine ließ sie erschrocken sofort wieder verschwinden, doch es war zu spät. Merle sprang auf und ging zitternd im Zimmer auf und ab. Dann blieb sie stehen, blickte Stine in die Augen und stellte eine Frage, die ihr wichtig erschien: »Ist es wirklich sicher, dass mein Mann nicht durch einen Unfall starb, sondern gezielt getötet wurde?«

»Ja, das ist ganz sicher. Er kam durch einen tödlichen Schlag ums Leben. Dieser Schlag wurde bewusst so ausgeführt, dass Ihr Mann keine Überlebenschance hatte.«

Merle Bartels ging einen Schritt nach vorne und musste sich an einem Stuhl festhalten. »Meine Ehe war in letzter Zeit die Hölle, aber es gab auch Zeiten, da habe ich Jan einmal geliebt. Dass er am Ende so brutal ermordet wurde, hat selbst er nicht verdient.«

Merle Bartels hatte bisher einen schier undurchdringlichen Schutzschild um sich herum errichtet, der sie vor einer Enttäuschung schützen sollte, doch unter den Argumenten der Polizistin brach er zusammen und machte sie zur Verräterin. Sie ging zum Wohnzimmerschrank, kramte in einem Schubfach herum und fand die Buchungsbestätigung für das Ferienhaus am Waldrand. Ohne ein Wort zu sagen, legte sie die Unterlagen auf den Tisch.

Grote überflog die Papiere. »Dort hält er sich jetzt auf?«, fragte er. Merle nickte. »Vorhin waren Sie auf dem Weg zu ihm, stimmt's?«

Wieder nickte sie. »Wir sind dort für den späten Abend verabredet. Aber dann sind Sie mir ja gefolgt.«

Grote sah, dass sich ein Problem auftat. Wie würde Rewert reagieren, wenn Merle nicht wie verabredet zu ihm kam? Es war nicht ausgeschlossen, dass er daraus die richtigen Schlüsse zog und sich sofort auf die Flucht machte. Sie mussten versuchen, das zu verhindern und ihn in Sicherheit wiegen. Helfen konnte dabei nur Merle Bartels.

»Frau Bartels, ich weiß, dass Sie meine Bitte jetzt als Zumutung empfinden müssen, aber wären Sie bereit, ihn anzurufen und ihm mitzuteilen, dass Sie erst morgen zu ihm kommen werden?«

Merle schaute Grote entsetzt an. »Es ist mir schon schwer genug gefallen, Ihnen seinen Aufenthaltsort zu verraten, aber jetzt auch noch mit ihm zu sprechen, um ihn ans Messer zu liefern, das können Sie nicht von mir verlangen.«

Grote blickte hilfesuchend zu Stine hinüber, sah ihr aber an, dass sie nicht daran glaubte, Merle zu diesem Anruf bewegen zu können, doch als er Stine erneut auffordernd zunickte, versuchte sie es wenigstens: »Frau Bartels, ich verstehe Ihre Gefühle für diesen Mann, aber bedenken Sie bitte, dass diese Gefühle nicht erwidert werden. Helfen Sie uns, dass es anderen Frauen nicht ähnlich ergeht wie Ihnen.«

Was am Ende den Ausschlag gab, dass Merle Bartels zum Handy griff, vermochte Stine später nicht zu benennen. Vermutlich war es die bittere Erkenntnis, dass all ihre Zweifel, die inzwischen an Simons Liebe aufgekommen waren, sich nun nicht mehr unterdrücken ließen. Jedenfalls bemerkte Stine eine Veränderung in Merles Blick, dann griff diese entschlossen zum Telefon und wählte eine Nummer.

*

Johannes Rewert wurde allmählich nervös, denn Merle war schon lange überfällig. Es war nicht die Sorge, dass ihr etwas passiert sein könnte, es war die Frage, was der Anlass ihres Fernbleibens war. Einmal war er versucht, selbst bei ihr anzurufen, doch dann unterließ er es. Jeder Anruf bedeutete ein Risiko und konnte verräterisch sein. Als endlich das Handy klingelte, nahm er das Gespräch erleichtert an. »Wo bleibst du denn, ist dir etwas passiert? Ich hatte große Angst um dich!«, log er.

»Nein, mir ist nichts passiert. Ich war bereits auf dem Weg zu dir, aber dann hat mein Auto verrückt gespielt. Es ist etwas mit dem Licht nicht in Ordnung. Zuerst begann es zu flimmern, dann fiel es ganz aus. Deshalb bin ich lieber umgekehrt. Gleich morgen früh lasse ich es reparieren, und am Abend komme ich dann zu dir.«

Johannes Rewert hatte ein feines Ohr für Untertöne. Die Art, wie Merle sprach und dabei gepresst atmete, ließ bei ihm die Alarmlichter aufleuchten. »Natürlich, das verstehe ich! Dann sehen wir uns morgen. Schlaf gut, ich liebe dich!«

Er hatte die letzten Worte mit Kalkül gesprochen, und als Merle nicht wie erwartet mit »Ich liebe dich auch!« antwortete, sondern stattdessen nur »Okay, bis morgen!« sagte, wusste er, dass seine Befürchtungen berechtigt waren. Er konnte sich nicht mehr auf sie verlassen, also musste er noch heute verschwinden.

Das Waldhaus

Während Merle Bartels das Gespräch führte, nickte Stine ihr immer wieder aufmunternd zu. Merle machte das gut, aber als die Worte »Okay, bis morgen!« fielen, war auch Stine klar, dass Merle sich soeben verraten hatte. Diese gefühllose, beinahe geschäftsmäßige Verabschiedung passte überhaupt nicht zum Ablauf des Gesprächs, und im ersten Augenblick befürchtete Stine sogar, dass dies Merles versteckte Warnung an ihren Liebhaber gewesen sein könnte, doch dann verwarf sie diesen Gedanken schnell wieder. Merle Bartels war schlicht und einfach mit der Situation, in der sie sich wiederfand, überfordert.

Selbst Grote, dem gelegentlich Sensibilität und Feinfühligkeit abgingen, hatte diesen Fauxpas bemerkt, und so drängte er zum Aufbruch. Es ging nun um jede Minute. Stine wäre gerne noch eine Zeitlang bei Merle Bartels geblieben, um sie zu stabilisieren, doch als diese ihr versprach, eine Freundin anzurufen, die ihr zur Seite stehen konnte, war Stine beruhigt.

Auf der Fahrt zu Rewerts Versteck setzte sich Grote ans Steuer, damit Stine Zeit hatte, auf dem Navi die genaue Lage des Ferienhauses und dessen Zufahrtsmöglichkeiten festzustellen. Grote fuhr zunächst dieselbe Strecke, die zuvor Merle Bartels gefahren war und konnte somit sicher sein, sich auf dem richtigen Weg zu befinden. Noch bevor sie den Kreisverkehr in Westerholt erreichten, an dem Merle sie ausgetrickst hatte, wurde Stine im Navi fündig. Der ungefähre Ort des Ferienhauses war gefunden, sogar einen Waldweg, der zum Ziel führen musste, zeigte das Gerät an. Ein Abgleich mit Google Earth verlief jedoch enttäuschend: Auf den Luftaufnahmen war das Haus nicht zu erkennen, denn die Kronen der drum herum stehenden Bäume verdeckten es. Nachdem das Ziel ihrer Fahrt nun einigermaßen präzise lokalisiert war, rief Stine bei der Einsatzleitstelle an und bat um Unterstützung, doch die Antwort war ernüchternd. Man müsse sich mindestens eine halbe Stunde gedulden, bis die ersten Kollegen vor Ort sein könnten, hieß es. Fragend schaute sie zu Grote herüber, doch der quittierte ihren Blick nur mit einem Schulterzucken. Fast schien es ihm egal zu sein.

Kurz bevor sie Holtgast erreichten, lotste sie ihren Chef auf eine Straße, die sie östlich in die Einsamkeit führte. Anfänglich waren auf der linken Seite noch vereinzelt Gehöfte zu erkennen, doch irgendwann endete die Bebauung. Ein schmaler Weg zweigte ab und führte direkt in den Wald hinein, dessen schwarzer Umriss erst aus dem Dunst auftauchte, als nur noch ein kurzes Stück zu fahren war. Grote hielt an, schaltete den Motor ab und stieg aus, um sich zu orientieren. Er ging 30 Meter in den Wald hinein, dann horchte er und wandte sich an Stine, die ihm inzwischen gefolgt war. »Wie weit ist es deiner Schätzung nach von hier bis zu dem Haus?«

Stine war sich nicht völlig sicher, wagte aber eine Prognose: »Ungefähr 800 Meter müssten es insgesamt sein. Erst diesem Weg 400 Meter nach Süden folgen, danach 400 Meter links ab Richtung Osten.«

Grote empfand Unbehagen, denn sie befanden sich in einer schwierig einzuschätzenden Situation. Vielleicht war Rewert gerade aufgebrochen und kam ihnen mit dem Auto entgegen, unter Umständen war er aber schon gar nicht mehr hier. »Lausch mal, Stine, kannst du irgendein Geräusch wahrnehmen?«

»Nein, gar nichts. Es ist hier so still, als wäre man ganz allein auf der Welt!«

»Genau das ist unser Problem. Kein Windzug, der die Blätter bewegt, keine fremden Geräusche, die den Motorklang überdecken. Wenn wir noch weiter mit dem Auto fahren, könnten wir auch eine Blaskapelle vorwegmarschieren lassen. Man würde uns meilenweit hören.«

Grote zögerte, ihre Chancen standen so schlecht, wie sie nur sein konnten. Sie waren zu zweit und mussten sich auf ein Ziel zubewegen, von dem sie nicht einmal genau wussten, wo es lag. Zudem konnten sie auf einen Mörder treffen, der sie bereits erwartete. Vielleicht war er ihnen aber auch schon entkommen, wer wusste das?

Stine spürte Grotes leichtes Zaudern und empfand ein gewisses Unbehagen. »Sollten wir nicht besser auf die Unterstützung warten?«, fragte sie zaghaft, rief damit bei Grote aber nur unwilliges Kopfschütteln hervor.

Unter normalen Umständen wäre er vermutlich auf Stines Vorschlag eingegangen, doch diese Zeit hatten sie nicht mehr. Merle hatte ihnen erzählt, dass Rewert über einen VW-Passat verfügte, von dem sie bislang nichts wussten und dessen Kennzeichen sie nicht kannten. Den hatte er im Wald versteckt, doch wo genau, das konnte sie ihnen nicht sagen. Natürlich drängte die Zeit, aber das war nicht der einzige Grund, der Grote antrieb. Es ging hier um die Festnahme eines Mörders, es ging um **Heikes** Mörder, das machte für ihn einen Unterschied und den Fall zu einer persönlichen Angelegenheit.

»Ab hier müssen wir laufen, Stine, anders geht es nicht. Das Auto stellen wir quer auf den Waldweg und nehmen Rewert so die Fluchtmöglichkeit, falls er sein Auto benutzen will.«

Eine geeignete Stelle fand sich schon hundert Meter weiter. Rechts und links des Weges hatten dort Waldarbeiter Baumstämme aufgestapelt, die dem Borkenkäfer zum Opfer gefallen waren. Stine parkte das Auto quer mitten auf dem Weg, dann nahmen die beiden sich Taschenlampen aus dem Kofferraum und zogen los.

*

Johannes Rewert hatte schon viel Zeit verschenkt, das wusste er und ärgerte sich über sich selbst. Eigentlich hätte er nach Merles ominösem Anruf sofort losfahren sollen, doch er hatte eine Zeitlang gebraucht, um seine Sachen zu packen und wenigstens zu versuchen, seine Spuren zu beseitigen. Merle hatte ihm auf seine Anweisung hin beim letzten Besuch schon einen Fünf-Liter-Kanister eines Desinfektionsmittels mitgebracht. Damit begann er alles, was er angefasst hatte, zu reinigen. Natürlich war ihm klar, dass diese Arbeit unter Umständen vergeblich war, denn wenn Merle ihn tatsächlich an die Polizei verraten hatte, waren seine Bemühungen überflüssig. Im schlimmsten Fall konnten die Polizisten jeden Moment hier auftauchen, doch diesen Verrat traute er ihr eigentlich nicht zu. Sie würde vielleicht mit ihm brechen, ihn aber eiskalt der Polizei ausliefern? Niemals!

Es war vermutlich das erste Mal, dass Johannes Rewert eine Frau falsch einschätzte.

*

Der Marsch durch den Wald war lang und beschwerlich, denn der Regen hatte den Weg aufgeweicht, und an manchen Stellen sanken Stine und Grote bis zu den Knöcheln ein. Die feuchte Wärme machte das Atmen schwer, und den Kampf gegen die Mücken, die inzwischen über sie hergefallen waren, hatten sie bereits aufgegeben. Immer wieder blieben sie stehen und horchten, aber hören konnten sie nichts. Die Versuchung war groß, die Taschenlampen einzuschalten, um sich orientieren zu können, doch der Lichtschein würde meilenweit zu sehen sein, also unterließen sie es.

Grote wurde schon wieder ungeduldig: »Müssten wir nicht schon längst die Abzweigung erreicht haben?« Er hatte die Schritte gezählt und war bereits weit über die Zahl 400 hinausgekommen. Stine war inzwischen selbst unsicher geworden und befürchtete, dass sie sich vertan haben könnte, als endlich die Abzweigung auftauchte. Grote nahm die Taschenlampe und deckte sie mit der Hand ab, so dass nur ein winziger Lichtspalt entstand. Dann leuchtete er den Boden ab und war zufrieden.

»Ich glaube, wir haben Glück. Rewert scheint sich noch nicht auf den Weg gemacht zu haben, sonst hätten wir spätestens hier Autospuren finden müssen.« Um die Anspannung, die von ihnen Besitz ergriffen hatte, ein wenig abzubauen, stichelte er: »Vorausgesetzt, deine Kartenanalyse entspricht der Realität. Frauen und Landkarten, da hat man ja schon die verrücktesten Sachen erlebt!«

»Leg dich nicht mit mir an!«, konterte Stine, »sonst bieg ich heimlich ab und lass dich ganz allein im Dunkeln stehen. Mal sehen, wie lange du danach orientierungslos herumirrst.«

Sie folgten dem Abzweig. Grote begann wieder die Schritte zu zählen und kam nur einmal aus dem Takt, als sich aus dem Gebüsch neben ihm lautlos eine Eule aufschwang, die ihm beinahe in das Gesicht flog. Dann war die Zahl 400 erneut erreicht, und sie blieben stehen. Der Schweiß lief ihnen in Bächen am Körper herunter, während die Hitze ihnen die Kraft raubte. Angestrengt versuchten sie, mit ihren Blicken die Dunkelheit zu durchdringen, denn das Haus konnte nicht mehr weit sein. Die letzten Meter des Weges fielen ihnen etwas leichter, da der weiche Waldboden den Regen in diesem Bereich vollständig aufgesogen und einen festen, federnden Untergrund gebildet hatte. Wenn sie aber zur Seite in den Wald blickten, sahen sie feuchten Dunst aufsteigen, der sich wie eine flache Nebelschicht über den Boden legte und immer mehr an Höhe gewann. Dadurch wurde die Sicht von Minute zu Minute schlechter. Obwohl sie sich bemühten, ließ es sich nicht vermeiden, dass ab und an unter ihren Füßen mit hellem Knall ein Ast zerbracht. Es war eine Entscheidung zwischen Pest und Cholera, wie Grote am Beginn ihres Marsches gesagt hatte, denn um solche Geräusche zu vermeiden, hätten sie ihre Taschenlampen benutzen müssen, das aber wäre mindestens genauso verräterisch gewesen.

*

Die Reinigungsarbeiten waren endlich beendet. Rewert stellte seine Umhängetasche vor die Tür und kehrte noch einmal ins Haus zurück. Das Prepaid-Handy, das ihn mit Merle verband, lag noch auf dem Tisch. Nun benötigte er es nicht mehr, deshalb nahm er es, ging zum Wasser hinunter und warf es in den Kanal. Zurück am Haus hatte er gerade seine Tasche aufgenommen und wollte sich auf den Weg zum

Auto machen, als er das Knacken eines zerbrechenden Zweiges vernahm. Das beunruhigte ihn im ersten Moment gar nicht, denn die Wildschweine verursachten häufig solche Geräusche, wenn sie sich ihren Weg durch den Wald bahnten. Irritierend war allerdings, dass es danach auffällig ruhig blieb. Nichts war mehr zu hören, kein Grunzen, nicht das Getrappel einer Wildschweinrotte, nur unnatürliche Stille.

Er stellte seine Tasche wieder ab, ging an die Hausecke und versuchte, auf dem Waldweg etwas zu erkennen, doch die Sicht betrug keine 50 Meter. So verlegte er sich aufs Horchen, und als nach kurzer Zeit aus derselben Richtung wie zuvor erneut ein verräterisches Geräusch kam, wusste er, dass jemand in der Nähe war. Er hängte sich seine Tasche um, vergewisserte sich, dass seine Pistole fest im Hosenbund steckte, dann schlich er in den Wald und versteckte sich nach wenigen Metern. Weiterzugehen traute er sich nicht, denn abseits des Weges würde er kaum einen Meter vorankommen, ohne selbst Geräusche zu verursachen. Also hockte er sich hinter einen Baum, nahm seine Pistole in die Hand und wartete ab.

*

Das hölzerne Ferienhaus tauchte so unvermittelt aus der Dunkelheit auf, dass die beiden Polizisten erschrocken stehen blieben. Wie aus dem Nichts erschienen die Konturen zwischen den Bäumen, von dem dahinter liegenden Wasserlauf war nur ein leises Gluckern zu vernehmen. Grote gab Stine ein Zeichen, daraufhin zogen sie ihre Pistolen und umrundeten das Haus, einer von links, einer von rechts. Vor der Eingangstür trafen sie sich wieder. Grote zeigte auf Stines Taschenlampe und zählte ihr mit den Fingern vor: Eins, zwei und drei! Stine verstand ihn, steckte ihre Pistole weg und nahm die Taschenlampe in die Hand. Dann zählte er wieder bis drei. Als sein dritter Finger hochging, schaltete Stine ihre Taschenlampe ein, und gleichzeitig trat er kräftig gegen die Holztür. Sie sprang mit einem dumpfen Knall auf, und Grote stürzte sich mit einem Hechtsprung in das Haus. Stine ging gleichzeitig einen Schritt vor und tauchte den Raum in helles Licht. Sie hatten so etwas noch nie gemeinsam geübt, doch es klappte perfekt. Schon nach dem ersten Rundumblick war jedoch klar, dass sich außer ihnen niemand mehr im Haus aufhielt. Der beißende Geruch eines Desinfektionsmittels verriet ihnen allerdings, dass Rewert bei aller Eile mit Bedacht gehandelt hatte.

*

Johannes Rewert rang mit sich um den Entschluss, wann der richtige Moment zu fliehen wäre. Vielleicht hatte er den besten Zeitpunkt bereits verpasst, denn im Moment des Eindringens in das Haus hätten die beiden Polizisten die Geräusche seiner Flucht wohl gar nicht gehört, doch er zögerte zu lange. Bis zu seinem in dem Forstweg versteckten Auto waren nur wenig mehr als 100 Meter zurückzulegen, und er überlegte, ob er es wagen konnte, den Zufahrtsweg zu benutzen, oder ob er lieber quer durch den Wald laufen sollte. Beide Varianten hatten Vor- und Nachteile, doch seine Unfähigkeit, sich für eine der beiden zu entscheiden, kostete ihn weitere kostbare Sekunden und brachte ihn noch mehr in Bedrängnis.

Die beiden Polizisten kamen wieder aus dem Haus. Er konnte hören, wie sie sich leise absprachen, dann begannen sie, mit ihren Taschenlampen die Umgebung abzusuchen. Während die Frau sich dem Wald auf der anderen Seite zuwandte, bewegte sich der Mann in seine Richtung. Damit waren ihm alle Auswahlmöglichkeiten genommen, denn nun konnte er den Weg nicht mehr benutzen. Der Polizist kam immer näher heran, doch auf einmal bog er ab und entschied sich wohl, zuerst das Gebiet zum Wasser hin abzusuchen.

Johannes Rewert wurde klar, dass sich jetzt seine letzte Chance zur Flucht ergab. Er spannte seinen Körper an und wartete, bis sich der Polizist ein Stück weit entfernt hatte, dann lief er los. Es gelang ihm sogar, die ersten Meter geräuschlos zurückzulegen, doch je tiefer er ins Unterholz geriet, umso mehr Lärm verursachte er. Er zweifelte nicht daran, dass die Polizisten ihn spätestens jetzt hören konnten, und als ihn der Lichtkegel einer Taschenlampe erfasste, nahm er keine Rücksicht mehr und raste wie von Furien gehetzt weiter. Obwohl die Panik in ihm ungeahnte Kräfte freisetzte, konnte er hören, dass der ihm körperlich überlegene Polizist, der die Verfolgung aufgenommen hatte, Meter für Meter gutmachte. Schon bald meinte er, den Atem seines Verfolgers hinter sich zu hören, und überlegte verzweifelt, wie weit es wohl noch bis zu seinem Auto war, als er plötzlich mit einem Fuß an einem Farnkrautbündel hängen blieb und ins Straucheln kam. Nachdem er sich wieder aufgerappelt hatte, wurde ihm endgültig bewusst, dass er verloren hatte. So sehr er sich auch anstrengte, er würde es nicht mehr rechtzeitig schaffen. Zudem befiel ihn die Unsicherheit, ob er überhaupt noch in die richtige Richtung lief oder nicht schon längst die Orientierung verloren hatte.

Das war der Moment, in dem Johannes Rewert aufgab. Er hatte das Wettrennen um seine Freiheit endgültig verloren. Zugleich fasste er aber auch den Entschluss, sich seiner Haut zu wehren. Er lief auf eine dicke Buche zu, die ihm genug Deckung bot, und wartete in ihrem Schatten mit rasselndem Atem, bis das Licht der in der Dunkelheit hin und her pendelnden Taschenlampe nur noch wenige Meter von ihm entfernt war. Dann trat er einen Schritt zur Seite, hob die Hand und drückte ab.

*

Das erste Krachen eines zerbrechenden Astes, das von hinten zu ihm drang, war für Grote wie ein Signal. Er schnellte herum, leuchtete mit der Taschenlampe in den Wald und sah im Nebel den Schatten einer flüchtenden Person.

»Stine, hier ist er!«, rief er noch, dann sprintete er der Gestalt auch schon hinterher. Ihm erging es nicht anders als Rewert, denn je weiter er in den Wald vordrang, desto schwerer kam er voran. Mal klammerten sich Dornenbüsche an seinen Hosenbeinen fest und wollten ihn nicht mehr freigeben, mal waren es hochstehende Baumwurzeln, die ihn zu Fall brachten. Der Lichtstrahl, den die Taschenlampe vor ihm ausbreitete, schwankte hin und her, zeigte mal auf die Erde und mal in den Nachthimmel, doch immer wieder streifte er den Schatten des vor ihm Laufenden und wies ihm Rewerts Weg.

Stefan Grote war sicher: Nur noch kurze Zeit, nur noch einige Meter, dann würde er dicht genug heran sein, um Rewert anspringen und zu Boden reißen zu können. Er hatte zwar immer noch seine Pistole in der Hand und hätte den Flüchtenden sogar anrufen und zum Stehen auffordern können, so wie er es in seiner Ausbildung gelernt hatte, aber diesen klaren Gedanken konnte er im Moment nicht fassen. Ein Gefühl von Wut und Hass auf den Mann, der ihm die Liebe seines Lebens genommen hatte, machte sich in ihm breit und verwehrte ihm jede sachliche Bewertung der Situation. All die Rationalität, die ihn gewöhnlich auszeichnete, war ihm in diesem Moment abhandengekommen. Vielleicht hätte er anders gehandelt, wenn er gewusst hätte, dass Rewert über eine Schusswaffe verfügte, doch diese Möglichkeit hatte er nicht ernsthaft in Betracht gezogen, denn nichts deutete darauf hin.

Als er dann unerwartet, nur wenige Meter weit vor sich den Mann erblickte, der hinter einem Baum hervortrat und in den Lichtstrahl seiner Taschenlampe geriet, war Stefan Grote für den Bruchteil einer

Sekunde überrascht. Er sah nicht einmal, dass der Mann eine Pistole auf ihn richtete, erst der Knall des Schusses und der Lichtblitz ließen ihn so reagieren, wie er es hunderte Male auf dem Schießstand trainiert hatte. Er riss die Waffe hoch und drückte ab, ohne lange zu zielen. Er hätte auch ein zweites Mal geschossen, um den Angreifer mit Sicherheit auszuschalten, aber dazu kam es nicht mehr, denn der Mann vor ihm wurde wie von einem Schlag getroffen, er geriet ins Wanken und sank stöhnend zu Boden.

Erst jetzt verinnerlichte Grote, dass er soeben den Luftzug des auf ihn abgeschossenen Projektils neben seinem Kopf gespürt hatte. Der Schuss hatte ihn nur um Millimeter verfehlt, und er bemerkte, dass ihm die Beine weich zu werden drohten. Mehrmals atmete er tief durch, um sich zu beruhigen, erst dann ging er zögernd auf den Sterbenden zu.

Johannes Rewert lebte zwar noch, doch der aus seinem Mund austretende Blutschaum zeigte an, dass es mit ihm zu Ende ging. Grote kannte diese Symptome, vermutlich hatte sein Schuss ihm die Lunge zerfetzt. Rewert schaute ihm starr in die Augen, als sei er überrascht, dass sein Leben so plötzlich zu Ende gehen sollte, aber dann, nach zwei Atemzügen, mit denen er verzweifelt um Luft rang, wurde sein Blick leer, und sein Kopf fiel kraftlos zur Seite.

*

Stine hatte Grotes Ruf gehört. Sie hetzte um das Haus herum und sah den zuckenden Lichtschein seiner Taschenlampe im Wald verschwinden. So schnell sie konnte, lief sie hinterher, doch ihn einzuholen schaffte sie nicht. Plötzlich erklangen in kurzem Abstand zwei Schüsse, und Stine schreckte zusammen. Obwohl sie laut nach Grote rief, bekam sie keine Antwort. Entweder hatte er sie nicht gehört oder …, doch sie weigerte sich, diesen Gedanken zuzulassen. Trotzdem gelang es ihr nicht, die Angst und das Entsetzen zu verdrängen, die sie überfielen, als sie sich mit gezogener Pistole, zögerlich einen Fuß vor den anderen setzend, tiefer in den Wald begab.

Es schien ihr eine Ewigkeit zu dauern, bis sie endlich den Ort erreichte, der von einer am Boden liegenden Taschenlampe erhellt wurde. Dann erst erkannte sie Grote und atmete erleichtert auf. Zweimal noch hatte sie nach ihm gerufen, jedoch keine Antwort erhalten. Grote stand wie paralysiert da und blickte auf den toten Johannes Rewert. Seine Pistole hielt er noch in der Hand, und Stine sah, dass seine Hand zitterte.

Erst jetzt schien Grote sie zu bemerken, und ein Ruck ging durch seinen Körper, als sei er wieder zur Besinnung gekommen. Er beugte sich nach vorne, hielt tastend einen Finger an Rewerts Halsschlagader und sagte nur: »Es ist aus!« Plötzlich und übergangslos begannen bei ihm wieder die Automatismen zu greifen.

»Rewert hat zuerst geschossen, ich hatte keine andere Wahl«, sagte er mit tonloser Stimme. »Du kennst die Regeln!« Er hielt ihr seine Dienstpistole hin, und Stine ließ sie in eine der Plastiktüten fallen, die sie immer mit sich führte. In einer zweiten Tüte landete Rewerts Pistole.

Grote wusste, dass er als Beteiligter jetzt nicht mehr am Tatort tätig werden durfte, und dass die Staatsanwaltschaft routinemäßig ein Verfahren gegen ihn einleiten würde. Also überließ er es Stine, an der Leitstelle anzurufen und damit einen Großeinsatz auszulösen, der alles Bisherige übertraf. Mit ein oder zwei Streifenwagen zu ihrer Unterstützung war es nun nicht mehr getan.

Grote machte sich allein auf, um ihr Auto zu holen, und damit den Kollegen, die schon bald hier erscheinen würden, den Weg freizumachen. Er hatte gehofft, dass ihn die Minuten des Alleinseins zur Ruhe bringen würden, doch dem war nicht so. Langsam fuhr er durch den Wald und stellte dann das Auto neben dem Waldhaus ab. Dann stieg er aus und setzte sich still auf die Bank, auf der noch wenige Stunden zuvor Johannes Rewert gesessen hatte. Er wusste, dass Stine jetzt viel zu tun hatte und er deshalb lange auf sie warten musste. Niemand hätte ihm die Bitte abgeschlagen, nach Hause gefahren zu werden, doch das wollte er nicht. Erst jetzt, wo er stillsaß, spürte er, dass seine Hände immer noch leicht zitterten. Fast erstaunt nahm er das zu Kenntnis und wischte sich den Schweiß von der Stirn. Er hatte seine Pistole schon oft in gefährlichen Situationen in der Hand gehabt, doch niemals auf Menschen schießen müssen. Manches Mal hatte er sich vorzustellen versucht, wie es sein würde, wenn es einmal zum Äußersten kommen würde. Seine Überlegungen endeten stets mit der Erkenntnis, dass er rational damit umgehen würde. Heute hatte jemand auf ihn geschossen und ihm keine Wahl gelassen, doch mit Logik und Verstand kam er diesmal nicht weiter.

Die Tatortgruppe hatte kaum mit der Arbeit begonnen, da erschien auch schon ein Staatsanwalt, um sich vor Ort ein Bild zu machen. Dem war bewusst, dass jeder Schusswaffengebrauch eines Polizeibeamten in der Öffentlichkeit eine große Debatte auslöste. Wenn da der

Eindruck entstand, dass etwas unter den Teppich gekehrt werden sollte, wäre das fatal, also beschloss er, seine Aufgabe besonders gründlich und kritisch zu verrichten.

Stine hatte noch keine Möglichkeit gehabt, mit Grote ausführlich zu sprechen. Die ergab sich erst, nachdem sie den Tatort übergeben hatte und sie beide zur Dienststelle zurückkehrten. Sie fuhr langsamer, als es erforderlich gewesen wäre, denn sie wollte ihrem Chef Zeit geben, mit ihr zu sprechen, falls ihm danach war. Mehrmals war sie versucht, ihn von sich aus anzusprechen, um ihm zu sagen, welche Angst sie um ihn gehabt hatte, und wie froh sie gewesen war, als sie ihn unversehrt vorfand, doch das traute sie sich nicht. Zu groß war auch die Angst, nicht die richtigen Worte zu finden, denn unweigerlich würde das Gespräch über kurz oder lang in die Frage münden, was genau in den Sekunden passiert war, in denen die beiden Schüsse gefallen waren.

Grote saß neben Stine und schaute schweigend in die Dunkelheit, die allmählich begann, dem neuen Tag zu weichen. Dann fragte er: »Kannst du mal kurz an einer ruhigen Stelle anhalten? Ich brauche eine Pause zum Reden.«

Stine wählte eine Weidezufahrt, die von der Landstraße abzweigte und hielt an. Als das Motorengeräusch erstarb, kurbelte Grote die Seitenscheibe herunter und atmete die frische Morgenluft ein. Das Auto rief die Neugier einiger Pferde hervor, die herübergelaufen kamen und sich schnaubend am Weidezaun aufstellten, als wollten sie dem Gespräch der beiden lauschen, doch nach einigen Minuten verloren sie das Interesse und machten sich wieder davon. Es waren die Minuten, in denen Grote nachdenklich schwieg, bevor er endlich zu sprechen begann:

»Ich habe eben einen Menschen getötet, und man wird mich schon bald fragen, ob das nötig gewesen ist. Nur ich allein weiß, dass ich mir nichts vorzuwerfen habe. Rewert hat zuerst auf mich geschossen, und ich habe so reagiert, wie ich, wie du, ja, wie alle Polizisten es gelernt haben. Es war ein antrainierter Reflex, und wenn ich nicht mit dem ersten Schuss getroffen hätte, wäre es vermutlich um mich geschehen gewesen. Du darfst mir glauben, Stine, es belastet mich, dass ein Mensch durch meine Hand sterben musste, aber ich fühle mich nicht schuldig. Wenn ich mir etwas vorwerfen lassen muss, dann ist es meine eigene Unvorsichtigkeit. Ich hätte Rewert anrufen und zur Aufgabe auffordern können, aber ich wollte ihn um jeden Preis packen. Darum habe ich auch kcinc Unterstützung haben wollen, als wir in den

Wald gingen. In diesen Minuten habe ich nur an Heike gedacht, das hätte mir nicht passieren dürfen.«

Dann drehte er sich zu Stine und schaute ihr fest in die Augen. »Ich wollte, dass du als Erste hörst, wie es war, und ich hoffe, du kannst mich verstehen.«

Stine hielt seinem Blick stand. »Mach dir keine Sorgen, Stefan! Ich kann nachfühlen, was in dir vorgeht, und du kannst mir glauben, dass ich auf deiner Seite bin. Für einige Sekunden befürchtete ich, dass Rewert dich erschossen hat, weil du auf meine Rufe nicht reagiert hast.«

Grote blickte zweifelnd. »Du hast nach mir gerufen? Ich habe nichts gehört.«

Stine lächelte. »Ich weiß, ich weiß.«

Nach diesem Gespräch fuhr Stine weiter und setzte Grote zu Hause ab. Wozu ihn jetzt noch mit zur Dienststelle nehmen, es gab im Moment nichts für ihn zu tun, und die kommenden Tage würden schwer genug für ihn werden. Bevor sie sich verabschiedeten, gab sie ihm noch den Rat, den kommenden Tag frei zu nehmen, um seine Gedanken zu ordnen, und sie war froh, als Grote zustimmte.

Konsequenzen

Stine erschien wieder einmal viel zu früh im Büro. Eine innere Unruhe hatte sie aus dem Bett getrieben, und als sie im Internet die Schlagzeilen der Onlinezeitungen überflog, machte sich eine böse Ahnung in ihr breit. Für die Morgenzeitungen hatte die Zeit nicht mehr gereicht, um den Vorfall der vergangenen Nacht als Aufmacher zu bringen, aber alle anderen nutzten die Chance, das mediale Sommerloch zu füllen.

»Todesschüsse im Wald« hieß eine Schlagzeile, eine andere stellte die Frage: »Wer schoss zuerst?«. Die Redaktion einer Onlinezeitung, die es mit der Wahrheit nicht immer sehr genau nahm, ließ sich sogar zu dem Aufmacher »Polizist schießt Flüchtendem in den Rücken« hinreißen. Stine wurde wütend, denn die Schlagzeilen waren reißerisch, manche kamen sogar einer Vorverurteilung gleich oder waren frei erfunden. Alles, was dort geschrieben stand, war spekulativ, denn eine offizielle Presseerklärung der Staatsanwaltschaft hatte es bislang noch gar nicht gegeben, und sie fragte sich, woher die Medien ihre Informationen hatten. Es war wohl immer wieder dasselbe Problem, dachte sie. Da verkaufte jemand sein Halbwissen an die Presse, ohne die Folgen seiner Indiskretion zu bedenken.

Am Vormittag läutete das Telefon. Der ermittelnde Staatsanwalt mit dem beunruhigenden Namen Dr. Scharf war in der Leitung. Stine hatte ihn in der gestrigen Nacht kurz am Tatort gesprochen, und er hatte in seiner kühlen, abweisenden Art keinen guten Eindruck auf sie gemacht. Ohne Umschweife begann er nun: »Frau Lessing, ich möchte Sie und Herrn Grote um 15 Uhr in meinem Büro sehen. Es gibt einige offene Fragen, die ich schnellstens geklärt haben will, bevor die Gerüchte überhandnehmen. Ihren Chef habe ich bereits davon in Kenntnis gesetzt. Er hat sein Erscheinen zugesagt und sich bereit erklärt auszusagen, obwohl er das nicht müsste, falls er sich selbst dadurch belasten würde. Es spricht für Herrn Grote, dass er zur Aufklärung beitragen will. Wir sehen uns also heute Nachmittag.«

Stine legte auf, und das Blut schoss ihr in den Kopf. Sie wusste nicht, wie sie den Staatsanwalt einschätzen sollte, denn sein Ton war geschäftsmäßig und kühl gewesen, doch wurde sie das Gefühl nicht los, als gebe er sich die größte Mühe, Grote ein Fehlverhalten unterzuschieben. Sie konnte nur für Stefan hoffen, dass sie sich irrte und der Staatsanwalt unvoreingenommen auf den Fall blicken und sich nicht von den Medien beeinflussen lassen würde.

Ruhelos ging sie auf und ab. Stefan Grote mochte vom Jagdfieber geleitet zwar unüberlegt gehandelt haben, sie zweifelte jedoch nicht daran, dass sich ihr Chef korrekt verhalten und in Notwehr geschossen hatte. Sie hätte alles getan, um ihm zu helfen, doch letztlich waren ihr die Hände gebunden. Dann fiel ihr Professor Hellinghaus ein. Sie hatte in der Nacht dafür gesorgt, dass Rewerts Leichnam nicht zu irgendeinem Pathologen gebracht wurde, sondern zum Pathologischen Institut des Landeskriminalamtes.

Spontan entschloss sie sich, den Professor anzurufen. Als sie ihn endlich am Telefon hatte, erzählte sie ihm von dem Druck, der durch die Medien entstanden war, und dem Staatsanwalt, dem sie nicht traute. »Darum bitte ich Sie, Herr Professor, dieses Mal ganz besonders gründlich hinzuschauen. Ich habe große Sorge, dass Grote Unrecht getan wird. Er hat so etwas nach unserem Einsatz auf Juist schon einmal erleben müssen, ein zweites Mal möchte ich ihm das ersparen.«

Der Professor hatte geduldig zugehört und dann mit väterlicher Ruhe geantwortet: »Liebe Frau Lessing, ich schaue IMMER besonders gründlich hin, aber weil Sie es sind, schaue ich nachher sogar ZWEIMAL besonders gründlich hin, das verspreche ich Ihnen.«

Nachdem das Gespräch mit dem Professor beendet war, fühlte Stine sich ein wenig besser. Ob sie Grote mit diesem Anruf hatte helfen können, stand allerdings in den Sternen.

Eigentlich wollte sie die Zeit bis zum Termin beim Staatsanwalt nutzen, um ihre Ermittlungsakten auf den neuesten Stand zu bringen, doch es gelang ihr nicht, sich zu konzentrieren. Gegen 14.30 Uhr, kurz bevor sie sich auf den Weg machen musste, rief sie noch einmal in Hannover an. Sie wollte sich erkundigen, ob schon ein Obduktionsergebnis vorläge, erhielt aber nur die Auskunft der Sekretärin des Professors, dass der sich immer noch im Obduktionssaal aufhalte. Die Sekretärin spürte die Unruhe der jungen Polizistin und versprach ihr, den Professor zu veranlassen, sie unverzüglich nach dem Abschluss der Untersuchungen auf ihrem Handy anzurufen.

Von der Polizeidienststelle zum Gebäude der Staatsanwaltschaft am Schloßplatz waren es nur 300 Meter zu laufen. Auf dem Weg dorthin beneidete Stine die vielen Menschen, die im Schatten der Bäume in den Grünanlagen den Sommer genossen. Gerne hätte sie etwas von der Unbeschwertheit, die diese Bilder ausstrahlten, in sich gefühlt, aber die Sorge um Stefan Grote lastete schwer auf ihr.

Als sie das Gebäude der Staatsanwaltschaft betrat, sah sie ihren Chef schon von weitem. Er hatte sich auf eine Bank im Flur gesetzt, blätterte flüchtig in einem der ausliegenden Magazine herum und wirkte übernächtigt. Sowie er Stine bemerkte, warf er überrascht das Magazin zur Seite, stand auf und ging mit einem verkrampften Lächeln und ausgebreiteten Armen einige Schritte auf sie zu, dann jedoch stockte er. Stine sah ihm an, dass er sich freute, sie zu sehen, gleichzeitig aber zu bedauern schien, dass sie in die Sache mit hineingezogen wurde. Er ließ die Arme sinken, sein Lächeln verschwand, und er wurde ernst.

»Du auch?« Stine tat, als bemerke sie seine Unsicherheit nicht, ging auf ihn zu und nahm ihn in die Arme: »Du siehst nicht besonders gut aus, Chef!«

»Nein, da hast du leider recht! Diese Nacht hat mir keinen Schönheitsschlaf beschert, ich fühle mich wie durch den Fleischwolf gedreht.«

Stine wollte ihm gerade versichern, dass es ihr ähnlich gehe, da öffnete sich die gegenüberliegende Tür und Dr. Scharf winkte die beiden zu sich herüber. „Da sind Sie ja, sehr schön, dann können wir gleich anfangen. Kommen Sie bitte herein und setzen Sie sich!«

Grote und Stine betraten das Zimmer des Mannes, der es nicht einmal für nötig gehalten hatte, sie zu begrüßen oder Stefan Grote nach seinem Gemütszustand zu fragen. Staatsanwalt Dr. Scharf griff sich eine Akte, schlug sie auf und kam gleich zur Sache:

»Herr Grote, Sie wissen, dass Sie sich nicht selbst belasten müssen und jederzeit die Aussage verweigern können.«

Grote nickte und antwortete schroff: »Dazu gibt es keinen Grund!«

»Gut!« Dr. Scharf nickte, dann wandte er sich Stine zu. »Bei Ihnen, Frau Lessing stellt sich die Sache anders dar. Sie, als Zeugin, dürfen die Aussage nicht verweigern.« Stine nickte wortlos, und der Staatsanwalt war zufrieden.

Dr. Scharf gab nun Grote die Gelegenheit, den Ablauf des gestrigen Tages aus seiner Sicht darzulegen. Er stellte keine Zwischenfragen, nickte nur gelegentlich und machte sich seine Notizen. Dann war Grote fertig.

Der Staatsanwalt hatte sich zuvor überlegt, ob er die beiden Polizisten getrennt voneinander vernehmen sollte, hatte aber davon abgesehen, denn bei den alles entscheidenden Sekunden im Wald war Grote allein gewesen, somit bestand auch nicht die Gefahr einer gegenseitigen Absprache. Also wandte er sich nun Stine zu, und das Spiel wiederholte sich. Nachdem Stine ihre Aussage gemacht hatte, überflog er seine Aufzeichnungen noch einmal, schaute Grote nachdenklich und durchdringend an und begann kritisch nachzufragen:

»Ich möchte Ihnen sagen, warum ich ein Problem habe. Sie, Frau Lessing, können vermutlich sehr wenig dazu beitragen, wenn es um die Klärung der Frage geht, was genau passierte, als die Schüsse fielen. Genau das bereitet mir allerdings einige Kopfschmerzen. Sie, Frau Lessing, hörten in schneller Folge zwei Schüsse, so haben Sie gesagt. Genauso haben auch Sie es geschildert, Herr Grote, da stimmen ihre Aussagen also überein. Die Frage ist allerdings, wer hat zuerst geschossen?«

Der Staatsanwalt schaute Grote starr in die Augen. »Sie sagen, Herr Grote, ein Schuss habe Sie knapp verfehlt, erst dann hätten Sie zurückgeschossen. Das mag so gewesen sein, doch es besteht ebenfalls die Möglichkeit, dass Sie zuerst geschossen haben und das sich erst danach aus Rewerts Waffe ein Schuss löste, denn er war ja nicht sofort tot. Das haben Sie selbst angegeben. Das Projektil aus Rewerts Waffe haben Ihre Kollegen von der Spurensicherung jedenfalls nirgendwo finden können.«

Grote sprang auf und wollte sich empört gegen diesen Vorwurf wehren, doch Dr. Scharf winkte ab. »Bleiben Sie ruhig, Herr Grote, ich will Ihnen doch gar nichts Böses. Ich möchte nur, dass wir mit gutem Gewissen vor die Medien treten können, um dem sich abzeichnenden »Shitstorm« entgegenzutreten.«

Grote nahm unwillig wieder Platz und spürte, dass in ihm eine Mischung von Panik und Hilflosigkeit aufstieg. Es war dasselbe Gefühl wie damals, nach den Schüssen auf Juist. Sein Chef hatte ihm am nächsten Tag gesagt, dass er für einige Tage beurlaubt werde, bis sich alles schnell aufgeklärt habe, doch so einfach war das nicht. Die Schüsse vor dem Dünenhaus hatte sein Leben durcheinandergewirbelt, noch einmal würde er das nicht ertragen, von seiner Familie ganz zu schweigen.

Stine beobachtete Grote genau und bemerkte, dass sein blasses Gesicht mittlerweile rot angelaufen war. Ihr Chef kämpfte verzweifelt um Selbstbeherrschung.

Schon sprach der Anwalt weiter. »Da ist noch eine Frage, die ich Ihnen stellen muss: Warum ist es überhaupt zu dieser Situation gekommen, die mich ein wenig an einen Wild-West-Film erinnert? Da stehen sich Gut und Böse am Ende bei einem Duell Aug' in Aug' gegenüber. Eine solche Eskalation war doch vermeidbar, schließlich hätten Sie den Flüchtenden anrufen können, ja sogar anrufen müssen, um ihn zum Aufgeben zu bewegen. Spätestens vor Abgabe Ihres

Schusses hätten sie Rewert warnen müssen. Sie kennen die Bestimmungen. Vielleicht hätte er dann seine Waffe weggeworfen und die Hände gehoben.« Der Staatsanwalt zögerte, dann fügte er hinzu: »Anders wäre die Lage zu beurteilen, wenn Rewert zuerst auf Sie geschossen hätte, aber das wissen Sie selbst.«

Stine merkte, wie ihr Herz schneller zu schlagen begann. Genau diese Frage hatte sie sich nach den Schüssen im Wald auch schon gestellt und von Grote auf der Rückfahrt zur Dienststelle eine unbefriedigende Antwort erhalten.

Nun legte der Staatsanwalt den Finger noch tiefer in die Wunde: »Aus einer von Ihnen selbst verfassten Aktennotiz konnte ich ersehen, Herr Grote, dass Sie früher einmal eine Beziehung zu der Frau des Getöteten unterhalten haben. Ihre Ehrlichkeit erkenne ich an, und ich möchte Ihnen auch nichts unterstellen, aber wäre es nicht denkbar, dass Sie, von Ihren Gefühlen übermannt und von Rache geleitet, Rewert gezielt erschossen haben?«

Grote schüttelte wütend den Kopf. »So war es nicht, Herr Dr. Scharf! Ich war aufgebracht, und das Jagdfieber hatte mich gepackt, das gebe ich zu. Aber bei der Verfolgungsjagd im Wald konnte ich den Abstand zu Rewert nie genau einschätzen. Über dem feuchten Waldboden hatte sich eine Dunstschicht gebildet, und sein Umriss wurde immer nur für Sekundenbruchteile von meiner Taschenlampe erfasst, dann war er schon wieder verschwunden. Als er plötzlich vor mir aus dem Schatten des Baumes auftauchte, war ich überrascht, dass ich schon so dicht an ihm dran war. Wäre mir das eher bewusst gewesen, hätte ich ihn vorher vielleicht angerufen, aber dazu war keine Zeit mehr.«

Stine spürte, dass der Staatsanwalt mit sich um eine Einschätzung rang. Alles stand auf des Messers Schneide. Da fiel ihr ein Umstand ein, der bisher noch keine Rolle gespielt hatte und eindeutig für Grote sprach.

»Ich möchte Sie gerne darauf hinweisen, Herr Staatsanwalt, dass Johannes Rewert unseren Ermittlungen zufolge zwar mehrere Morde begangen, bei keiner dieser Taten jedoch eine Schusswaffe benutzt hat. Mein Chef hatte somit keinerlei Hinweise darauf, dass während der Verfolgung plötzlich auf ihn geschossen werden würde.«

Dr. Scharf blickte Stine lange an, dann hellten sich seine Gesichtszüge etwas auf. »Das ist ein überzeugendes Argument, Frau Lessing. Es räumt zwar noch nicht alle Zweifel aus, führt uns aber auf den richtigen Weg.«

*

Professor Hellinghaus hatte einige seine jungen Kollegen um sich geschart, damit sie bei der bevorstehenden Obduktion von ihm lernen konnten. Selbstverständlich wurde jede Obduktion in seinem Hause mit größter Sorgfalt durchgeführt, dafür stand er schließlich mit seinem Namen. Diese hier allerdings war von besonderer Bedeutung, denn jeder Schuss eines Polizisten konnte sich schnell zu einem Politikum ausweiten. Es hätte gar nicht Stines Anrufes bedurft, um ihm das klarzumachen, aber das Wissen um die Probleme, die auf Stefan Grote zukamen, motivierte ihn zusätzlich und bestärkte ihn in dem Entschluss, seine Unfehlbarkeit auf ein neues Level zu heben. Wenn es irgendetwas gab, was Grotes Position stärken konnte, würde er es finden.

Nach einer gründlichen äußeren Begutachtung öffnete der Professor den Leichnam mit einem beherzten Y-Schnitt und dozierte ausgiebig über die Vorteile gegenüber einem T-Schnitt. Hellinghaus war in seinem Element und überließ Teile seiner Arbeit den jungen Ärzten, denen er dabei kritisch auf die Finger sah. Die Todesursache war schnell gefunden und stellte keine Herausforderung dar. Grotes Projektil war schräg in Rewerts Körper eingedrungen, von einer Rippe abgelenkt worden und hatte die Lunge zerfetzt. Danach hatte es noch die Aorta in Mitleidenschaft gezogen und war stecken geblieben. Der Professor ließ den Schusskanal genau feststellen und dokumentierte damit, dass die Untersuchungsergebnisse grundsätzlich mit der Aussage Grotes im Einklang waren.

Nach zwei Stunden wurde der Leichnam wieder verschlossen, dann ließ Hellinghaus seine Kollegen einen Schritt zurücktreten und betrachtete den Leichnam zum Abschluss noch einmal in aller Ruhe. Dieses Ritual hatte er sich im Laufe der Jahre angewöhnt, und es hatte ihm schon manches Mal überraschende Erkenntnisse geliefert. Kritisch glitt sein Blick über den bleichen Körper und blieb dann an der rechten Hand des Toten hängen. Es waren noch Reste der Schmauchspuren zu erkennen, die sich nach der Abgabe des Schusses auf Rewerts Haut abgesetzt hatten. Die Polizisten der Tatortgruppe hatten einen großen Teil davon mit einer Folie abgenommen und gesichert. Damit konnte zumindest bewiesen werden, dass Rewert selbst einen Schuss abgegeben hatte. Die wichtige Frage, ob er als Erster schoss, ließ sich dadurch allerdings nicht beantworten.

Hellinghaus beugte sich jetzt immer weiter nach vorne, dabei streckte er die Hand nach hinten. »Lupe, aber fix!« Zwei der jungen Ärzte liefen gleichzeitig übereifrig los und behinderten sich gegenseitig. Dem Gewinner des Wettrennens wurde die Ehre zuteil, dem Professor die

Lupe überreichen zu dürfen. Dann herrschte wieder gespanntes Schweigen.

»Skalpell und Objektträger!«, kam das nächste Kommando und brachte wieder Bewegung in die Ärzteschar. Hellinghaus begann nun vorsichtig, mit dem Skalpell einen winzigen Blutstropfen mitsamt einem Teil der Haut des Toten von der Hand zu lösen. Er legte den Hautfetzen auf einen Objektträger und ging damit zum Mikroskop, immer verfolgt von den Kittelträgern, die ihrem Lehrmeister an den Lippen hingen.

Hellinghaus betrachtete seinen Fund lange und ausgiebig. Nun forderte er einen seiner Assistenten auf, sich das Objekt näher zu betrachten: »Los, Schröder, reinschauen und Schlussfolgerung! Aber hopp!«

Schröder setzte sich mit Schweißperlen auf der Stirn an das Mikroskop und blickte hinein. Ein wenig später traute er sich zu sagen: »Ich sehe Schmauchspuren auf der Haut, aber keine Schmauchspuren auf dem Blutstropfen!«

Der Professor klopfte ironisch Beifall: »Rrrrichtig, Schröder, und das heißt?«

Schröder wurde nervös und hatte keine Ahnung, was das bedeutete.

Hellinghaus dauerte das zu lange: »Dann will ich es Ihnen verraten: Das beweist nichts anderes, als dass Rewert VOR dem Polizisten geschossen haben muss. Unmittelbar nach Abgabe seines Schusses lagerten sich die Schmauchspuren auf seiner Haut ab. Erst DANACH wurde er von dem Schuss des Polizisten getroffen. Ein winziger Blutstropfen spritzte von der Einschussöffnung in der Brust auf seine Hand und legte sich über die bereits vorhandenen Schmauchspuren. Er wurde also erst von Grotes Schuss getroffen, nachdem er selbst geschossen hatte.«

Schröder wagte noch zu fragen: »Und das ist wichtig?«

Professor Hellinghaus sah seinen jungen Kollegen voller Mitleid an, dann stammelte er nur kopfschüttelnd: »Schröder, Schröder, Sie machen mich fertig!«

Hellinghaus gab noch Anweisungen, das Ergebnis fotografisch zu dokumentieren, und ging in sein Büro, um seinen Bericht zu verfassen. Die Sekretärin hatte bereits Feierabend gemacht, ihm aber einen Zettel auf den Tisch gelegt. »Bitte dringend Frau Lessing von der Kripo in Aurich anrufen.« Sie hatte Stines Handynummer notiert und noch einmal daruntergeschrieben: »Scheint wirklich sehr dringend zu sein!«

»Das kann ich mir gut vorstellen«, murmelte der Professor und wählte die Nummer.

*

Staatsanwalt Dr. Scharf war gerade dabei, die Aussagen der beiden Polizisten zusammenzufassen und in seinen PC zu tippen. Ab und zu stellte er noch Zusatzfragen, doch Grote und Stine mussten sich eingestehen, dass sie den Mann falsch eingeschätzt hatten. Dr. Scharf war absolut neutral und ehrlich bemüht, den Sachverhalt aufzuklären, so wie es seiner Rolle in der Justiz entsprach. Als Stines Handy sich meldete, schaute er sie ungnädig an. »Frau Lessing, das muss jetzt wirklich nicht sein. Schalten Sie das Telefon bitte aus!«

Stine wollte das gerade tun, doch als sie sah, dass der Anruf von Hellinghaus kam, stand sie entschlossen auf. »Tut mir leid, aber das ist dienstlich.« Dann ging sie auf den Flur, um ungestört sprechen zu können.

Der Professor war aufgeräumter Stimmung, schließlich wusste er, dass er gute Nachrichten hatte. »Frau Lessing, wie schön, Ihre jugendfrische Stimme an diesem heißen Tag erneut zu hören.«

Normalerweise wäre Stine gerne auf diese Alberei eingegangen, doch heute war ihr nicht danach.

»Herr Professor, ich sitze gerade mit meinem Chef beim Staatsanwalt. Grote steht bezüglich der Reihenfolge und der Notwendigkeit seiner Schussabgabe ziemlich unter Druck. Ich hatte gehofft, dass Sie mir in dieser Frage etwas sagen können, was uns hilft.«

Hellinghaus spürte zwar die Angespanntheit der jungen Polizistin, gönnte sich aber trotzdem eine blumige Einleitung: »Aber Sie wissen doch, dass ich Ihnen niemals einen Wunsch abschlagen könnte.« Dann wurde er mit einem Schlag sachlich und erläuterte ihr das Ergebnis seiner Untersuchungen. »Spätestens morgen Mittag haben Sie das Ergebnis auf dem Schirm«, versprach er.

Stine erkannte die Tragweite dessen, was der Pathologe ihr gerade berichtet hatte, sofort. Durch seinen Befund war Grote komplett rehabilitiert, und das duldete keinen Aufschub. »Ich würde Sie bitten, das was Sie mir gerade erzählt haben, Dr. Scharf selbst zu sagen! Bleiben Sie bitte dran!«

Stine stürmte, ohne anzuklopfen, in das Zimmer des Staatsanwalts zurück und erntete erneut einen tadelnden Blick, doch das war ihr egal. Sie streckte Dr. Scharf ihr Handy entgegen und sagte: »Professor Hellinghaus, der Leiter des Pathologischen Instituts des LKA Hannover, möchte Ihnen etwas Wichtiges mitteilen.«

Der Staatsanwalt nahm Stines Handy und hörte konzentriert zu, was der Professor zu sagen hatte. Nebenbei griff er zum Kugelschreiber und begann zu notieren. Grote schaute zu Stine hinüber, und ihre Blicke trafen sich. Stine lächelte, wischte sich die roten Haare von der verschwitzten Stirn und hob den Daumen. Da wusste Grote, dass sich gerade etwas zu seinen Gunsten zu wandeln begann.

Nach wenigen Minuten beendete Dr. Scharf das Gespräch und wandte sich an Stine: »Der Professor lässt Ihnen bestellen, da wäre noch eine Obduktion mit Ihnen offen, was immer das auch bedeuten soll.«

Dann gab er Stine ihr Handy zurück und sagte zu Grote: »Wie hilfreich doch ein winzig kleiner Blutstropfen sein kann – für Sie persönlich und für die Wahrheitsfindung!«

Grote schaute den Staatsanwalt fragend an, er verstand nicht. »Sie und Ihre Kollegin können jetzt gehen, Herr Grote. Frau Lessing wird Ihnen verraten, warum der Anruf des Professors so bedeutungsvoll war. Ich werde noch heute eine Presseerklärung herausgeben. Die Untersuchung gegen Sie wird selbstverständlich eingestellt, denn es gibt keinen Zweifel mehr daran, dass Sie in Notwehr geschossen haben. Der Bescheid geht Ihnen in den nächsten Tagen zu.« Er stand auf und gab beiden die Hand: »Es freut mich für Sie beide, ehrlich!«

Grote war von der Wendung der Ereignisse förmlich überrollt worden und musste sich von Stine erst einmal erklären lassen, was gerade geschehen war. Nun ging er mit schweren Schritten über den stickigen Flur des Justizgebäudes und atmete tief durch, als sie endlich an der frischen Luft waren. Sie liefen gemeinsam durch den Schlosspark und setzten sich unter einem Baum ins Gras. Stine spüre, dass Grote dringend einige Minuten für sich benötigte und verkündete: »Heute bin ich mal großzügig und spendiere ein Eis. Du wie immer mit viel Frucht, ohne Sahne?« Grote lächelte: »Unbedingt! Gibt es eigentlich auch Eis mit viel Alkohol? Ich könnte jetzt wirklich einen Schluck vertragen.«

Den Wunsch nach Alkohol konnte Stine ihm nicht erfüllen, sie hatte allerdings auch nicht den Eindruck, dass er ihn noch nötig hatte, denn als sie mit dem Eispaket in der Hand zurückkehrte, war er wie verwandelt. Die Viertelstunde ohne sie hatte genügt, um wieder den Chef und Kollegen aus ihm zu machen, den Stine so sehr mochte. Grote hatte ihre Abwesenheit genutzt und ausgiebig mit seiner Frau telefoniert.

»Anna hat zu Hause wie auf Kohlen gesessen und mitgefiebert. Jetzt ist sie überglücklich und lässt dich herzlich grüßen.«

Während er mit Hingabe das Eis genoss, sprach er noch über die Gedanken, die ihm seit gestern Nacht durch den Kopf gegangen waren: »Es war ja nicht nur das Wissen darum, dass ich einen Menschen getötet und was ich durch meinen Schuss in Bewegung gesetzt hatte. Da war auch noch der Eindruck des Projektils, das unmittelbar an meinem Kopf vorbeigeflogen ist. Ich hatte unglaubliches Glück, nur einige Millimeter weiter zur Seite, dann wäre es mit mir aus gewesen, und ich hätte durch meine Unbedachtheit Anna zur Witwe und die Jungs zu Waisen gemacht! Ich muss zugeben, dieser Gedanke hängt mir schon ein wenig an.«

Stine wollte diese dunkle Grübelei gar nicht erst wieder aufkommen lassen. Der Schalk blitzte aus ihren Augen, als sie ihn anschaute und rezitierte: »*Mut steht am Anfang des Handelns, Glück am Ende.* Das hat schon der griechische Philosoph Demokrit gesagt. Oder, wie mein Papa es gerne ausdrückte: *Das Glück ist mit die Doofen!*«

Sie warf sich vorsichtshalber zur Seite, denn wenn sie in den unerschöpflichen Fundus ihrer Zitate griff, musste sie immer auf eine Reaktion Grotes gefasst sein, und so war es auch heute. Allerdings war sie nicht schnell genug gewesen, denn Grote nahm eine Ladung Zitroneneis auf den Plastiklöffel und schnipste ihn Stine mitten ins Gesicht. »Du und deine Sprüche!«

Ein teurer Abend

Der nächste Morgen lief an der Dienststelle so ab, als hätte es den Besuch Heike Wegmanns mit all seinen schwerwiegenden Folgen niemals gegeben. Alles war so wie immer: Die Kaffeemaschine röchelte, und Grote kam wieder einmal verschwitzt in das Büro. Trotz der zu erwartenden Hitze hatte er sich am Morgen seine Joggingschuhe gegriffen und war zum Dienst gelaufen. So viel hatte sich in ihm angestaut, da half der Lauf, den Kopf freizubekommen.

Stine hatte auf dem Weg zum Dienst einige Morgenzeitungen gekauft und festgestellt, dass die Presseerklärung des Staatsanwalts bereits Früchte getragen hatte. Die seriösen Zeitungen hielten sich an die Informationen des Staatsanwaltes und berichteten fair. Auch die meisten Onlinezeitungen korrigierten ihre Berichterstattung und diejenigen, denen es nur um billige Skandalberichterstattung ging, schwiegen einfach. Eine Gegendarstellung hielten sie nicht für nötig, doch damit musste man leben.

Stine breitete die Zeitungen auf Grotes Schreibtisch aus, und als er das Zimmer betrat, konnte er mit einem Blick erkennen, dass sich die Wogen geglättet hatten. Stine wusste, dass es ihm guttun würde, denn er litt immer noch darunter, dass die Medien ihn nach ihrem gemeinsamen Einsatz auf Juist wochenlang vor sich hergetrieben hatten. Gefühlt lag dieser Einsatz im Dünenhaus schon so unendlich lange zurück, und doch war er ihnen beiden nahe.

Sie wollte sich gerade der täglichen Routine widmen, als die Tür aufgerissen wurde, ohne dass zuvor angeklopft worden war. Skipper trat ein, gekleidet wie immer, als käme er gerade von einer Weltumsegelung zurück. Breitbeinig stellte er sich in das Zimmer und begann zu schimpfen: »Leute, Leute! Euch beide darf man auch nicht allein auf die Menschheit loslassen! Als ich die Zeitungen aufschlug, wusste ich sofort, dass es nur um euch gehen konnte. Warum habt ihr mich nicht in der Nacht angerufen, als ihr Rewert festnehmen wolltet? Ihr wisst doch, dass ihr mich jederzeit aus der Koje holen dürft, wenn ihr mich braucht!«

Grote ging auf den Besucher zu und klopfte ihm auf die Schulter. „Das wissen wir natürlich, Skipper, aber du wärst zu spät gekommen. Wir hatten keine andere Wahl, Rewert wäre uns entkommen, wenn wir gezögert hätten.«

Skipper ließ sich nun alles haarklein erzählen, und als Grote ihm schilderte, wie knapp Rewerts Schuss ihn verfehlt hatte, meinte er trocken: »Super, dann weiß ich ja, wer heute Abend die Zeche zahlt. Ist schließlich deine Geburtstagsfeier.«

Stine sah Grote fragend an, doch auch ihr Chef wusste nicht, was Skipper gemeint hatte. Erst als der zu Grotes Schreibtisch ging und auf dessen Terminplaner zeigte, kam Grote die Erleuchtung. »Wo er recht hat, hat er recht!«, stimmte er zu und fasste sich an die Stirn. »Da steht es schwarz auf weiß: Heute ist unser gemeinsamer Dartabend.«

»Richtig«, bestätigte Skipper, »Frauke und Sören haben schon bei mir angefragt, ob es denn dabei bleibt.«

Auch Stine musste zugeben, dass sie nicht an das regelmäßige Treffen gedacht hatte, es war im Trubel der vergangenen Tage untergegangen.

Der Dartabend in der gemütlichen Kneipe am Auricher Hafen verlief eigentlich wie immer. Stefan Grote versemmelte einen Wurf nach dem anderen und war wie gewohnt mit großem Abstand der schlechteste Werfer. In einem unterschied sich der Abend dann aber doch von den vorherigen, denn Grote ärgerte sich dieses Mal nicht darüber, und als sie nach dem Spiel in der warmen Sommernacht draußen vor dem Lokal zusammensaßen, verkündete er, dass alle Getränke des Abends auf ihn gingen. »Schließlich hatte ich vorgestern Geburtstag, wie Skipper richtig sagte.« Er hob das Glas, und ihm war klar, dass es ein sehr teurer Abend für ihn werden würde. Nachdem er zu fortgeschrittener Stunde allerdings von dem skurrilen Schluckauf-Erlebnis mit seiner leicht angeschickerten Kollegin in Sande erzählt hatte, geriet Stine dermaßen unter Druck, dass sie wohl oder übel die Kosten für die letzte Runde übernehmen musste.

Kurz nach Mitternacht verabschiedeten sich die fünf Freunde gut gelaunt und lautstark vor dem Lokal und erschreckten dadurch einige Anwohner aus dem Nebenhaus. Skipper und die beiden Leeraner Kollegen orderten Taxis, während Stine und Grote sich auf ihre Fahrräder schwangen.

Ein Stück des Weges radelten sie gemeinsam durch die warme Nacht, dann bog Grote in Richtung Wiesens ab. Stine hatte es nicht mehr weit und konnte ihr Wohnhaus am Ende der Straße bereits erkennen, als sie von einem schwarzen Mercedes mit niederländischem Kennzeichen überholt wurde. Fast zufällig ging ihr Kopf zur Seite. Im Fond der Limousine saß ein lässig gekleideter Mann mittleren Alters, der mit seinem Handy beschäftigt war. Der Fahrer trug einen Anzug, der vermuten ließ, dass es sich um den Chauffeur handelte. Das Neonlicht einer Werbetafel streifte sein Gesicht und Stine zuckte zusammen. Sie war sicher, dass sie soeben Gero Bakker gesehen hatte, den Mann, der ihr seit dem Fall auf Juist nicht mehr aus dem Kopf ging.

Ende

Ostfrieslandkrimi-Empfehlungen des Klarant Verlages

Kennen Sie die Ostfrieslandkrimi-Serie **»Ein Fall für Grote & Lessing«** *von Hans-Rainer Riekers?*

Der erfahrene Hauptkommissar Stefan Grote weiß zuerst nicht so recht, was er von der hübschen Kriminalanwärterin Stine Lessing halten soll: zu zierlich, zu modisch für den Polizeidienst. Doch schon bald merkt Grote, dass seine junge Kollegin hochintelligent ist, die beiden wachsen zu einem echten Team zusammen. Allerdings hat Stine eine Schwäche, die sie bislang geschickt verbergen konnte: In bestimmten Grenzsituationen, unter hohem Druck und bei Gefahr, wird sie von ihrer Angst eingeschnürt und ist zu keiner rationalen Handlung mehr fähig.

Nach ihrem ersten gemeinsamen schicksalhaften Mordfall auf der Nordseeinsel Juist werden Grote und Lessing als Sonderermittler nach Aurich versetzt. In ganz Ostfriesland gehen sie nun dem Verbrechen auf die Spur.

In der Serie sind bereits folgende Ostfrieslandkrimis erschienen:

»Dünenhausmord«, Band 1
Taschenbuch-ISBN: 978-3-96586-241-8
eBook-ISBN: 978-3-96586-242-5

Hauptkommissar Stefan Grote und Kriminalanwärterin Stine Lessing haben es in ihrem ersten Fall in Ostfriesland mit einer skrupellosen Täterin zu tun, die vor nichts zurückschreckt. Ihr erstes Opfer ist der Architekt Enno Oltmanns, der in seinem Dünenhaus auf der Nordseeinsel Juist ermordet aufgefunden wird. Oltmanns galt als grummeliger Einzelgänger, doch wer könnte eine derartige Wut auf ihn gehabt haben? Als wenig später auch der vom Festland geschickte Kriminalbeamte getötet und der Aktenkoffer mit Beweismitteln entwendet wird, ist klar, dass die Täterin bereit ist, jedes Hindernis aus dem Weg zu räumen. Grote & Lessing übernehmen den Fall. Alles, was die Ermittler haben, ist das Phantombild einer attraktiven jungen Frau und das einzige verbliebene Beweisstück: ein schwarzes Haar. Und die Gewissheit, dass die Täterin ihren Rachefeldzug gerade erst begonnen hat …

»Emsdeichmord«, Band 2
Taschenbuch-ISBN: 978-3-96586-309-5
eBook-ISBN: 978-3-96586-310-1

In der neuen Dienststelle in Aurich haben sich Hauptkommissar Stefan Grote und seine junge Kollegin Stine Lessing gut eingelebt. Als sie bei einem spektakulären Geldautomatenraub, der mit dem Tod von zwei Männern endete, als Sonderermittler hinzugezogen werden, stellt sich bald heraus, dass hier ihr ganzes Können gefragt ist. Sie stoßen auf weitere Leichen, die sie zunächst nicht miteinander in Verbindung bringen können. Doch dank akribischer Ermittlungsarbeit lichtet sich der Nebel und es offenbart sich, dass Täter manchmal auch Opfer sind und wie ein missglückter Raub und eine aus dem Ruder gelaufene Strafaktion in einer Katastrophe enden konnten, die so keiner der Beteiligten wollte. Und es ist noch nicht vorbei: Um den Täter zu stellen, muss Stine ihr Trauma, das sie seit ihrem ersten Einsatz auf Juist mit sich trägt, überwinden und über sich hinauswachsen …

»Springfluttod«, Band 3
Taschenbuch-ISBN: 978-3-96586-378-1
eBook-ISBN: 978-3-96586-379-8

Monate nach seinem Verschwinden wirft eine Sturmflut die Leiche eines Mannes an den Strand von Wangerooge. Kurz darauf stürzt ein Fallschirmspringer über Langeoog ab. Zwei tragische Unfälle, so scheint es zunächst, wäre da nicht der Umstand, dass beide miteinander befreundet waren... Beinahe zufällig geraten Hauptkommissar Stefan Grote und seine Kollegin Stine Lessing in einen verzwickten Fall, der ihnen viele Rätsel aufgibt. Noch immer tappen sie im Dunkeln, als ein weiterer Mann verschwindet. Von diesem Augenblick an läuft die Uhr gegen sie. Die beiden Ermittler geraten unter Zeitdruck und müssen um das Leben dieses Mannes kämpfen, doch der Täter ist ihnen immer einen Schritt voraus und führt sie in die Irre …

»Leybuchtmord«, Band 4
Taschenbuch-ISBN: 978-3-96586-441-2
eBook-ISBN: 978-3-96586-442-9

Klarant Verlag

Lernen Sie die Ostfrieslandkrimi-Titel des Klarant Verlages kennen und besuchen Sie uns im Internet unter:

www.ostfrieslandkrimi.de

und

www.klarant.de

Sie können dort Näheres über unsere Autoren erfahren, viele weitere interessante Bücher und eBooks finden und Leseproben herunterladen. Mit dem kostenlosen Newsletter auf

www.ostfrieslandkrimi-lesen.de

erhalten Sie aktuelle Informationen rund um das Verlagsprogramm wie beispielsweise spannende Neuerscheinungen und Gewinnspiele.